噢，丹尼男孩，那風笛，風笛在召喚，
從高山至低谷，再傳到山那邊
夏日逝去，玫瑰盡皆凋零，
定是你，要走了，而我只能等待。

但你必會在夏天降臨草原之時歸來，
或是在谷中靜謐一片，白雪覆蓋之時回返。
而你會看到我，在一片光或影中，等你
噢，丹尼男孩，丹尼男孩，我何等愛你。

但若你歸來，在那繁花將盡之際
我卻已然逝去，
你要來我長眠之處，
跪俯就地，與我道別。

而我會細諦傾聽，那怕你是輕踏過我，
我的墳也會暖些、輕柔些，
因為你沒忘要低低說聲愛我，
而我將得安息直到你來，來我身邊。

——費德里克·魏舍利，〈丹尼男孩〉

聽哪，法官！另有一種瘋狂，是早在行為之前就存在的。

唉！你們還沒深深窺進這個靈魂裡呢！

赤色的法官如是說：「為什麼這罪犯要殺人？他不是想搶奪麼。」

但是，我告訴你們，他靈魂需要的是血，而不是搶奪；他渴求的是刀的祝福。

——尼采，《查拉圖斯特如是說》

繁花將盡

Lawrence Block

勞倫斯・卜洛克 著
尤傳莉 譯

All the Flowers
Are Dying

馬修・史卡德系列 16
繁花將盡 All the Flowers Are Dying
作者——勞倫斯・卜洛克 Lawrence Block
譯者——尤傳莉
美術設計—— ONE.10 Society
編輯協力——黃麗玟、劉人鳳
業務——李振東、林佩瑜
行銷企畫——陳彩玉、林詩玟
事業群總經理——謝至平
發行人——何飛鵬

出版——臉譜出版
115台北市南港區昆陽街16號4樓
電話：(02)2500-7696　傳真：(02)2500-1952
臉譜部落格 facesfaces.pixnet.net/blog

發行——英屬蓋曼群島商家庭傳媒股份有限公司城邦分公司
115台北市南港區昆陽街16號8樓
客服服務專線：(02)2500-7718；2500-7719
24小時傳真專線：(02)2500-1990；2500-1991
服務時間：週一至週五上午9：30~12：00；下午13：30~17：00
劃撥帳號：19863813
戶名：書虫股份有限公司
讀者服務信箱：service@readingclub.com.tw

香港發行所——城邦（香港）出版集團有限公司
香港九龍土瓜灣土瓜灣道86號順聯工業大廈6樓A室
電話：(852)2877-8606　傳真：(852)2578-9337　E-mail: hkcite@biznetvigator.com

馬新發行所——城邦（馬新）出版集團 Cite(M)Sdn Bhd (458372U)
41, Jalan Radin Anum, Bandar Baru Sri Petaling, 57000 Kuala Lumpur, Malaysia.
電話：(603)9056-3833　傳真：(603)9057-6622　E-mail: services@cite.com.my

初版一刷　2005年2月
三版一刷　2024年3月
ISBN 978-626-315-466-7
定價470元（本書如有缺頁、破損、倒裝，請寄回本社更換）

國家圖書館出版品預行編目資料

繁花將盡 / 勞倫斯・卜洛克(Lawrence Block)著；尤傳莉譯. -- 三版. -- 台北市：臉譜出版：家庭傳媒城邦分公司發行，2024.03
面；公分. --（馬修・史卡德系列；16）
譯自：All the Flowers Are Dying
ISBN 978-626-315-466-7（平裝）
874.57　　103000421

〈新版推薦序〉

關於我的朋友馬修・史卡德

臥斧

有很長一段時間，遇上還沒讀過「馬修・史卡德」系列的友人詢問「該從哪一本開始讀？」或「你最喜歡、最推薦哪一本？」之類問題，我都會回答，「先讀《八百萬種死法》，我最喜歡《酒店關門之後》。」

如此答覆有其原因。

「馬修・史卡德」系列幾乎每一本都可以獨立閱讀——作者勞倫斯・卜洛克認為，即使是系列作品，每部作品都仍該是個完整故事，所以倘若故事裡出現已在系列中其他作品登場過的角色，卜洛克就會簡述來歷，沒讀過其他作品或許不會理解角色之間的詳細關係，不過不會對理解手頭這本的情節造成妨礙。事實上，這系列在二十世紀末首度被引介進入國內書市時，出版社選擇出版的第一本書，就不是系列首作《父之罪》，而是第五部作品《八百萬種死法》。

出版順序自然有編輯和行銷的考量，讀者不見得要照章行事，我的答案與當年的出版順序並無關聯，《八百萬種死法》也不是我第一本讀的本系列作品。建議先讀《八百萬種死法》，是因為我認為這本小說最適合用來當成某種測試，確認讀者是否已經到達「人生中適合認識史卡德」的時期；

倘若喜歡這本，約莫也會喜歡這系列的其他故事，倘若不喜歡這本，那大概就是時候未到——生命中的哪個階段會被哪樣的作品觸動，每個讀者狀況都不相同。

這樣的答覆方式使用多年，一直沒聽過負面回饋，直到某回聽到一名友人坦承，自己初讀《八百萬種死法》時，覺得這故事「很難看」。有意思的是，這名友人後來仍然成為卜洛克的書迷，讀完了整個系列。

概略討論之後，我發現友人覺得難看的主因在於情節——這個故事並未完全依循推理小說作者與讀者之間不言自明的默契，結局之前的轉折雖然合理，但拐彎的角度大得讓人有點猝不及防，有部分讀者會覺得自己沒能被說服接受。可是友人同時指出，史卡德這個主角相當吸引人——這系列故事主線均由史卡德的第一人稱主述敘事，所以這也表示整個故事讀來會相當吸引人。能夠吸引讀者、呼應讀者自身的生命經驗、讓讀者打從心底關切的角色，總會讓讀者想要知道：這角色還會面對哪些事件，又會如何看待他所處的世界？

這是讓友人持續讀完整個系列的動力，也是我認為這本小說適合用來測試的原因——《八百萬種死法》是全系列中結局轉折最大的故事，也是完整奠定史卡德特色的故事。從這個故事開始認識史卡德，就像交了個朋友；而交了史卡德這個朋友，會讓人願意聽他訴說生命裡發生的種種故事。

約莫在友人同我說起這事的前後，我按著卜洛克原初的出版順序，重新閱讀「馬修・史卡德」系列，然後發現：倘若當初我建議朋友從首作《父之罪》開始讀，友人應該還是會成為全系列的忠實讀者，只是對情節和主角的感覺可能不大一樣。

史卡德登場

二十世紀的七〇年代，卜洛克讀了李歐納．薛克特的《論收賄》，這是薛克特與一名收賄的紐約警察一起完成的作品，內容講的就是那個警察的經歷。那是一名盡責任、有效率的警察，偵破不少案子，但同時也貪污收賄、經營某些不法生意。

卜洛克十五、六歲起就想當作家，他讀了很多偉大的經典作品，不過一開始並不確定自己該寫什麼；剛入行時他用筆名寫的是女同志和軟調情色長篇，市場反應不錯，六〇年代開始寫「睡不著覺的密探」系列，銷售成績也不差。七〇年代他與出版社商議要寫犯罪小說時，認為《論收賄》裡的警察或許能夠成為一個有趣的角色，只是他覺得自己比較習慣使用局外人的觀點敘事，沒什麼把握能寫好一個在警務體制裡工作的貪污警員。

於是卜洛克開始想像這麼一個角色：這個人是名經驗老到的刑警，和老婆小孩一起住在市郊，有辦案的實績，也沒放過收賄的機會；某天下班，這人為了阻止一樁酒吧搶案而掏槍射擊，但跳彈意外殺死了一個街邊的女孩。誤殺事件讓這人對自己原來的生活模式產生巨大懷疑，加劇了喝酒的習慣、與妻子分居、獨自住在旅館，偶爾依靠自己過往的技能接點委託維持生計，但沒有申請正式的偵探執照，而且習慣損出固定比例的收入給教堂……

真實人物的遭遇加上小說家的虛構技法，馬修．史卡德這個角色如此成形。

一九七六年，《父之罪》出版。

一名女性在紐約市住處遭人殺害，嫌犯渾身浴血、衣衫不整地衝到街上嚷嚷之後被捕，兩天後在獄中上吊身亡。女孩的父親從紐約州北部的故鄉到紐約市辦理後續事宜，聽了事件經過後找上史卡德——就警方的角度來看這起案件已經偵結，這名父親也不大確定自己還想做什麼，他與女兒幾年來鮮少聯絡，甫知女兒死訊，才想搞清楚女兒這幾年如何生活、為什麼會遇上這種事。警方不會處理這類問題，於是把他轉介給曾經當過警察、現已離職獨居的史卡德。

以情節來看，《父之罪》比較像刻板印象中的推理小說：偵探接受委託，找出凶案的真正因由。這個故事同時確立了系列案件的基調——會找上史卡德的案子可能是警方認為不需要處理的，或者是當事人因故無法、或不願交給警方處理的；而史卡德做的不僅是找出真凶，還會在偵辦過程裡挖掘出隱在角色內裡的某些物事，包括被害者、凶手，甚至其他相關人物。

緊接著出版的《在死亡之中》和《謀殺與創造之時》都仍維持類似的推理氛圍，不同的是卜洛克對史卡德的描寫越來越多。史卡德的背景設定在首作就已經完整說明，卜洛克增加的是史卡德處理事件過程的生活細節——他對罪案的執拗、他與酒精的糾纏、他和其他角色的互動，以及他在紐約憑藉公車、地鐵、偶爾駕車或搭車但大多依靠雙腿四處行走查訪當中的所見所聞，這些細節累疊在原先的背景設定上，逐漸讓史卡德越來越立體，越來越真實。

史卡德曾是手腳不算乾淨的警員，他知道這麼做有違規範，但也認為這麼做沒什麼不對——有缺陷的是制度，他只是和所有人一樣，設法在制度底下找到生存的姿態。這使得史卡德成為一個特殊的冷硬派偵探——這類角色常以譏誚批判的眼光注視社會，史卡德也會，但更多時候這類譏誚會轉為自嘲，因為他明白自己並不比其他人更好，這類角色常面不改色地飲用烈酒，史卡德也會，但酒精因而成為一種將他拽開常軌的誘惑，摧折身體與精神的健康；這類角色心中都會具備一套自己的道德判準，史卡德也會，而且雖然嘴上不說，但他堅持的力道絕不遜於任何一個硬漢。

我私心將一九七六年到一九八一年的四部作品劃歸為系列的「第一階段」。這四部作品的情節不只呈現了偵查經過，也替史卡德建立了鮮明的形象——作家替角色設定的個性與特質會決定角色面對衝突時的反應，而讀者會從這些反應推展出現的情節理解角色的個性與特質。史卡德並非完人，沒有超凡的天才，反倒有不少常人的性格缺陷，對善惡的標準似乎難以解釋，但他面對罪惡的態度會讓讀者清楚地感知那個難以解釋的核心價值。

讀者越來越了解史卡德——他不是擁有某些特殊技能、客觀精準的神探，他就是個試著盡力解決問題的凡人。或許卜洛克也越寫越喜歡透過史卡德去觀察世界——因為他寫了《八百萬種死法》。

反正每個人都會死，所以呢？

《八百萬種死法》一九八二年出版。

打算脫離皮肉生涯的妓女透過關係找上史卡德，請史卡德代她向皮條客說明。皮條客的行為模式與眾不同，尋找時花了點工夫，找上後倒沒遇到什麼麻煩；皮條客很乾脆地答應，但幾天之後，史卡德發現那名妓女出了事。史卡德已經完成委託，後續的事理論上與他無關，可是他無法放手，認為這事八成是言而無信的皮條客幹的；他試著再找皮條客，雖然不確定找上後自己要做什麼，不料皮條客先聯絡他，除了聲明自己與此事毫無關聯，並且要雇用史卡德查明真相。

在妓女出現之前，史卡德做的事不大像一般的推理小說；接下皮條客的委託之後，史卡德的工作方式則與前幾部作品一樣，不是推敲手上的線索就看出應該追查的方向，而是透過皮條客手下的其他妓女以及史卡德過往在黑白兩道建立的人脈，扎扎實實地四處查訪。因此之故，《八百萬種死法》有不少篇幅耗在史卡德從紐約市的這裡到那裡，敲門按電鈴，問問這個問問那個；其他篇幅一部分用來講述史卡德的生活狀況——主要是他日益嚴重的酗酒問題，酒精已經明顯影響他的神智和健康，但他對戒酒無名會那種似乎大家聚在一起取暖的進行方式嗤之以鼻，另一部分則記述了史卡德從媒體或對話裡聽聞的死亡新聞。

《八百萬種死法》的書名源於當時紐約市有八百萬人口，每個人可能都有不同的死亡方式；這些死亡事件與史卡德接受的委託沒有關係，史卡德也沒必要細究每樁死亡背後是否藏有什麼祕密。如此安排容易讓讀者覺得莫名其妙——我要看史卡德怎麼查線索破案子，卜洛克你講這些無關緊要的東西做什麼？不過讀者也會慢慢發現：這些插播進來的死亡新聞，讀起來會勾出某些古怪的反應，有時是深沉的慨嘆，有時是苦澀的笑意。它們大多不是自然死亡，有的根本不該牽扯死亡——例如有人扛回被丟棄的電視機想修好了自己用，結果因電視機爆炸而亡，這幾乎有種荒謬的喜感——讀者認為它們「無關緊要」，是因它們與故事主線互不相涉，但對它們的當事人而言，那是生命的瞬間消逝，可一點都不「無關緊要」。

是故，這些死亡準確地提出一個意在言外的問題：反正每個人都會死，所以呢？每個人如何迎來生命終點都無法預料，甚至不可理喻，沒有善惡終報的定理，只有無以名狀的機運；在這樣的世界裡，執著地追究某個人的死亡，有沒有意義？或者，以史卡德的處境來說，遠離酒精，讓自己清醒地面對痛苦，有沒有意義？

推理故事大多與死亡有關。古典和本格派將死亡案件視為智力遊戲，是偵探與凶手、讀者與作者之間鬥智的謎題；冷硬和社會派利用死亡案件反映社會與人的關係，什麼樣的環境會讓人做出什麼樣的掙扎，什麼樣的時代會讓人犯下什麼樣的罪行。其實，推理故事一直是最適合用來揭示人性的故事，因為要查明一個或數個角色的死因，調查會以死者為圓心向外輻射，觸及與死者有關的其他角色，釐清他們與死者的關係、死亡對他們的影響、拼湊死者與他們的過往，這些調查會顯露角色們的個性，死因與行凶動機往往就埋在這些人性糾葛之中。

《八百萬種死法》不只是推理小說，還是一部討論「人該怎麼活著」的小說。

「馬修．史卡德」是個從建立角色開始的系列，而《八百萬種死法》確立了這個系列的特色，這些故事不僅要破解死亡謎團、查出凶手，也要從罪案去談人性。

我們終將孤獨

在《八百萬種死法》之後，卜洛克有幾年沒寫史卡德。

據聞《八百萬種死法》本來可能是系列的最後一個故事，從故事的結尾也讀得出這種味道——史卡德解決了事件，也終於直視自己的問題，讓系列在劇末那個悸動人心的橋段結束，是個合理的選擇，也是個漂亮的收場——不過從隔了四年、一九八六年出版的《酒店關門之後》來看，卜洛克還想繼續以史卡德的視角看世界，沒有馬上寫他的故事，可能是自己的好奇還沒尋得答案。

因為大家都知道，故事會有該停止的段落，角色做完了該做的事、有了該有的領悟；但在現實生活裡，時間不會停在「全書完」三個字出現的那一頁，就算人生因為某些事件而轉往新方向，等在眼前的也不會是一帆風順「從此幸福快樂」的日子。卜洛克的好奇或許是：在史卡德直視自身問題、做了重要決定之後，他還是原來設定的那個史卡德嗎？那個決定會讓史卡德的生活出現什麼變化？那些變化是否會影響史卡德面對世界的態度？

倘若沒把這些事情想清楚就動手寫續作，大約會出現兩種可能：一是動搖前五部作品建立的系列基調——既然卜洛克喜歡這個角色，那麼就會避免這種情況發生；二是保持了系列基調但破壞了《八百萬種死法》那個完美結局的力道——真是如此的話，不如乾脆結束系列，換另一個主角講故事。

《酒店關門之後》是卜洛克思考之後的第一個答案。

這個故事裡出現三樁不同案件，發生在《八百萬種死法》之前。案件之間乍看並不相干（不過後來發現其中兩起有點關聯），史卡德甚至不算真的在調查案件——第一樁案件是酒吧常客妻子被殺，史卡德被委任去找出兩名落網嫌犯的過往記錄，讓他們看起來更有殺人嫌疑；第二樁事件是另一家起酒吧帳本失竊，史卡德負責的是與竊賊交涉、贖回帳本，而非查出竊賊身分。至於第三樁事件，史卡德完全沒被指派工作，那是一樁搶案，史卡德只是倒楣地身處事發當時的酒吧裡頭，而且也沒被搶。

三樁案件各自包裹了不同題目，這些題目可以用「愛情」、「友誼」之類名詞簡單描述，但真要說明白它們內裡的複雜層次，卻常讓人找不著最合適的語彙。卜洛克擅長用對話表現角色個性和推進情節，因此故事讀來一向流暢直白；流暢直白不表示作家缺乏所謂的文學技法，因為《酒店關門之後》完全展現出這類文字的力量——倘若作家運用得宜，這類看似毫不花巧的文字其實能夠帶領讀者無限貼近這些題目的核心，將難以描述的不同面向透過情節精準展演。

同時，卜洛克也在《酒店關門之後》為自己和讀者重新回顧了史卡德的完整形象，他的私人生活，他的道德判準，以及酒精。《酒店關門之後》的案件都與酒吧有關，故事裡也出現了非常多酒吧——高檔的酒吧、簡陋的酒吧、給觀光客拍照留念的酒吧、熟人才知道的酒吧、正派經營的酒吧、非法營業的酒吧、具有異國風情的酒吧、屬於邊緣族群的酒吧。每個人都找得到自己應該歸屬、宛如個人聖殿的酒吧，每個人也都將在這樣的所在，發現自己的孤獨。

史卡德並非沒有朋友，但每個人都只能依靠自己孤獨地面對人生，不是沒有伴侶或好友的孤獨，而是有了伴侶和好友之後才會發現的孤獨，在酒店關門之後、喧囂靜寂之後，隔著酒精製造出來的朦朧迷霧，看見它切切實實地存在。事實上，喝酒與否，那個孤獨都在那裡，只是少了酒精，有時就會缺乏直視的勇氣；可是理解孤獨，便是理解自己面對人生的樣貌，有沒有酒精，這都是必要的人生課題。

同時，《酒店關門之後》確立了這系列的另一個特色。假若從首作讀起，讀者會知道系列故事按著時序發生，不過與現實時空的連結並不明顯——那是二十世紀七、八〇年代發生的事，至於確切是哪一年則不大要緊。不過《酒店關門之後》開場不久，史卡德便提及事件發生在很久之前、一九七五年，是過去的回憶，而結尾則說到時間已經過了十年，也就是故事裡「現在」的時空應當是一九八五年，約莫就是《酒店關門之後》寫作的時間。史卡德不像某些系列作品的主角那樣，似乎固定停留在某段時空當中，他和作者、讀者一起活在同一個現實裡頭。

再過三年，《刀鋒之先》在一九八九年出版，緊接著是一九九〇年的《到墳場的車票》。卜洛克準備答案所花的數年時間沒有白費，結束了在《酒店關門之後》的回顧，史卡德的時間繼續前進，他用一種與過去不大一樣的方式面對人生，但也維持了原先那些吸引人的個性特質。

在人間與黑暗共舞

從《八百萬種死法》至《到墳場的車票》是我私心分類的「第二階段」，卜洛克在這個階段重新整理了對角色的想法，讓史卡德成為一個更有血有肉、會隨著現實一起慢慢老去、仿若與讀者一同生活在現實的真實人物。而系列當中的重要配角在前兩階段作品中也已全數登場，史卡德的人生即將邁入新的篇章。

我認定的「馬修・史卡德」系列「第三階段」從一九九一年的《屠宰場之舞》開始，到一九九八年的《每個人都死了》為止，卜洛克在八年裡出版了六本系列作品，寫作速度很快，而且每個故事都很精采，人性描寫深刻厚實，情節絞揉著溫柔與殘虐。

雖說先前談到前兩階段共八部作品時一直強調角色塑造，但不表示卜洛克沒有好好安排情節。卜洛克的確認為角色很重要——他在講述小說創作的《小說的八百萬種寫法》中明確寫道：「幾乎所有讀者持續翻閱任何小說的主要原因，就是想知道接下來發生的事，讀者之所以在乎接下來發生的事，則是因為作者描寫人物性格的技巧。小說中的人物若有充分描繪，具有引起讀者共鳴與認同的力量，讀者就會想知道他們下場如何，並深深擔心他們的未來會不會好轉，」「馬修・史卡德」系列可以視為這番言論的實際作業成績。不過，同一本書裡，他也提及寫作之前應該重新閱讀，不是以讀者的眼光閱讀，而是以作者的洞察力閱讀。卜洛克認為這樣的閱讀不是可以學到某種公式，而是能夠培養出一些類似「直覺」的東西，知道創作某類小說時可以用什麼方式。

說得具體一點，「以作者的洞察力閱讀」指的不單是享受故事，而是進一步拆解故事，找出該故事的作者用什麼方法鋪排情節，如何埋設伏筆、讓氣氛懸疑，如何製造轉折、讓發展爆出意外。

開始寫「馬修．史卡德」系列時，卜洛克已經是很有經驗的寫作者；要寫犯罪小說之前，他已經拆解了不少相關類型的作品。史卡德接受的是檢調體制不想處理、或當事人不願交給體制處理的案件，這些案件不大可能牽涉某種國際機密或驚世陰謀，但往往蘊含隱在社會暗角、體制照料不到之處的幽微人性——而史卡德的角色設定，正適合挖掘這樣的內裡。

從《父之罪》開始，「馬修．史卡德」系列就是角色與情節的適恰結合，而在寫完前兩個階段、史卡德的形象穩固完熟之後，卜洛克從《屠宰場之舞》開始加重了情節的黑暗層面。《屠宰場之舞》出現性虐待受害者之後將其殺害、並且錄影自娛的殺人者，《行過死蔭之地》出現綁架、性侵，並以切割被害者肢體為樂的凶手，《一長串的死者》裡一個祕密俱樂部驚覺成員有超過正常狀況的死亡機率，《向邪惡追索》中的預告殺人魔似乎永遠都有辦法狙殺目標。

這些故事都有緊張、刺激、驚悚、駭人的橋段，而在經營更重口味情節的同時，卜洛克持續讓史卡德面對自己的人生課題——前女友罹癌、要求史卡德協助她結束生命；原來已經穩固的感情關係，忽然出現了意想不到變化；調查案子的時候，自己也被捲入事件當中，更糟的是，自己的朋友也被捲入事件當中、甚至因此送命——諸如此類從系列首作就存在的麻煩，在第三階段一個都沒少。

史卡德在一九七六年的《父之罪》裡已經是離職警察，可以合理推測年紀可能在三十到四十之間，因此到一九九八年的《每個人都死了》為止，史卡德處於從三十多歲到接近六十歲的中壯年時期。在人生的這段時期當中，大多數人已經成熟、自立，有能力處理生活當中的大小物事，但也必須承受最多生活壓力——年長者的需求、年幼者的照料、日常經濟來源的提供、人際關係的維繫——而總也在這類時刻，一個人會發現自己並沒有因為年紀到了就變得足夠成熟或擁有足夠能力，毋需面對罪案，人生本身就會讓人不斷思索生存的目的，以及生活的意義。

「馬修．史卡德」系列的每一個故事，都在人間與黑暗共舞，用罪案反映人性，都用角色思考生命。

新世紀之後

進入二十一世紀，卜洛克放緩了書寫史卡德的速度。

原因之一不難明白：史卡德年紀大了，卜洛克也是。

卜洛克出生於一九三八年，推算起來史卡德可能比他年輕一點，或者同樣年紀。在歷經種種人生關卡、頻繁與黑暗對峙的九〇年代之後，史卡德的生活狀態終於進入相對穩定的時期，體力與行動力也逐漸不比以往。

原因之二也很明顯：九〇年代中期之後，網際網路日漸普及，犯罪事件利用網路及相關科技的比例也慢慢提高。卜洛克有自己的部落格、發行電子報，會用電腦製作獨立出版的電子書，也有臉書帳號，這表示他是個與時俱進的科技使用者，但不表示他熟悉網路犯罪的背後運作。要讓史卡德接觸這類罪案並無不可——早在一九九二年的《行過死蔭之地》裡，史卡德就結識了兩名年輕駭客，真要寫這類罪案，卜洛克想來也不會吝惜預做研究的功夫；但倘若不讓史卡德四處走動、觀察人間，那就少了這個系列原有的氛圍。

另一個原因則相對沒那麼醒目：卜洛克長年居住在紐約，世貿雙塔就是史卡德獨居的旅店房間窗景，二〇〇一年九月十一日發生在紐約的恐怖攻擊事件，對卜洛克和史卡德這兩個紐約客而言都是巨大的衝擊。卜洛克在二〇〇三年寫了獨立作品《小城》，描述不同紐約人對九一一的反應與後續生活；史卡德沒在系列故事裡特別強調這事，但更深切地思考了死亡——史卡德這角色是因為死亡才成形的，那樁跳彈誤殺街邊女孩的意外，把史卡德從體制內的警職拉扯出來，變成一個體制外孤獨抵抗人性黑暗的存在。過了二十多年，人生似乎步入安穩境地之際，世界的陡然巨變與個人的生理狀態，則提醒每個人：死亡非但從未遠去，還越來越近。而這也符合史卡德與許多系列配角的狀況，他們和史卡德一樣，都隨著時間無可違逆地老去。

「馬修・史卡德」系列的「第四階段」每部作品間隔都較「第三階段」長了許多。第一本是二〇〇一年《死亡的渴望》，這書與二〇〇五年的《繁花將盡》是本系列僅有「應該按順序閱讀」的作品。下一部作品是二〇一一年出版的《烈酒一滴》，不過談的不是二十一世紀的史卡德，而是《八百萬種死法》之後、《刀鋒之先》之前的史卡德——這兩本作品之間的《酒店關門之後》談的是一九七五年發生的往事，以時序來看，讀者並不知道史卡德在那段時間裡的狀況，那是卜洛克正在思索這個角色、史卡德正在經歷人生轉變的時點，《烈酒一滴》補上了這塊空白。

餘下的兩本都不是長篇作品。《蝙蝠俠的幫手》是短篇合集，可以讀到不同時期史卡德遭遇的事件，讀者會發現即使沒有夠長的篇幅，卜洛克一樣能夠巧妙地運用豐富立體的角色說出有趣的故事。二〇一九年的《聚散有時》則是中篇，也是「馬修．史卡德」系列迄今為止的最後一個故事，事件本身相對單純，但對系列讀者、或者卜洛克自己而言，這故事的重點是交代了史卡德以及系列當中重要配角的生活，他們有的長大了，有的離開了，有的年老了，但仍然在死亡尚未到訪之前，在生命裡碰撞出新的火花，發現新的意義。

最美好的閱讀體驗

「馬修．史卡德」系列的起始是犯罪故事，屬於廣義的推理小說類型，每個故事裡也都能讀出推理小說的趣味，縱使主角史卡德並非智力過人的神探，但他踏實地行走尋訪，反倒看到了更多人間光景、接觸了更多人性內裡。同時因為史卡德並不是個完美的人，所以他的頹唐、自毀、困惑，以及堅持良善時迸出的小小光亮，才會顯得格外真實溫暖。

是故，「馬修．史卡德」系列不只是好看的推理小說，還是好看的小說，不只是好看的小說，還是好的小說——不僅有引發好奇、讓人想探究真相的案件，不僅有流暢又充滿轉折的情節，還有深刻描繪的人性。

讀這個系列會讓讀者感覺真的認識了史卡德，甚至和他變成朋友，一起相互扶持著走過人生低谷、看透人心樣貌。這個朋友會讓人用不同視角理解世界、理解人，或者反過來理解自己。

我依然會建議初識這個系列的讀者，從《八百萬種死法》開始試試自己和史卡德合不合拍，不過或許除了《聚散有時》之外，任何一本都會是很好的選擇——不同時期的史卡德作品會有些不同的質地，但都保持了動人的核心。

這些年來我反覆閱讀其中幾本，尤其是《酒店關門之後》，電子書出版之後，我又從《父之罪》開始依序閱讀，每次閱讀，都會獲得一些新的體悟。史卡德觀看世界的視角未曾過時，卜洛克對人性的描寫深入透澈，身為讀者，這是最美好的閱讀體驗。

〈導讀〉史卡德死亡曲線

唐諾

九一一之後，馬修·史卡德和伊蓮·馬岱依然住他們原來的十四G大廈公寓沒有離開亦無恙，但伊蓮·馬岱似乎多了個悲傷的習慣，她會從視野良好的窗子怔怔往外看，看向原來雙子星大樓的所在，當然，如今只剩透明空茫的天際，像李白詩的結尾。

某種生途悠悠之感。

在福爾摩斯小說中，一般總誤以為是長篇的《巴斯克村獵犬》，但其實出自短篇的〈銀斑駒〉，福爾摩斯提出了一個有趣而且充滿文學隱喻力量的詢問——奇妙的，不是深夜裡為什麼狗吠，而是狗為什麼不吠？

深夜狗吠，是「加法」的推理線索，尋常的現場多了某種不尋常的東西，一具怵目驚心的屍體，一把染血的刀子、一排腳印、一根菸蒂、一小團紙，以及愈來愈熱門的，一些我們正常眼睛看不見的東西，指紋、屍體裡的精液、洗刷掉的血跡、某物沾著的人體細胞組織云云。這個多出來的不尋常之物，彷彿是個迫切的邀請，或甚至是挑釁，命令我們提出解釋，尤其是合於邏輯的乃至於科學的信而有徵解釋。

而應該吠叫卻緘默的狗，卻是「減法」的推理線索，是應該有的東西少掉了、憑空消失了，這個空白，邏輯推理依然有用，但實證式的科學卻再沒用武之地了，再精巧再進步的儀器卻沒辦法「顯現」一不存在的對象，《百年孤寂》小說中第一代的老約瑟．阿加底奧做過這個英勇但徒勞的努力，在吉普賽先知梅爾魁德斯為他帶來外面世界的照相機後，演練好幾天，老約瑟如機槍掃射般在屋子裡四下亂拍，包括床底下、櫃子角落云云，想像笛卡爾、史賓諾莎般證明上帝的存在，老約瑟相信，如果上帝真的存在，遲早總會讓他不小心拍到一張的。

推理世界的遊戲主要是加法的線索，但如今正常人生的遊戲卻總是減法的，尤其是死亡一事。這並不是說我們的現實人生缺乏新鮮的、多出來的東西，倒可能應該講，是這些東西太多、太頻繁而且太稠密了，以至於整個來說反而變得再「尋常」不過了，無法形成焦點，喚不起我們厚此薄彼的關懷並促成思考。這在現代的城居生活尤其如此，我們每天每時，穿梭過一堆沒見過面的人，掠過一堆不識的事物，卻如同堅貞不動的信徒通過死蔭幽谷般的不受誘惑行走無礙，除非它係以某種極其暴烈的、不比尋常的形式赫然逼到我們眼前來，然而，報紙和電視新聞的發明和統治卻又讓我們身體已先產生了這方面的抗藥性，我們的生命經驗不管就質就量都難以跟它抗衡，因此，即使是上班途中親眼目睹一具車禍殘破的屍體，或在你面前真的忽然聳立起一幢超過一百層的摩天大樓，某種現場的、臨即的、獨一無二的感官或者會暫時撼動你，但通常只能保留到晚餐後的電視每日新聞導為止，或者它果然被報導並依它出現的秒數多寡被納入新聞檔案櫃中安置，或者它根本上不到眾聲喧譁的新事物排行榜中證明它半點不重要，無需我們記掛並賦予任何關懷云云。大致上，這就是我們直接生命經驗的存活樣式及其時間長度，如蜉蟻，如泡沫，如什麼事也沒發生或者說什麼事都已提前在我們腦中心中發生過了。

除了報紙和電視新聞，別忘了我們還有好萊塢，全球最大的預言罐頭工廠，在這裡，別說恐怖攻擊總統暗殺此等尋常事，就連世界末日也反覆以各種原因各種角度和形式演練過了，如果未來係指新鮮的東西、未曾有過的事件，那我們差不多等於提前把未來給預支殆盡了，或者更像粗魯的讓未曾清晰具體顯像的底片嘩啦一抽提前曝光一般。韋伯所哀歎：「沒有先知，沒有預言，我們能仰靠誰？」如今較正確的語言應該是，「滿滿是先知，遍地是預言，我們能理會誰？」

凡此，加法的線索讓我們面向著未來，但未來已然掏空了；減法的線索卻讓我們轉頭檢視著過去，這是我們生命還勉強擁有的東西。

從心情來看，當人面向未來，儘管可能畏懼不安焦慮茫然，但基調上總是興奮的；倒是轉頭看著過去時，儘管可能溫暖眷念滿是幸福，但基調卻總是哀傷的。從人自身的年齡狀態來說，面向未來，是年輕的當然生命特質，畢竟他擁有大把的未來時光卻只有很少很少的記憶；轉頭過去，則是老年的心理狀態，日暮途窮，留給你的有限時間只能用來打掃收拾這一路行來凌亂堆積的回憶。

所以，歡迎到這個哀傷蒼老的世界來，不管你身分證上的出生日期顯示，你究竟是垂垂老矣，還是挺倒楣的其實你應該才如旭日東昇。

像珠鍊子把這些死亡串起來

小說書寫人勞倫斯．卜洛克，今年二月國際書展將首訪台北（註：本文寫於二〇〇五年初版首刷），我們就權且以這個可資紀念的日子做為一個時間斷點來看一下——這位來自紐約異鄉的說故事人，現年六十六歲，業已寫成十六冊馬修．史卡德探案小說，其間處理過的諸多死亡我們暫時先以「難以計數」籠統來說，等哪天總會有哪一位男性處女座的讀者會好心為我們一一算出來的。

之前，我們一本一本小說讀，也一次一次死亡各別的談，這是把死亡置放在橫的空間之中，不讓它脫離自身當下的現實情境而去，以避免死亡被我們一不小心概念化、抽象化，或更糟糕的，統計數字化，好保護每一次死亡的悲劇性，也保護它獨特、彼此無法等同替換的豐饒內容和啟示，這麼做，從禮貌來說，是我們對每一個死亡（不管是現實人生的或小說的）理應有的尊重；從自私自利的角度來說，則是努力不讓我們自己「習慣」死亡，不要我們變得麻木剛硬，成為一個滿身硬殼再無感覺末梢神經的人，就像達許．漢密特《紅色收穫》書裡那個自稱是「我」的無名私家偵探社探員一般，不論好人死歹人死皆如草芥。現在，我們試著進一步把這一個一個馬修．史卡德的死亡給串起來，珠鍊子也似的，盡可能保留它們各自的唯一性，只是多用一道時間的縱軸為線聯繫起來，看看這樣又會呈現什麼樣不同的景觀、彼此輝映出什麼照人的光芒、多告訴我們什麼事。

福克納的南方家族小說這麼做過，還有其他一些小說也如此，但終歸來說，這是推理小說獨有的基本書寫樣式，那就是——推理小說總是以一個（或一組）中心人物為世界的軸心，系列的一直延伸下去，我們每個人都已從自己的閱讀經驗知道了，系列裡的每一部小說看似連續卻又其實是個個獨立的完整的，你不見得非從最源頭的第一本讀起不可，事實上我們也常因個人興致選擇或生命偶然機緣從半途讀進來。小說中某處，我們也許會看到它回憶起之前的哪一樁命案、哪一個故人或僅僅是哪一句講過聽過的話，但你知之甚詳也可以，乍聽乍聞也可以，你的閱讀依然可以長江大河般嘩啦嘩啦毫無阻攔的奔流下去。

沒錯，這個或鬆或緊的連續性必然把時間給偷偷帶進來，或正確點說，把現實時間給引狼入室到非現實的小說時間來，兩種異質的時間這麼一撞，我們當然可以滿心歡喜的希望（如簽完樂透彩券者那樣），這會讓終極圖像更豐碩、更富繁複的時間層次，甚至如物理學大加速器般撞擊出前所未見的好玩新東西出來。沒錯，希望是存在的，沒有希望我們何去何從？只是通常現實的碰撞成果沒這麼動人，事實上，泰半我們所看到的還滿滑稽的，需要我們適度的隱忍才能讓閱讀順利進行下去。我們舉個例子好了，您看過聰明絕頂但也因而不免缺德的前輩小說家錢鍾書的短篇〈貓〉嗎？這篇讓人從第一個字笑罵到最後一個字的精采小說，寫一場上流社會的吃飽撐著沙龍，時間落點是中日八年大戰的山雨前夕，賓客之中，當然一定有一個自稱左翼的、在場只他一個來自廣大下層社會的、講什麼話題都以憤怨起頭都滿嘴難聽話的、可又吃得比誰都多（以某種消滅階級敵人的食物資源等同於削弱階級敵人戰力的理直氣壯心思）的「年輕」人，這是自從有了社會主義、尤其自從有了屠格涅夫《父與子》書中那個原型人物巴扎洛夫之後，諸如此類小說必備的墮落版和現形版。這位憤怒左翼青年，生命有一連串的奇遇，什麼事都給他碰上了，比方說他在哪裡幹過三年碼頭工人，在哪座山裡打過三年游擊，在哪座城哪個工廠領導過三年罷工或暴動，在哪些國家浪蕩過三年等等等等。錢鍾書的說法是，生命的經歷太多，但年紀太短，裝不進去，因此每有人問到詳細時間和地點時，總是含糊以對，和所有彼時在場的人全不巧擦身而過。

系列性推理小說的中心人物亦有相同的時間煩惱，裝不進去，因此，比方說艾勒里．昆恩只好青春永駐，包括他紐約探長老父和一干幫手警探也跟著活在無寒暑無四季流轉、時間大神永遠找不到他們的不思議之國中；偉大的白羅探長也得一再從退休、或聲言自己最後一案中食言復出，而且，年紀走到這日暮一刻，時間忽然無比溫柔的慢下腳步來，生命終點咫尺天涯，摸得著卻始終走不到。

這些好笑的時間景觀我們通常不計較的，計較不起，一計較下去我們就快沒推理書可讀了。

卜洛克的馬修．史卡德系列當然也難免有一些諸如此類的小小時間麻煩，但大體上，這個系列最異於尋常推理小說的是，它的小說時間和現實時間是一致的、同步的，現實人生的時間對小說中的史卡德是發生作用的，從年紀、體態體能，到他的情感和心思變化，以及最重要的，是他對死亡這個永恆之謎的感知——對一個小說書寫者而言，卜洛克這是放棄了小說尤其是類型小說的一大部分任意編造、扭曲、使用時間的特權，這樣加諸自己的書寫限制，其實是某種迎戰，正面向著現實人生，包括自己的人生，以及社會諸多他者的人生。

兩道曲線的疊合

因此，熟讀史卡德小說的人，很容易為這組小說的死亡聯出一道相似的曲線來，大致上這是個山形的曲線，中央的峰頂部分是最殘酷最暴烈的，大體上由《八百萬種死法》開始陡然攀升，到《屠宰場之舞》、《行過死蔭之地》和《到墳場的車票》三書到達頂峰，到差不多《惡魔預知死亡》一書開始柔和下來——我記得臉譜出版彼時的推理線主編，編到那部開貨車、用鋼琴弦殺人分屍、「你上了貨車就不再是人，只是一堆器官」的《行過死蔭之地》一書時，曾懊惱的請辭或要求調線，原因是她「快吐出來了」。

這個曲線起伏，很奇怪反而是敏感聰慧的小說書寫同業駱以軍搞不清楚滿心疑惑（是否也證明他還年輕，還不真的知道死亡，儘管他自己小說中亦滿紙的死亡意象？），駭異於如今的史卡德竟變得如此平和、如此「中產階級」、甚至要自問自答他是不是老去了呢？

乍看可以這麼講，但年輕、還野心勃勃一頭栽在小說技藝世界並迷醉於表演的駱以軍想不想知道更多呢？要不要也跳開當下的自我，試著用別的路徑去逼近去感知死亡呢？要不要換一種理解小說的方式，小說豈只是華麗的個人專業技藝演出這一項而已，它同時是人所創造的一種最繁複的語言，包含了無盡他者的平等存在，因此可以是某種更謙虛更讓書寫者泯去自我的「代言」、它同時可以只是一種素樸的人生觀，尤其是老年的小說，容許它不再像年輕歲月那麼「愛現」，容許它慨然的砍去那些枝枝葉葉，只想盡力說出自己真正要問的最終生命難題，因此更是單純的「言志」，不自戀不誇張不在乎人家喝不喝采的乾乾淨淨言志呢？

伊朗的阿颯兒在她《在德黑蘭讀羅莉塔》書中一再講，小說是「民主」的，這話遠比她在阿富汗艱困處境中所解釋的，要深沉要普遍也更一語中的。

史卡德曲線的奧祕之一，我們之前提過，可以把它疊合於它所在大紐約市現實的死亡曲線之上，你會看到它們兩者大致呈現亦步亦趨的有趣吻合，那個行過死蔭的殘酷峰頂，正是紐約最危險最罪惡（也是所謂最華麗）的所多瑪蛾摩拉時代，我一位旅居紐約的老友日前猶回憶，她所認得活過那段歲月的紐約人，還真找不出兩個沒被搶過、傷害過、直接被槍指腦袋過的；而《惡魔預知死亡》之後的緩坡，則同步於朱利安尼市長大治後的紐約改頭換面新死亡景觀，九〇年代後，紐約已緩緩不再是世紀首號罪惡大城了，即使在硬碰硬的客觀統計數據上，它都讓位於西岸的洛杉磯，也因此，昔日想乾脆把紐約封閉成大型監獄，讓它自作自受自生自滅的電影《紐約大逃亡》拍了續集，這回是《洛杉磯大逃亡》了。

也就是說，史卡德曲線，同時是現實時間的一道曲線，它忠誠的記錄了紐約的死亡史實。而在紐約治安好轉的時間點上，小說書寫者面對了兩種抉擇，一是像該死的福爾摩斯般草菅人命的感歎，難不成那些罪犯都喪失想像力、都喪失活動力了嗎？書寫者不願從遍在的、嚴酷的死亡世界出來，便只有停下自己腳步，不去理會現實時間轟轟然的向前，從此自我陶醉在已不存在的昔日豐饒歲月裡，再三塗抹甚至自行編造；一是你繼續跟著紐約走，儘管它不再那麼刺激那麼好寫了，所以我們才說這是迎戰。紐約分歧為二路，史卡德曲線顯示了卜洛克選擇正面迎向現實人生的死亡旅蹤較稀之徑，我個人感覺這是勇敢的，甚至很想說是比較高貴的，如果我們能夠賦予價值評估的話，如果書寫者的心靈是可窺探可討論的話。只因為它有較高的「失敗」風險，更容易讓那些已習慣於華麗、刺激、遍在死亡的長期讀者所質疑甚至拋棄，駱以軍不過是此類典型中的一個而已。

但這一次，我們試著讓此史卡德曲線轉而向內，不是大紐約市的現實時間，而是史卡德甚或是他背後藏鏡人卜洛克的現實生命時間，我們嘗試著疊合這兩者，看看它又會碰撞出什麼新的，告訴我們什麼？

還有一道隱藏在身體內的曲線

簡單回憶一下。史卡德人生的第一個巨大死亡缺口，我們曉得，是他那次流彈誤殺、那個無辜小女孩之死，這帶來立即而且暴烈的改變，從工作到家庭到過日子的方式（比方說酗酒、到教堂點蠟燭、丟十分之一收入到奉獻箱子云云）。說真的，做為一個讀者，在這個階段我個人有一定程度的提心吊膽但沒敢講出來，因為這是小說書寫的最典型心理學陷阱，多少聰明而且技藝超拔的小說名家在這種地方全應聲摔下去，然後，某一套乏味而且粗糙的心理學套裝軟體式假說（尤其是佛洛伊德那一套）便篡奪了書寫者的位置和工作，從小說的情節到角色人物的性格及其反應，開始扭曲、僵直、並且既可預期又無道理的狂亂瘋癲起來，遠的不提，就講冷硬派的開山祖師、當過私家偵探的實戰派書寫者漢密特，也不能倖免寫過《丹恩詛咒》這樣夾生的作品來，事後老漢密特令人欣慰的如此嘲笑自己：「這是一部神經兮兮的東西。」

因此，現代主義大師納布可夫（註：亦有翻譯納博科夫，代表作《蘿莉塔》）一講到佛洛伊德就滿口精采的譏誚，文學理論大師巴赫金則寫了一大串文章正面排砲轟擊，我個人覺得甚有道理而且還非常快意，也許其他時候佛洛伊德沒糟到這種地步，但在文學的書寫共和國裡，這卻是個極壞的入侵者和專制統治者，亂臣賊子，人人得而誅之。

這倒不是說，人的某些巨大心理創傷不會讓人失常發瘋甚至自殺云云，而是不會這麼像巫術，不會在創傷的因和行為的果之間聯繫得如此單調、如此性急還如此幼稚（李維─史陀講，巫術不是沒因果，毋寧是太性急太不顧一切的因果主義者）。在這裡，我們看到史卡德沒掉入這可厭的巫毒心理學陷阱之中，他的死亡意識被此偶然創傷「提前」引爆，但意義仍曖昧難明難解難言，它像身體中藏放磁石般為史卡德吸來各式各樣的死亡，不只要求破案，而且還要求解釋，更讓他因此成為一個死亡的收集者。

之所以講「提前」，是因為我個人相信而且在其他文章（比方說談閱讀的〈跨過人生的折返點〉一文）中再再談過，人的死亡意識高峰，通常得到四十歲左右或稍後才真正到來，之前人太年輕、身體太好彷彿並不存在，欠缺感受死亡的生理性機制，死亡於焉只能是個抽象概念，靠腦子和它打交道，頂多摻點情感，成為某種大而化之的情調之事。一直要到人跨過自己生命的折返點了，身體開始往回走、往下坡走，開始鬆弛、瓦解、衰敗並好像緩緩腐爛還冒出怪氣味，這才真真正正是死神造訪你、現身你面前的時刻，而且一時半會兒還不會走開，繞著你纏著你還冷颼颼的盯著你掙扎入睡。

也就是說，這四十歲左右，才是人最怕死的時候，之前你怕的其實不真是死亡本身，死亡只是個跟班，甚至還是個工具或假借的符號，你怕失去的其實是比方愛情、人生前途、生命意義、他人的理解同情或其他一些更奇奇怪怪的東西而已。年輕人很少素樸的單純的怕死，無從怕起。

小女孩的謀殺早於史卡德辭職成為無照酗酒的私家偵探，也就是說遠在第一本書的《父之罪》一切一切之前，但史卡德曲線卻要遲至十年之後《八百萬種死法》才陡然一變（從書本身的格局、觸感、厚度乃至深度，到書寫者卜洛克自己寫作時間的有意思延遲和節奏變化這樣全面性的），而在《行過死蔭之地》狂暴死亡三書正式攻頂成功——冷酷點說，小女孩之死原來只是個聰明的書寫設計，卻在十年時間中緩緩吸取意義最終如花綻放。

換句話說，史卡德曲線，很明顯也疊合於史卡德個人年齡和身體的那道私密曲線，疊合於卜洛克本人的私密曲線，因此，說「提前引爆」可能還不是頂正確的說法，因為並沒改變這道曲線的模樣和走向，它只整體性的抬高這曲線，讓它在座標上往上平移而已。

疊合於大紐約市真實時間曲線，讓史卡德小說取得普遍的、聯繫於廣大他者的堅實基礎，而不是顧影自憐的喃喃自語，疊合於史卡德自身、乃至於卜洛克自身的真實時間曲線，則賦予了史卡德小說質地真實的感受細節，死亡不再是身外物，是不相干的純粹嚇人用東西，他者之死一個個融入鑲嵌到「我」的身體內部裡來。

然而，人身體內這道私密死亡曲線，在高峰過後，它接下來怎麼走呢？我個人以為（借助他人的經驗和我的猜想），它仍會緩緩下坡、平和下來，一方面我們不大可能一直停在和死亡如此緊張、劍拔弩張的狀態；另一方面，好像和死神密友般相處一段時日，我們會慢慢習慣乃至於接受它的駭人長相和如影隨形，把它的遍在視為某種無奈的事實，一如我們會逐漸習慣自己身體的持續衰敗，找到和它相處的方法一般。

不知道是否是人生理心理的美好設計或甚至上帝的悲憫，人不會愈年老、愈接近死亡時愈怕死，儘管我們並未能在死亡的哲學課程中提出什麼睿智的解答，終我們一生死亡仍是個謎、是個永恆難題，我們仍會被它擊敗並且帶走，但通常我們不至於走得像個肝膽俱裂的俘虜，我們比較常走得像一對老友出發遠行，旅伴長相確實並不怡人，就像伍迪．艾倫的老電影《愛與死》最後一幕，拿著鐮刀的獰惡死神低頭走前面，伍迪．艾倫則不失興高采烈的依然話講個不停，畫面上是一派美麗的山色湖光。

史卡德是怎麼解決小女孩之死的死亡難題呢？沒有，他只是單純的「過來」了而已，形態上毋寧更接近遺忘的緩緩消化於時間中，事實上，連書寫人卜洛克都沒意識到這問題的自然消失，在一次訪談中他坦誠連他自己都不曉得何時以及何以如此，「也許是史卡德自己走出來了吧！」這真好不是嗎？還有，昔日癌症開刀的夜行動物丹尼男孩，曾擬寫了一紙死亡名單，記錄他所有知道名姓卻先他一步而死的人，這很明顯是試圖馴服死亡的做法，然而，在這本《繁花將盡》書中，丹尼男孩也拋開了這張愈寫愈長的名單，仍帶著美眉、準時出現固定酒吧、聽著歌、喝他宛如外科手術刀般精準銳利的凍冷伏特加。

駭以軍需要奇怪史卡德如今的慈眉善目嗎？

死亡已逐步遠離他而去了，在他逐步遠離生命折返點的同時；或應該講，死亡，史卡德一路行來所看過摸過收集過的眾多死亡，已然層層疊疊的包圍住他、保衛著他，再沒有什麼人世噩運是突如其來的，是有力量刺穿如此的防護，真正嚇到他傷害到他，訪舊半為鬼，從此岸的觀點，我們看到了孤單、悲苦和孑然一身的淒清，但從彼岸想過來，它卻是溫暖而且很溫柔的，鄉村小路，引我回家。

駱以軍喜歡言稱波赫士，但八十歲已遠到看不見人生折返點（而且他還瞎了）的老波赫士，在為自己年輕的第一本書重寫序文時，最末尾他講的是：「那時候我喜歡黃昏、鄉間和憂傷，如今我歡迎清晨、城市和平靜。」

超越自身的年齡曲線

有一種小說，或者說一些寫了一輩子的了不起小說家最終會交出來的，我們姑且稱之為「老年的小說」，年輕而且跟了他一輩子的讀者讀它，通常會駭異甚至極至不滿它的平靜，再沒眩目的昔日技藝，再沒繁花似錦的文字表演，只固執而且有些不知所以的專注於某個不大不小的話題，甚至老生常談的常識性話題，於是我們通常說這是失敗的才盡之作，並悲傷昔日英雄的年華老去——

我所聽過年輕讀者最棒的反應，出自於一手評論一手小說創作的年輕學者黃錦樹，他以為，一定了不起程度的小說家，到一定年紀之後，其作品其實不必迷執於好壞成敗的評價，它是人生觀的展現，我們應該歡迎它，有一本我們便又多了一本——黃錦樹的例子告訴我們，人自身的年齡曲線仍是可部分超越的，只要你夠用功，還有更重要的，對他者有足夠的關懷與同情。

試著超越自己的年齡曲線去念這些書好嗎？像托爾斯泰的《復活》、像海明威的《渡河入林》、還有像開始老去的昆德拉《無知》等等等等——

繁花將盡，一般我們說它是悲傷的秋天季節，但喜歡逆著來的中國禪師則講這是「體露金風」，涼爽、乾淨、秋水長天、雲高得像壓住人胸口的塊壘忽然飛昇而去，我們連皮膚都感覺到一種森冷的甜味和香氣，是的，秋天是最好的旅行季節——當然，南半球例外。

—

我到的時候，喬·德肯已經占了角落一張桌子，正在喝他的酒——憑肉眼判斷是伏特加摻冰塊。我看看店內，聽著吧台傳來的嗡嗡談話聲，然後想必我的某些感覺無意間顯露在臉上，因為喬一開口就問我還好吧。我說我很好，怎麼了？

「因為你一副見到鬼的表情，」他說。

「沒見到鬼才怪呢，」我說。「店裡滿滿都是鬼。」

「這店對鬼來說有點太新了，對吧？這裡開幾年了？兩年？」

「快三年了。」

「時光飛逝，」他說，「快不快樂都過去了。傑克小店，管他傑克是誰。你認識他嗎？」

「我不認識他。我認識的是這地方，在賣給傑克之前。」

「吉米·阿姆斯壯酒吧。」

「沒錯。」

「他死了，對吧？是在九一一之前還之後？」

九一一成了我們的分水嶺，人生中的每件事情都可以歸到那天之前或之後。「之後，」我說，

「五個月或六個月。他把這店留給一個侄子，那侄子試著經營了幾個月，確定這不是他想要的人生。然後我猜他就把店頂給傑克了，管他傑克是誰。」

「管他傑克是誰，」他說，「他們的菜不錯。你知道這裡有什麼嗎？全天供應愛爾蘭式早餐。」〔譯註：一般美式餐廳中的「早餐」主要指的是餐點內容，一般包括冰柳橙汁、培根煎蛋、炸薯條或薯塊、烤麵包、熱咖啡等，有些餐廳會標榜全天候供應〕

「那是什麼？一根香菸外加半打啤酒？」

「很好笑。像你這麼見多識廣的人，一定曉得愛爾蘭式早餐是什麼。」

我點點頭。「心臟病特餐，對吧？培根加蛋跟香腸。」

「還有炭烤番茄。」

「啊，好健康的食物。」

「還有黑布丁〔譯註：又稱血布丁，即血腸，主要原料為豬血或雞血加上碎肉〕，」他說，「這玩意兒還不好找。你想吃什麼？我要點愛爾蘭式早餐。」

我告訴女侍我也一樣，還要一杯咖啡。喬說他喝一杯伏特加就夠了，不過她可以給他一瓶啤酒。要愛爾蘭啤酒搭配早餐，不過不要健力士。她建議豎琴牌，他說這個應該不錯。

我認識喬已經二十年了，但我不認為我們算是親近的朋友。這些年他是中城北區分局的警探，就在西四十五街的老警局那邊工作，我們多年來發展出一種工作關係。我會找他幫一些忙，也會報答他，有時是給現金，有時是給人情。他時不時會介紹客戶給我。有幾次我們的關係很緊張，我和一名職業罪犯的友誼始終讓他覺得不舒服，而他黃湯下肚後的態度也讓我難以將他視為好同伴。不過我們已經認識太久，知道如何維繫交情，那就是忽略自己不喜歡的部分，同時保持親近又不至於太親近。

我們的食物陸續到來時，他告訴我他已經遞出退休申請了。我說他已經放話說要辭職好多年了，他說他幾年前就已經填好所有表格準備走人，然後世貿雙塔垮了。「我沒有時間退休，」他說。「雖然有些人照樣退休，但誰能怪他們呢？他們已經無心工作了。我呢，我早就無心工作了，我所做的一切，還不就是杯水車薪。不過九一一當時，我設法說服自己，說人民需要我。」

「我可以想像。」

「所以我比原來打算的多留了三年，也不記得這三年裡我做了什麼有用的事情。總之，我不幹了。今天星期幾，星期三嗎？下星期五就是我最後一天上班了。所以現在我得做的，就是搞清楚我的餘生到底想做什麼？」

這就是為什麼他邀我共進晚餐，在這個滿是鬼魂的店裡。

∞

三十多年前，我辭職不當紐約警察之後沒多久，我也辭掉了為人丈夫、為人父親的角色，然後從一棟位於長島西歐榭的舒適郊區洋房搬到西北旅社一個簡樸的小房間。我不常待在那個房間裡；附近位於西五十七街和五十八街之間的第九大道上，吉米．阿姆斯壯酒吧成為我的客廳兼辦公室。我在那邊見客戶，吃飯，社交生活也以那裡為中心。同時我在那邊喝酒，一天又一天，當時我就是天天喝酒。

我就這樣過日子，盡可能撐了很久。然後就像老人們所說的，我把酒瓶用塞子給塞住，沒事的時候我不再去吉米的酒館，改去兩個街口外的聖保羅教堂地下室。我又去其他教堂的地下室和正殿，尋找一些事物，好填補過往曾被酒所占據的空虛。

在那段期間，吉米的店租到期，於是搬到往南一個短街區、往西一個長街區之處，就在第十大道和五十七街交口。我戒酒後就跟吉米的舊店址保持距離，他們搬了新家後好一陣子我也同樣避開。我再也不會天天去那裡了，不過後來伊蓮和我偶爾會進去吃頓飯。吉米那邊的食物向來就好，而且廚房開到很晚，所以夜裡從戲院或林肯中心看完表演出來後，去那邊是個好選擇。

我去參加了吉米的葬禮，在西四十四街的一個葬儀社，有人放了一首他最喜歡的歌。那是戴夫．凡．朗克的〈最後的點酒〉，我第一次聽到這首歌是在喝了漫長一夜的威士忌之後，比利．奇根放唱片給我聽的。我讓他放了一遍又一遍。奇根當時替吉米工作，星期一到五晚上在店裡當酒保；他老早就搬到加州去了。而寫下這首歌並以無伴奏方式清唱的凡．朗克則比吉米早了一兩個月去世，所以我就坐在那兒，聽著一個死人唱歌獻給另一個死人。

一兩個星期後，他們在酒吧裡替吉米守靈，我去了但沒待多久。出席的有幾個人我已經多年不見，看到他們真好，但是離開那兒回家對我是個解脫。然後某一個夏日夜晚，就在那家店確定賣掉後，店裡為了處理掉存貨，就讓大家免費喝酒。有好幾個人都告訴我一定要去，但我根本不考慮。我待在家裡看洋基隊的棒球賽。

而現在我在這裡，面對著一屋子的鬼魂。曼尼・卡瑞許是其中之一。我認識他時，酒吧還在第九大道的老地方。他幾乎天天都會來吉米店裡，喝一兩杯啤酒，跟護士打情罵俏。他也參加了守靈會，那是當然，酒吧賣掉前的最後一夜他應該也想去，不過我不曉得他去成了沒。他在守靈會上告訴我，他活不了幾天了。醫生提出了化學療法，他說，但他們卻不敢太期望能夠有什麼好處，所以他看不出有任何理由要當化療的實驗品。他在那個夏天的某一天過世了，就在酒吧關掉後沒多久，但我是在秋天才聽說的。所以我錯過了他的葬禮，但這陣子總有新的葬禮可參加。就像巴士，如果你錯過了一班，過幾分鐘就會有另一班開過來。

∞

「五十八歲了，」喬說。「老得夠資格退休了，可是又年輕得不該過著退休生活，你懂我意思吧？」

「你知道退休後要做什麼嗎？」

「我不打算做的，」他說，「就是在操他的佛羅里達買棟小房子。我不釣魚，不打高爾夫，而且我一身愛爾蘭人的皮膚，連檯燈都能把我給曬傷。」

「我想你也不會喜歡佛羅里達。」

「可不是嗎？我可以留在紐約，靠退休金過活，可是沒事做我會發瘋。我會成天泡在酒吧，那可不妙；或者我會待在家裡喝酒，那更不妙。這個最棒了，這個黑布丁。有賣的地方還真不多。我想那些老愛爾蘭社區會有，比方皇后區伍德賽那一帶，或者布朗克斯區佛漢路那邊，不過誰有那麼多時間大老遠跑去？」

「這個嘛，反正你退休後就有時間了。」

「是啊，我可以花一整天去找黑布丁。」

「不必跑那麼遠，」我說。「任何通西班牙語的雜貨店都有賣這玩意兒。」

「開玩笑，黑布丁嗎？」

「西班牙語叫做莫西里亞（morcilla），不過是同樣的東西。」

「那什麼，波多黎各菜嗎？我敢說會比較辣。」

「比愛爾蘭菜還辣？老天，你覺得有可能嗎？不過兩者是同樣的東西。你可以稱之為莫西里亞或黑布丁，不過反正都會吃到用豬血做的香腸。」

「耶穌啊！」

「怎麼了？」

「你他媽好心點行不行？我正在吃耶。」

「你不曉得那是什麼做的嗎？」

「我當然曉得，不過那不表示我操他媽想談哪。」他喝了點啤酒，把玻璃杯放下，搖搖頭。「有些警察退休後就去保全公司。不是那種做外勤拋頭露面的，而是比較高層的職位。我認識一個傢伙十年前申請退休，去證券交易所當保全主管。朝九晚五，收入比以前還高。後來，他又從保全主管的位置退休了，有兩份退休金，外加社會保險。現在他人在佛羅里達，成天打高爾夫球、釣魚。」

「你對這類事情有興趣嗎？」

「佛羅里達？我已經說過……喔，你指的是私人保全公司。嗯，你知道，我當好多年警察了。我是當刑事警探，而那傢伙在保全公司的工作，比較像是行政人員。我可以做，但應該不會喜歡。大概得做很多行政瑣碎小事。」他拿起空的玻璃杯，看著裡頭，又放下。他沒看著我開了口，「我在考慮要當私家偵探。」

我一路早已經料到了。

「要當個正常的私家偵探，」我說，「你就得當成是做生意，要做記錄、交報告、建立人脈好拉生意。如果你自己做就是這個狀況，不過還有另外一個方式，去幫大型偵探社工作，大部分都是為一點小錢在做無聊的工作，而且少了警察的身分。我不認為你適合。」

「我也不適合去做寫報告、做記錄那種。可是你也沒做這些。」

「唔，我從來就不是那種照章行事的人，」我說。「我很多年都沒有執照，最後終於拿到了，但也沒保住多久。」

「我記得。你沒執照也照樣過得不錯。」

「我想是吧。有時候只能餬口而已。」

「這個嘛，我還有退休金當靠山。」

「倒是沒錯。」

「我想的是……」

他想的是，當然，我們兩個人可以一起工作。我做私家偵探這行有經驗，而他有很多警局那邊的新人脈。我讓他講完想法，然後告訴他，他這個提議遲了幾年。

「我幾乎算是退休了，」我說。「沒有正式退休，因為也沒必要。可是我不會去找生意，也不常有人打電話找我，即使有人找，不管是什麼樣的條件，我通常都會找個理由推掉。這樣幾次下來，大家就不會再打電話找你，我也無所謂。我不需要那些錢。我有社會保險，每個月還有市政府寄來一張微薄的支票，而且我們還有伊蓮那些出租房子的收入，外加她店裡的利潤。」

「藝術和古董，」他說。「我常經過那家店，從沒看過有人進出。她那裡能賺錢嗎？」

「她的眼光很好，而且有生意頭腦。店租不便宜，有時好幾個月都入不敷出，可是她時不時會在慈善二手店裡用十塊錢買下一件作品，然後幾千塊賣掉。她也可以在eBay做同樣的事情，還能省下店租，可是她喜歡有個店，這也是她當初開店的原因。我隨時散步膩了或看ESPN看煩了，就去幫她看店。」

「哦，你會去看店？」

「偶爾。」

「你懂得做生意嗎？」

「我懂得打收銀機和處理信用卡交易。我懂得該請客人什麼時候再來找老闆談。我看得出哪些人想順手牽羊或打劫，也懂得如何讓他們打消念頭。有人拿贓物上門來推銷時，我通常都能分辨。這些差不多就是這份差事需要懂的了。」

「我想你當偵探這行不需要搭檔。」

「對，不過如果你五年前來問我……」

五年前的答案也還是一樣不需要，但我就得另外找個說法推辭了。

我們點了咖啡，他往後一靠，看了店裡一圈。我從他身上感覺到失望混雜著解脫，換了我是他，也大概會這樣。我自己也有點同樣的感覺。我最不想要的就是搭檔，但這類提議有種莫名的魅力，會讓人想接受。你會以為這麼一來你就不寂寞了，很多有欠考慮的夥伴關係就是如此開始的，而同樣模式的失敗婚姻也很多。

咖啡來了，我們談了些其他事情。犯罪率繼續下降，我們都想不出為什麼。「州議會有個低能兒，」他說，「說這是他的功勞，因為他協助推動死刑通過。這很難說得通嘛，因為紐約州唯一曾有人打針致死的，就是哪個人買了一袋海洛因，結果裡面摻了老鼠藥。州立監獄的死囚牢房裡有幾個人，不過他們在被打針前，就已經因為年老而死亡了。」（譯註：美國現有十二州沒有死刑，三十八州有死刑。執行死刑的方式共有藥劑注射、電刑、毒氣、吊刑和槍決五種，各州的規定不同。藥劑注射是最主要的方式，也是普遍認為最人道的方式。紐約州已於一九九五年恢復死刑）

「你覺得那只是一種嚇阻手段？」

「我覺得只能嚇阻那些反對恢復死刑的人。老實告訴你，我不認為有人真在乎死刑是不是一種嚇阻手段。有一些人呢，如果他不再跟我們其他人呼吸同樣的空氣，你就是會比較高興。那些人就是該死。比方恐怖分子、濫行屠殺的凶手、連續殺人犯，還有殺害兒童的那種操他媽性變態。你可以說他們是有病，他們童年曾被虐待過，滴里搭啦等等等，我也不會反對你。反正就讓他們死，他們死了我會高興一點。」

「我可不會有反對的意見。」

「下星期五有個死刑要執行。不是在這裡，這個操他媽的州不會執行死刑。是在維吉尼亞州，那個王八蛋殺了三個小男孩。四五年前吧。我忘了他叫什麼名字來著。」

「我知道你講的是誰。」

「我唯一聽到過的反對意見，就是說死刑犯可能是無辜的。我想這是有可能。不過這傢伙，你還記得他的案子嗎？清楚明白。」

「據我所知也是這樣。」

「他操了那些小孩，」他說，「然後折磨他們，還留下紀念品，於是警方有足夠的物證給他定罪一百次。下星期五他就要讓人打針了。那剛好是我最後一天上班，然後我會回家給自己倒杯酒，而在維吉尼亞州的某個地方，那個狗雜種會讓人扎一針。猜猜怎麼著？這比送我一個金錶當退休紀念還要棒。」

2

他原來是約我七點吃晚餐，不過被我提前到六點半。女侍送帳單來時，他搶走了，提醒我說，是他找我吃這頓飯的。「何況，」他說，「再過幾天我就不當警察了。最好開始學著付帳。」

我認識他這麼多年，付帳的一向是我。

「如果你要付錢，」他說，「我們可以換個地方，你請我喝杯酒，或甜點，或再喝杯咖啡。」

「我得趕去一個地方。」

「啊，對了，我們約的時候你提過。要帶那個小女人上街嗎？」

我搖搖頭。「她跟一個姐妹淘吃晚飯去了。我得去參加一個聚會。」

「你還在參加聚會，嗯？」

「不像以前那麼頻繁了，不過一星期會去一兩次。」

「你可以蹺掉一天的。」

「我可以，也想，」我說，「可是今天的演講人是我的朋友，而且安排他演講的人就是我。」

「所以你大概非去不可了。你那朋友是誰，我認識嗎？」

「只是個酒鬼罷了。」

「有聚會可以去，一定很好。」

的確是，不過這不是我去的原因。

「應該要有一種聚會，」他說，「是提供給那些飲酒節制，也沒有理由戒酒的人。」

「這點子太妙了，喬。」

「你這麼覺得嗎？」

「當然。這麼一來，你們就不必非得去教堂地下室了。可以在酒吧裡面聚會呢。」

「我名叫喬．D，」他說，「我退休了。」

∞

那個聚會是在我所屬的聖保羅教堂分會，我已經當過很多次引言人，朗誦〈戒酒無名會序文〉，介紹演講人。「我名叫雷，」他說，「我是個酒鬼。」然後接下來十五或二十分鐘他就照一般慣例，說他的戒酒故事，以前酗酒是怎麼個狀況，中間發生了什麼事，現在變成什麼樣。

喬問我演講人是不是他認識的人，我當時避免直接回答。如果他不認識雷蒙．古魯留（譯註：雷Ray Raymond是雷蒙之暱稱），也肯定聽說過，而且認得出他神似林肯的馬臉，以及頗沙啞的嗓音。「硬漢雷蒙」是一名刑事律師，他的當事人往往是激進、被眾人唾棄、全國最不被同情的那類人，他的策略則是把整個制度本身拿來審判。警察恨他，幾年前有人朝雷那戶位於商業街連棟矮住宅的正面窗戶掃射，大家都懷疑那是警察幹的。（沒人受傷，而且還讓雷知名度大增。）「要是早知道會引起那麼多迴響，」他曾說，「我說不定就自己來了。」

五月時，我在「三十一俱樂部」的年度晚餐上遇到雷。那頓飯吃得很愉快，過去一年來，我們沒有任何會員死亡，晚餐即將結束時，我告訴雷，我負責替聖保羅教堂每個隔周星期三的聚會找演講人，他想在什麼時候演講？

這天晚上有四五十人到場，其中至少有一半認得雷，但我們都謹守匿名的傳統。演講之後的討論中，除了雷所告訴我們的，沒有人表示對他所知更多。「猜猜昨天晚上在聖保羅演講的是誰，」他們或許會在其他聚會中告訴別的會員，因為我們常會這樣，雖然其實不太應該這麼做。不過我們不會告訴戒酒無名會以外的朋友，就像我沒告訴喬．德肯，而且或許更重要的是，我們不會因為這類社會地位而影響彼此在聚會中的關係。比方保羅．T在五十七街的熟食店當午餐外送員，而亞比做的則是某種神祕的、與電腦有關的工作，但他們在聚會中得到與知名律師雷蒙．古魯留同等的注意和尊敬。或許還更受尊敬——因為他們戒酒資歷更深。

∞

聚會在十點結束，通常會後我們都有幾個人去火焰餐廳，這家店位於第九大道，幾乎就在吉米．阿姆斯壯酒吧舊址的正對面。這回來了七個人，占據了角落一張大桌子。近兩年我往往是在場戒酒最久的人，這種事情好像早晚會碰上，只要你不喝酒也沒死掉。不過今天晚上，我們這桌有兩個人戒酒資歷比我多幾年，其中一個比爾．D，我第一次參加聚會時他很可能也在場。（我不記得那天晚上見到了他，當時我根本滿腦子只想著自己。）他偶爾會在聚會上發言，我一向喜歡他的談話；我本來可能找他當我的輔導員，但吉姆．法柏出現了，顯然是擔任這個角色的最佳人選。後來，吉姆被殺害後，我決定如果自己想再找個輔導員，就會去問比爾。不過到目前為止，我還沒感覺到有那個需要。

這陣子他話不多，不過參加聚會的頻率還是一樣。他是個高個子，瘦條個兒，白髮稀疏，有些新會員叫他「沉默者威廉」（譯註：威廉William的暱稱是比爾Bill）。這個形容詞絕對不會用在佩特身上，他矮胖結實，戒酒資歷幾乎跟比爾一樣久。他人也很好，不過話太多了。

比爾當了五十年的舞台工作人員，前不久退休了，在我所認識的人當中，他可能是看過最多百老匯舞台劇的人。佩特也退休了，他之前在下城市政廳的某個單位服務；我始終沒搞清楚是哪個機關，也不曉得他在那邊做什麼，不過不管是什麼，反正他四五年前就沒做了。「邊牆」強尼原來是建築工人，後來因為工傷而雙腿殘廢，留給他一筆殘障退休金；他就靠撐著兩支拐杖行動，在家裡工作，經營某種網路訂購的生意。幾年前他出現在聖保羅和爐邊和其他各分會時，總是一副陰沉且怨恨的模樣，不過那種態度隨著時間推移而漸漸消失。跟比爾一樣，他是這一帶的人，一輩子都住在西城的地獄廚房和聖胡安丘那一帶。我不曉得為什麼大家喊他邊牆強尼（Johnny Sidewalls），我想他大概是戒酒前就有這個綽號。如果你有約翰（John）這種大眾化的名字，就幾乎難免會有綽號，不過好像沒有人曉得他綽號的由來。

不過換了一個情況，如果你的名字是亞比，就不需要綽號，也不必後頭加上自己姓的縮寫。亞比（Abie）——我猜是亞伯拉罕（Abraham）的簡稱，但他一向說他名叫亞比，如果你講成一般亞伯拉罕的簡稱亞伯（Abe），他就會糾正你——戒酒已十年，洗心革面，剛來到紐約沒多久；他是以前住奧瑞岡州時開始戒酒的，然後搬到北加州。幾個月前他搬到紐約，開始出現在聖保羅和其他幾個西城的戒酒聚會中。他年紀四十出頭，身高約一八〇公分，中型體格，一張清爽乾淨的臉，可是你看過後就會忘記。他的五官不是那種會讓你印象深刻的。

我覺得他的個性似乎也跟外貌一樣。我曾在六十三街基督教青年會大樓的聚會中聽過他講戒酒經歷，但唯一記得的內容就是他以前喝酒、現在不喝。他少數發言時，內容溫和而毫無特出之處。我猜想這大概是他的風格。在鄉間小鎮聚會上的發言，通常都比較流於表面，內容也不那麼私密，而他也習慣了。

我剛開始參加聚會時，曾聽到一個女同性戀談到她明白自己喝酒喝出了問題，是因為她注意到自己常常猛然恢復意識時，嘴巴裡正含著男人的那話兒。「我不喝酒時從不會這樣。」她說。我有個感覺，亞比在奧瑞岡州的小鎮一定不會聽到這類東西。

赫伯加入的時間跟亞比差不多，他上星期才剛戒酒破九十天。這算是某種里程碑；你得戒酒九十天以上，才能擔任引言或參與服務工作。赫伯是在一個白天的聚會中宣布戒酒滿九十天的，我不在場，但只要他和我兩個人都繼續戒酒，或許我早晚會有機會聽到他的故事。他大概五十歲，矮矮胖胖，開始禿頭了，但帶著某些剛戒酒會員特有的熱心，近乎孩子氣。

我自己沒那樣過，也不曾像強尼以前那樣，對戒酒那麼怨恨。目睹我一路戒酒過程的吉姆．法柏曾告訴我，我是既固執、又認命，認為自己到頭來一定會回去喝酒，但決定暫且不要。我沒法告訴你我是哪一型的。我只記得硬逼著自己從這場聚會趕到下一場，擔心參加聚會會有用，也擔心沒用。

∞

我不記得是誰提起死刑的。有個人講起，另外一個人針對這個主題談了一些基本看法，然後邊牆強尼轉向雷說，「我想你是反對死刑的。」這個說法原可能是挖苦，但其實沒有。這只是一種看法，帶著心照不宣的暗示，因為大家知道雷是什麼人，所以覺得他會反對死刑。

「我反對用在我的當事人身上。」雷說。

「噢，你非反對不可，不是嗎？」

「當然，我反對任何刑罰用在我的當事人身上。」

「他們全是無辜的。」

「說無辜就太誇張了，」他承認。「我想說無罪就行了。我接過幾個可以處死刑的案子，一次都沒有敗訴過，但那些案子其實都不會真處死刑。不過，只要你的當事人稍稍有一點點坐上電椅的可能性，就會讓律師充滿鬥志。『坐上電椅』——這種說法透露我的年紀了，對吧？現在沒有電椅了。他們會讓你躺下，其實還非躺不可。他們會把你綁在推床上，進行一個尋常的醫療步驟。而你生還的希望比一般動手術還低。」

「我一直很喜歡的，」比爾說，「就是酒精棉片。」

雷點點頭。「因為上帝不准你感染葡萄球菌。讓你很納悶這是哪個天才醫生發明的。我反對死刑嗎？這個嘛，死刑其實不會有任何嚇阻效果，而且整個上訴和執行過程的成本，要遠大於供養那些王八蛋吃住到老死的花費；而且死刑本質上的不文明，會讓我們被列入與中國和穆斯林獨裁國家的同樣行列；此外，不同於雨水會落在善人也落在惡人身上，死刑卻只會落在窮人和低下階層身上。但以上的說法都可以先放在一邊，不幸的事實是，偶爾我們會搞錯，處決錯人。不久前還沒有人聽說過DNA，現在它卻讓一堆定罪的案子翻案。誰曉得往後鑑識科學還會有什麼進展？而德州忙著處決的那些可憐王八蛋裡面，又有百分之多少是無辜的？」（譯註：德州執行死刑的人數長年高居全美各州第一，其次是維吉尼亞州）

「好可怕，」赫伯說。「想像你知道自己沒有做某件事，可是你又沒辦法阻止人家處決你。」

「無辜冤死的人啊，」佩特說，「向來就不缺。」

「但那不是政府的作為，就某種意義而言是不一樣的。」

亞比說，「但有時唯一適當的懲罰，就是死刑。比方說，恐怖分子。你會怎麼處置他們？」

「馬上射殺，」雷說。「如果不行的話，就吊死那些王八蛋。」

「但是既然你都反對死刑——」

「你剛剛是問我會怎麼做，而不是問我認為怎樣才是對的。談到恐怖分子，不管是本國的還是外來的，我才不在乎什麼是對的。我會吊死那些混蛋。」

這些話引起一番熱烈的討論，但我大部分沒聽進去。基本上我很喜歡跟這些戒酒的朋友在一起，但我必須說，他們一談政治或哲學，或者，說實在，只要是任何無關他們切身狀況的話題，我就沒那麼喜歡他們了。他們的討論愈深奧，我就愈聽不進去，直到中間我聽到亞比的話，忽然振作了一點。他說，「那艾坡懷特呢？維吉尼亞州里奇蒙的普瑞斯登．艾坡懷特，他殺了那三個小男孩，被排定下星期不曉得哪一天要處決。」

「星期五，」我說。雷看了我一眼。「我今天稍早聽朋友提起過，」我解釋道。「聽說證據清楚明白。」

「根本就是壓倒性的證據，」亞比說，「而且性變態凶手一逮到機會就會再犯。他們根本不會改過自新。」

「這個嘛，如果不得假釋的無期徒刑真的就表示要關一輩子不准放出來。……」

我又開始聽不進去了。普瑞斯登．艾坡懷特，他的案子當時並沒有引起我太多興趣，他有罪或無辜我也沒意見，但他卻無意間出現在兩個截然不同的談話中。這吸引了我的注意，不過現在我可以忘掉他了。

「我吃了愛爾蘭式早餐，」我告訴伊蓮，「裡頭有黑布丁，喬愛死了，喜歡到可以忘記那是什麼做的。」

8

「說不定有符合猶太教規的素食版黑布丁，」她說，「用麵筋做的。你去那邊會覺得陌生嗎？」

「有點，不過後來我習慣了就好一點。菜單不像吉米的那麼有趣，不過我點的菜滿好吃的。」

「愛爾蘭式早餐要做得難吃也不容易。」

「我們可以找時間去，看你覺得怎麼樣——我是說那地方，因為我已經知道你對愛爾蘭式早餐的看法了。順便提一句，你提早回家了。」

「摩妮卡晚點有約會。」

「那個神祕男子嗎？」

她點點頭。摩妮卡是她最要好的朋友，她的男朋友都是同一類型的：全都是已婚男子。一開始她會困擾於男友急著跳下床去趕最後一班往新澤西州上脊河鎮的火車，然後她明白她更喜歡這樣。早上醒來不必聞口臭，而且整個週末都有空。這不是全世界最棒的事嗎？

平常她都會炫耀她的已婚情人。有些會很感光榮，有些則難為情，但現在這個是哪一型，我們好像沒辦法知道，因為他似乎設法讓她牢記保密的必要性。到現在她已經跟他約會好幾個星期了，而她無話不談的手帕交伊蓮卻什麼都問不出來，她只肯承認這男的聰明絕頂，而且——真不是蓋的——非常神祕。

「他們從不一起公然出現，」伊蓮說，「甚至不會去個迷人的小餐館吃頓迷人的小晚餐。她沒辦法聯絡他，電話或電子郵件都不行；而他打電話給她的時候，講話都很簡短而隱密。他不會在電話裡喊她的名字，也不希望她喊他。她甚至不確定這個男人告訴她的名字是真名，不過不管叫什麼，反正她不告訴我。」

「聽起來她好像很樂於享受那種保密性。」

「啊，那是毫無疑問的。她覺得很失望，因為她希望能跟朋友談論他，可是同時她也很喜歡自己不能談。而既然她不曉得他是誰、做什麼工作，她在心裡就可以自己亂編。比方是個政府的情報員，不過連哪國政府她都不能確定。」

「所以都是由他打電話給她，然後他過去，然後兩個人上床。就這樣嗎？」

「她說這段關係不只是性愛而已。」

「他們會一起看機智問答節目嗎？」

「如果會的話，」她說，「我打賭他曉得所有的答案。」

「每個人都曉得答案。」

「你這個聰明蛋。那就換成問題。他曉得所有的問題。因為他超聰明的。」

「真可惜我們沒機會見到他，」我說。「聽起來他好像有趣極了。」

3

「格林維爾懲治中心」位於維吉尼亞州靠近賈瑞特鎮處，從該州首府里奇蒙往南開車要一小時。他停在警衛室前，搖下車窗，把駕照和典獄長的信拿給警衛看。他那輛有天窗的福特維多利亞．皇冠車款乾淨無瑕；他前一晚在里奇蒙過夜，今天早上出城前，把車子開去自動洗過。這輛車是租的，才在高速公路上開了幾百哩，並沒有那麼髒，但他喜歡車子乾乾淨淨的，向來如此。保持車子洗乾淨、頭髮梳整齊，而且鞋子擦得亮晶晶，他總這麼說，因為要建立良好的第一印象可沒有第二次機會。

他把車子停在警衛指示的地方，離正門入口不到三十碼，入口上方的建築正面有這座機關的名稱：格林維爾／懲治／中心。這個名稱簡直不需要，整棟建築物幾乎不可能是別的，由直線構成的低矮建築，暗示著監禁和懲罰。

他旁邊的乘客座上有一個公事包，但他已經決定不帶進去，以避免不斷打開接受檢查的麻煩。這會兒他打開來，拿出一本線圈裝訂的筆記本。他不太相信自己有記筆記的需要，不過這是個有用的道具。

下車前他又從照後鏡裡檢查自己一遍。調整一下銀色領帶的結，順了順小鬍髭。試了幾個表情，最後決定採用悲傷的淺笑。

他鎖上車門。其實根本不必，在警衛塔陰影下的監獄停車場內，他覺得有人強行進入車內偷東西的可能性極其微小。但他下車向來會鎖上車門。如果你一向鎖上，就永遠不會忘了鎖。如果你一向早到，就永遠不會遲到。

他喜歡這類朗朗上口的標語。宣告的口吻很肯定，甚至是鄭重，可以讓別人印象深刻。長期一遍遍重複，可以造成近乎催眠的效果。

他大步走過柏油路面，朝入口而去，一個身材修長的男子穿著灰色西裝，清爽的白襯衫，素面的銀色領帶。他的黑色皮鞋剛擦得亮晶晶，悲傷的淺笑已經掛在薄薄的雙唇上了。

∞

典獄長約翰・韓福瑞斯也穿了灰色的西裝，但兩人相似之處也僅止於此。韓福瑞斯比他高了好幾吋，也重了五六十磅。他行動靈活，看起來就像大學時代當過運動選手、至今仍有上健身房運動的習慣。他握手時給人堅定之感，權威性明確無疑。

「柏丁森博士，」他說。

「典獄長。」

「唔，艾坡懷特同意見你。」

「我很高興。」

「我這邊呢，真希望能更了解你對他的興趣何在。」

他點點頭，用大拇指和食指理理小鬍鬚。「我是心理學家。」他說。

「我知道。耶魯博士，大學是在維吉尼亞大學念的。我自己也是從夏洛特維爾的維吉尼亞大學畢業的，不過應該是在你之前。」

韓福瑞斯五十三歲，比他年長十歲。他知道這名男子的年齡，就像他知道他是畢業於夏洛特維爾的維吉尼亞大學。網際網路太厲害了，你想知道的一切幾乎都查得到，而這項資訊是因為他自己的履歷上就列了維吉尼亞大學。

「耶魯大學是讓人覺得比較有名，」他說，「不過我如果對這個世界有任何貢獻，那麼就該歸功於我在維吉尼亞所受的教育。」

「真的嗎？」韓福瑞斯盯著他，他的目光看來似乎稍微卸下心防，轉而為尊敬了。「你是維吉尼亞人嗎？」

他搖搖頭。「軍人子弟。從小到處搬家，大部分是在國外。我在夏洛特維爾的四年是當時為止我所待過最久的地方。」

他們簡短回憶了母校的種種，發現他們各自當時所參加的兄弟會是友善的對手。他考慮過要說自己以前也是ΣX社（Sigma Chi）的成員，但後來覺得那太牽強了。於是他另外挑了一個兄弟會，活動社址就在ΣX社隔壁兩戶。

他們談完了母校，他解釋自己對普瑞斯登．艾坡懷特的興趣。他告訴韓福瑞斯，這次訪問是一個大型研究計畫的一部分，針對那些面對壓倒性證據可證明他們有罪、卻仍堅稱自己無辜的罪犯。他說，他尤其感興趣的是，謀殺犯面對死刑，還一路堅持自己無罪、直到處決的那一刻。

韓福瑞斯聽了，皺起眉頭思索著。「你寫給艾坡懷特的信中，」他說，「提到說你相信他。」

「我想給他這個印象。」

「博士，這什麼意思？你認為他是無罪的嗎？」

「當然不是。」

「因為審判時所提出的證據——」

「是壓倒性的，而且是決定性的。那些證據說服了陪審團，也的確應該如此。」

「聽到你這麼講，我真是鬆了口氣。但我不明白你向艾坡懷特先生暗示相反意見的動機。」

「我想會有人質疑這種手法不道德，」他說著順了順鬍髭。「我發現，為了贏得受訪者的信任和合作，就得給他們一些東西。我不打算給他們希望，或任何實質的東西。不過對我來說，讓他們以為我相信他們聲稱自己無辜是實話，似乎是可以允許的。如果來訪者心懷同情，他們就比較容易開口傾訴，而且說不定對他們自己也有好處。」

「你為什麼這麼想？」

「如果我相信某個人的說法，他自己也會比較容易相信。」

「可是你其實不相信他們的說法。」

他搖搖頭。「如果我對某個人有罪與否，有一丁點的質疑，」他說，「我的研究樣本就根本不會挑他們。我不是要調查司法不公。我訪問的人都一定是受到公正的審判，也公正的被定罪，而且我必須說，他們被處死刑也是公平正義的。」

「你不反對死刑。」

「一點也不反對。我覺得維持社會秩序需要死刑。」

「這一點，」韓福瑞斯說，「但願我有你那麼肯定。我不反對你的說法，不過我處在一個不幸的位置，可以看到這個問題的兩面。」

「這不會讓你工作起來更輕鬆。」

「不能也不會。但這是我工作的一部分，而且只是很小一部分，雖然占掉我多得不成比例的時間和思緒。而且我喜歡我的工作，也覺得自己很稱職。」

他讓韓福瑞斯談自己的工作，其中的艱辛和滿足感，不時點頭、回答，外加一些同情的面部表情，激勵對方不斷說下去。反正不急，普瑞斯登．艾坡懷特不會去別的地方，直到星期五，他才會被施打致命毒針，被送到人人最後都要去的地方。

「噢，沒想到跟你說了這麼多，」最後韓福瑞斯終於說。「我本來還納悶你要怎麼讓艾坡懷特開口，不過我現在覺得，你要讓他講話不會太困難。看看現在你根本還沒哄我，就已經讓我講了這麼多。」

「你講的這些我很有興趣。」

韓福瑞斯身子往前湊，十指交握放在書桌上的吸墨紙墊。「你跟他談的時候，」他說，「不會給他任何錯誤的希望吧？」

錯誤的希望？不然還有其他別種希望嗎？

不過他說，「我的興趣始終就是讓他說出最想說的話。以我的角色來說，我會盡一切可能，幫助他接受眼前這種不可能的矛盾。」

「是什麼呢？」

「他再過幾天就要被處決了，而他是無辜的。」

「可是你不相信他是無辜的。喔，我懂了。你們雙方都假裝相信他是無辜的。」

「我這邊是假裝的。他自己說不定很相信。」

「哦？」

他往前傾，十指交叉，刻意仿照典獄長的肢體語言。「我訪問過的某些人，」他告訴對方，「其實會跟我眨個眼、或點個頭、或講很多話，承認他們做了讓他們被判死刑的罪行。但這種人只有幾個。而其他更高比例的人，都知道自己是有罪的。我可以從他們的眼睛看得出來，從他們的聲音聽得出來，或從他們臉上的表情明白，但他們不會向我或其他任何人承認。他們刻意隱瞞，想等最高法院下令延期，或州長半夜打電話來取消執行。」

「現任州長秋天要競選連任，而艾坡懷特是全維吉尼亞州最痛恨的人。如果真要打電話，那也會是打給醫生，祝他順利找到血管。」

這個說法似乎應該報以悲傷的淺笑，於是他露出了那個表情。「不過據我所知，」他說，「很少被定罪的人真誠相信自己是無辜的。我指的不是那種聲稱自己有正當理由，或是把責任推給受害者，或是魔鬼唆使他們去犯罪。而是真的相信自己完全沒做過的那種人。一定是警方陷害他們，證據一定是被栽贓的，只要真正的凶手出現，全世界就會曉得他們其實是無辜的。」

「這個中心裡有三千名囚犯，」韓福瑞斯說，「我不曉得有多少人不記得自己所犯的罪，他們都說當時是因為吸毒或喝酒而失去意識。他們不必然否認自己的行為，可是也不記得。不過你指的不是這種。」

「對。有一些例子，尤其是艾坡懷特所犯的這類性犯罪，犯罪者在行凶時處於一種交錯的狀態，不過還沒嚴重到讓他們失去意識、不曉得自己在做什麼。而我所討論的現象是在事發之後，這是典型的『願望為信念之父』。」

「哦？」

「姑且把我放在艾坡懷特的位置。假設我在某段期間內殺了三個男孩——那是在多久的期間內？兩個月嗎？」

「我相信是。」

「一個接一個綁架他們，強行雞姦，折磨他們，殺害他們，然後藏匿屍體、掩蓋謀殺的證據。要嘛就是我找到一個方式讓自己良心上過得去，否則我就是徹頭徹尾的反社會，根本就不會覺得良心難安。」

「我從小確信每個人都有良知，」韓福瑞斯表示。「但幹這一行，很快就讓人失去這種妄想。」

「這些人神智健全，只不過缺乏了一般人類的一種認知。他們知道是非對錯，但不認為適用於自己。總之他們認為這些標準跟他們不相關。」

「而且他們可以很有魅力。」

他點點頭。「而且可以表現得很正常。他們知道什麼是良知，他們了解其中的概念，所以他們可以表現得好像自己有良心似的。」悲傷的微笑。「唔，我殺了這些男孩，我一點也不覺得良心不安，但接下來我被逮到了，被警方逮捕了，而且有很多證據證明我是有罪的。我現在關在監獄裡，媒體咒罵我是本世紀最凶惡的壞蛋，於是我唯一能做的，就是宣稱我是無辜的。

「我如此宣稱，愈來愈堅定。因為我不單要堅持自己是無辜的，還得一副完全確定的姿態，因為如果連我自己都不相信的話，別人又怎麼會相信呢？我自己都真心相信這個說法了，還有什麼比這個更有說服力呢？」

「換句話說，最後你也相信了自己的謊言。」

「表面看起來是如此。我無法完全確定這個過程的一些細節技巧，不過看起來就會是這樣。」

「聽起來簡直像是自我催眠。」

「只不過自我催眠通常是一個有意識的過程，而我剛剛描述的大部分都是無意識的。但當然，其中有自我催眠的成分，也有自我否定的成分。『我不可能幹這種事，所以我根本沒做。』心靈的真相壓倒了現實世界的真相。」

「了不起。你讓我恨不得自己多修過幾門心理學的課。」
「你這份工作就已經是一門速成課了。」
「我是個行政官員，柏丁森博士，而且——」
「叫我阿尼就行了。」
「阿尼，我是個行政人員，一個工廠的設備管理員。我的任務是維持生產線運作，有問題出現時予以處理。不過你說得沒錯，這是一門研究人類心理複雜性的速成課。你知道，如果艾坡懷特相信自己沒有做——」
「這一點我還不確定，但我覺得很可能是這樣。」
「唔，那就表示不會有臨終最後一刻的告解。」
「如果他覺得沒有什麼可以承認的，那又怎麼會有告解呢？」
「一般來說也無所謂，」韓福瑞斯說，「因為不管有沒有告解，我們都得給他打針，不過我是考慮到那個男孩、第一個被害者的父母。我不記得他的名字，真不應該。我已經聽過太多遍了。」
「傑佛瑞．威利斯，是嗎？屍體始終沒找到的那個。」
「對，就是他。傑佛瑞．威利斯，他的父母親是佩格和鮑溫．威利斯，他們經歷了漫長的煎熬，一切卻無法結束。死刑有這點好處，能讓受害者家庭有個了結，這是終身監禁做不到的，可是對威利斯夫婦來說，死刑只是結束了一部分，因為他們被剝奪了埋葬兒子的機會。」
「而在他們心裡，始終不放棄兒子還活著的一線希望。」

「他們知道他沒活著，」韓福瑞斯說。「他們知道他死了，也知道艾坡懷特殺了他。那傢伙上鎖的書桌抽屜裡有個牛皮紙信封，裡頭有三個玻璃紙小袋子，每袋裡有一綹頭髮。其中一綹是傑佛瑞・威利斯的，另外兩袋則各裝著其他兩個受害者的頭髮。」他搖搖頭。「當然艾坡懷特沒有解釋。當然一定是有人把這些戰利品栽贓在他抽屜裡，當然他從沒見過這些東西。」

「他自己可能也相信這個說法。」

「現在所有人對他的期望，也是他離開這個世界時唯一能做的，就是告訴那對可憐的父母，他們兒子的屍體埋在哪裡。這樣可能會讓州長打電話，至少讓他的死刑延後，等找到那個男孩的屍體再執行。可是若他真誠相信不是自己幹的——」

「那麼他就不可能承認罪行，也不會說出埋屍的地點，因為他不知道屍體在哪裡。」

「如果他相信自己沒犯下那些罪，那麼我想他也不會供出屍體地點之類的了。可是如果他只是在演戲，而且能設法讓他相信，說出埋屍地點最符合他自己的利益……」

「我再看看能不能幫上忙。」他說。

4

牢房比他預期的要大，設備也更舒適。有一個固定的水泥座台放床墊，一個固定式可容雙膝的小桌子。牆壁高處有台搆不著的電視機，遙控器固定在桌上，朝著電視。一把一體成形的塑膠椅子——白色、可以堆疊起來的那種，是說如果有兩把以上的話——是牢房裡唯一可移動的家具。兩人試探性的握過手後，艾坡懷特指著椅子示意他坐，自己則坐在床上。

普瑞斯登．艾坡懷特是個英俊的男子，雖然坐牢的這幾年已在他身上留下了痕跡。他被捕至今已經五年，而這是艱辛、消磨靈魂的五年。歲月磨蝕了他寬闊的肩膀，挺直的背脊變得佝僂，也為他深金色的頭髮添上幾抹飛霜，甚至在他豐厚的雙唇兩側刻下縱線。他的藍色眼珠可曾褪色？或許吧，也可能褪去的不是顏色，而是眼中的神采。那種遙遠茫然的瞪視，失焦的瞪著半空中，望向無邊的深淵。

他講話時，聲音平板，沒有抑揚頓挫。「希望這不是什麼詭計，柏丁森博士。希望你不是媒體派來的。」

「當然不是。」

「我已經回絕了媒體的要求。我不想接受專訪，不想要什麼說話的機會。我沒有故事可說。唯一想說的就是我是無辜的，我活在一個噩夢中，而這種故事沒有人想聽。」

「我不是媒體派來的。」

「或是那個男孩的父母派來的？他們想知道他們的兒子埋在哪裡，好把他挖出來再安葬。上帝慈悲，如果我曉得的話，難道不會告訴他們嗎？」

「他們以為你不願意坦承你知道地方。」

「為什麼？三天後他們就要給我打一針綜合化學藥劑，我這短短的一生就要走向終點。不管我怎麼做，都是一死。我不該被處死的，我這輩子從沒傷害過任何人，但這不重要。十二個人看著證據判定我有罪，然後他們考慮過後，判定我該因此受死，我不能怪他們判我有罪或判我死刑。我的意思是，看看那些證據。」

「是啊。」

「我的電腦硬碟裡有兒童色情圖片。我書桌抽屜裡的小玻璃紙袋有那三個死去男孩的頭髮。埋屍地點找到了一條染血的手帕，上頭的血是我的。我的電腦裡甚至還有個檔案，是以極盡淫穢的第三者觀點詳述其中一樁謀殺案。檔案已經刪除了，但警方設法將檔案復原，那種東西只有喪心病狂的人才寫得出來。裡面描述的犯罪細節只有凶手本人才可能知道。如果我是陪審員，我也不會有絲毫猶豫。我的判決也只可能是有罪。」

「他們沒花太多時間審議。」

「因為沒必要。我看過一份記錄，是一個陪審員的專訪。他們退庭審議時，每個人都說有罪。

然後他們討論證據，想找出可以駁倒其中一些證據的觀點，然後又投票，這回還是無異議。接著他們又討論了一下，只是想完全確定每個人想法相同，然後正式投票，每個人都認為罪名成立，沒有一個贊成無罪開釋，所以實在沒有理由再浪費時間。於是陪審團排成一列縱隊回到了法庭，宣布他們的判決。然後我的律師堅持要陪審員個別表明自己的判決，他們就一個接一個說著同樣的話。有罪，有罪，有罪。你還指望他們說什麼呢？」

「那量刑審呢？」〔譯註：英美法的審判和量刑審是分開的。非死刑的案件，由陪審團判決有罪或無罪後，再由法官主持量刑審決定刑罰；死刑案件則由一個陪審團決定有無罪後，再由另一個陪審團決定該處以死刑或不得假釋的無期徒刑〕

「我的律師希望我改變說詞。他從沒相信過我，雖然他不會明講。噢，他幹嘛相信我呢？若把我的話當真，只會證明他是個多麼無能的律師。」

「他認為你若承認是你幹的，就比較有機會逃過死刑。」

「那是妄想，」他說，「因為不管我承不承認，量刑都會是一樣的。他要我表現出懊悔的樣子。懊悔！那種滔天大罪，再怎麼懊悔都只嫌不夠。我又怎麼有辦法為自己沒做過的事表現出懊悔呢？他沒有明著說我滿口謊言，不過他心裡就是這麼想。可是他也沒堅持，因為他知道根本沒差。陪審團決定判我死刑，花的時間不會比判我有罪要久。」

「你覺得驚訝嗎？」

「我覺得震撼。後來法官宣布刑罰，我也覺得震驚。震驚和驚訝不太一樣。」

「沒錯。」

「那個訊息是，『你快死了。』好吧，每個人都會死，但是有個人坐在那裡告訴你，那真是個衝擊。」

「我可以想像。」

「懊悔。你可以代替別人懊悔嗎？我沒法為我殺了那些男孩而覺得抱歉，因為我沒殺他們，可是我的確很抱歉有人殺了他們。」他皺起眉，額頭上冒出一道縱紋，跟他嘴角兩側的法令紋恰恰相配。「他說如果我能告訴警方第三具屍體在哪裡，一定會大有幫助。但如果我根本沒見過那個威利斯家的男孩、根本不曉得他在哪裡，我有什麼能講的？他說，我可以告訴他，然後他可以說我是在堅持自己無辜的同時說溜嘴的。我說這實在不太合邏輯。這麼一來我就是堅持謊言的同時又承認那是撒謊。他軟硬兼施囉唆了一堆，我說其實也不重要，因為我不知道的事情，要我說什麼呢？你知道，我不在乎他相不相信我，或任何人相不相信我。我太太就不相信我，她甚至根本不想見我。她跟我離婚了，你知道。」

「我聽說過。」

「我入獄後就沒見過她，也沒見過小孩。不，我收回這些話。我見過她一次。她來探監，問我怎麼能做這種事。我說我是無辜的，要她得相信我。可是她不相信，我心裡有個什麼東西死了，從那時開始，其他誰相信或不相信我，就不重要了。」

妙極了，真是妙極了。

∞

「你信裡說你相信我。」

「沒錯。」

「我想這只是讓我答應跟你見面的一種手段。好吧，你達到目的了。」

「我很高興你因此願意見我，」他說，「但我並不是要手段。我知道你沒有犯下那些令人髮指的罪行。」

「我幾乎要相信你是認真的。」

「我是啊。」

「但怎麼可能呢？你是個理性的人，是科學家啊。」

「前提是心理學得先是一門科學，不過很多人認為不是。」

「不然還會是什麼？」

「是一門藝術。有些人會說，是一種黑暗藝術。你知道，曾有人想把諾貝爾獎頒給佛洛依德，不是醫學獎，而是文學獎。這是一種挖苦的恭維。我願意把我所做的事情想成是有科學基礎的，普瑞斯登，不過——對不起，我喊你普瑞斯登可以嗎？」

「我不介意。」

「我的名字是阿尼。A—R—N—E，是斯堪地那維亞的拼法，不過發音就像阿諾（Arnold）的暱稱。我父母兩邊都有英格蘭、蘇格蘭和愛爾蘭的血統，我想不出他們幹嘛給我取個瑞典名字。不過這離題了，恐怕我忘了原來我在講什麼。」

「你所做的事情是有科學基礎的。」

「是，當然了。」他沒有忘了原來在講什麼，但他很高興因此得知艾坡懷特注意聽他講話。「但即使是純科學也有直覺的成分。大部分科學發現都是出自直覺，勇於嘗試，而與邏輯或科學方法沒有什麼關係。我知道你是無辜的。我很確定這點，毫無懷疑。我無法向你或向自己解釋我是怎麼知道的，但我就是知道。」他給了艾坡懷特一個更為溫柔的同情淺笑。「我恐怕，」他說。「你也只能相信我了。」

艾坡懷特只是注視著他，他的臉此刻變得溫和而不設防。然後，沒有想到的是，淚水開始流下他的臉龐。

∞

「對不起，我已經有，要命，我甚至想不起來多久沒哭過了。很多年了吧。」

「沒什麼好道歉的。或許應該道歉的是我。」

「為了什麼？為了你是第一個相信我的人嗎？」他匆匆一笑。「不過也不完全是這樣。這幾年我收到過半打女人的來信。她們就是知道我不可能做這種事，她們關心我，希望我明白在我需要的時候她們有多麼堅定支持我。我聽說每個死刑犯都會收到這種信，你所犯的罪愈令人髮指、愈轟動，你收到的信就會愈多。」

「這是一種難以理解的現象。」

「她們大部分還會寄照片來。我沒留著照片，其實信也沒留，我連回信都不考慮，不過有兩三個人還是照常一直寫信來。她們想來看我，其中有一個就是不肯放棄。她想嫁給我。她解釋說，現在既然我已經離婚了，我們就可以結婚了。根據她的說法，這是憲法賦予我的權利。但無論如何，反正這是個我不想履行的權利。」

「是啊，我覺得你不會願意的。」

「而且我從不認為她或其他人真心相信我是無辜的。因為她們不會想跟一個即將無故冤死的可憐蟲談情說愛。她們想要跟一名惡魔化身的男子有一段浪漫韻事，或幻想跟這種人有段浪漫韻事。她們每個都想成為那個無私的女人，能夠在這個罪大惡極的男人身上看到一點點良善，而如果我可能擰斷她們的脖子，好吧，這個危險性只會讓整件事更加刺激。」

他們又聊了些人類的怪異行為。艾坡懷特如他所料的非常聰明，用詞豐富，而且邏輯清晰。

「再跟我說一次，阿尼，你為什麼要來這裡。」

他思索了一會兒。「我想是因為你符合一個標準，剛好是我最近感興趣的。」

「你感興趣的是什麼？」

「一定有個更好的字眼，不過我想到的是『在劫難逃的無辜』。」

「在劫難逃的無辜。你和我是這世上僅有的認為我無辜的兩個人。在劫難逃的部分，人人都很清楚。」

「我感興趣的，」他說，「是處在你這個位置的人，如何面對無法避免的命運。」

「冷靜面對。」

「是，我看得出來。」

「我仔細想想，每個有脈搏的人都被判了死刑。有些人的死刑來得比較快。絕症末期的人。他們跟我一樣無辜，只因為某些細胞出毛病，又沒有人及時發現，他們就得提前死亡。他們可以責備自己，說他們應該戒菸，不該拖延年度健康檢查，應該吃少一點、多動一點，但誰曉得那真會有什麼差別呢？反正人總是難免一死，這不是他們的錯。所以我也一樣，而且也不是我的錯。」

「每一天……」

「每一天，」他說，「我都更接近終點。我告訴我的律師不必費事去申請延期了。如果我堅持的話，可以再拖一兩年，可是幹嘛呢？我每天也不過就是在數日子，再拖下去也不過是多數個兩天罷了。」

「那你怎麼熬過這些日子呢，普瑞斯登？」

「沒那麼多日子好熬。星期五就是行刑日了。」

「是的。」

「星期五之前，我只要再熬幾十個小時了。他們每天會送三餐來給我。你一定以為我會吃不下，不過一個人的胃口好像跟一個人的前途沒有什麼關聯性。他們送食物來，我就吃掉。他們送報紙來，我就看。如果我要求，他們會帶書給我。最近我不太想看書就是了。」

「你還有電視。」

「有個頻道一直在重播警察影集。《重案組》、《法網遊龍》、《霹靂警探》，有一陣子我迷上了，一個接一個猛看。然後我明白了自己在幹嘛。」

「逃避現實？」

「不，我本來也以為是這樣，但結果不是。我是在尋找一個答案，一個解決。」

「解決你的兩難困境。」

「正是如此。想必其中一個節目會有解答。我會看到什麼，然後就會有那種『啊哈！原來如此』的一刻，天啟的那一剎那，就能拯救我自己，而且找出真凶。」他搖搖頭。「你聽到我說的嗎？『真凶』。老天在上，我講這些話聽起來真像ＯＪ．辛普森。」他噘起嘴唇，發出一個無聲的口哨。「我一明白自己為什麼看那些節目，就再也看不下了。完全失去了興趣。其實我也沒有太多可看的節目。美式足球，球季時可以看，但現在球季結束了，要到秋天才會開打。我已經看完我的最後一個美式足球球季了。」

「其他運動呢？棒球？籃球？」

「我以前打過籃球。」他眼睛瞇了一下，好像在回想，可是想不起來，就算了。「我會看大學籃球賽。地區錦標賽和最後四強。大學籃球球季結束後，我就失去興趣了。前幾天我看了場職業籃球賽，不過沒法專心。而棒球我始終就培養不出興趣。」

「所以你不常看電視。」

「不怎麼看。看電視可以打發時間，這就是它的吸引力之一，不過看電視也同時是浪費時間，而我已經剩沒多少時間了，禁不起浪費任何一丁點。你剛剛問我怎麼熬過日子。沒什麼好熬的。我就光是坐在這裡，時間反正就這樣過去了。接下來你就發現星期五快到了，我只要撐到那天就行了。」

∞

「我該走了，」他說，從那張白色塑膠椅子上起身。「我占用你太多時間了，何況你已經說過你剩下的時間不多了。」

「跟你談話很愉快，阿尼。」

「是嗎？」

「這是我第一回碰到有人認為我是無辜的。我不知道該怎麼跟你形容那有多麼特別。」

「真的嗎？」

「喔，絕對是。自從警方給我上了手銬、宣讀了我的權利後，每次談話都有一種無形的壓力，因為每一個人，甚至想幫我的人，都相信我就是個惡魔。那種壓力始終存在，你懂嗎？而今天這種壓力頭一回不見了，我可以沒有戒心的跟人談話，和另一個人好好相處。我已經想不出有多久沒有這樣講話過了。自從我被逮捕以後吧，但說不定更久。很高興你來看我，而且很遺憾你要走了。」

他猶豫著，然後試探的說，「我明天可以再來。」

「可以嗎？」

「接下來幾天我沒有什麼事。我明天會再來，如果你歡迎的話，接下來幾天我都可以來。」

「噢，耶穌啊，」艾坡懷特說。「是的，我歡迎，當然歡迎。你隨時來，反正我都會在這裡。」

5

週末的一個聚會上，一個我見過的女人走上來，說她聽說我是個私家偵探，對不對？

「算是吧，」我說，解釋說我已經半退休了，而且沒有執照，這表示我缺乏任何正式身分。

「可是你可以調查某個人。」她說。

「有特定的人選嗎？」

「我得考慮一下，」她說，「你可以給我聯絡的電話號碼嗎？」

我給了她一張名片，是新印的那批，上頭有我的行動電話和公寓電話號碼。我盡量拖到不能再拖，直到我發現自己愈來愈荒謬可笑的那種感覺壓過了本性中的頑固，才辦了行動電話。我有一半時間會忘了帶，即使帶在身上也會忘了打開，不過星期一早上我帶在身上，也開機了，而且電話響起時，我還能順利接聽，沒有不小心給按錯鍵掛斷。

「我是露易絲，」她說。「你給過我名片。前兩天晚上，我問你能不能幫我調查某個人，然後——」

「我記得，當時你說要考慮一下。」

「我已經考慮過了，想跟你談一談。可不可以找個地方碰面？」

我正在跟阿傑吃早餐，我笨手笨腳接電話時，他努力繃著臉沒笑。「我人在晨星餐廳。」我說。

「真的？因為我就在火焰餐廳。」

晨星就在第九大道和五十七街交口的西北角；火焰則在同一個街區靠五十八街那頭。兩家都是典型紐約式的希臘小餐館，沒有一家會登上紐約的美食排行榜，但兩家都不會太糟，而且都方便得要命。

她說，「十五分鐘後你還會在那邊嗎？我想喝掉這杯咖啡，然後我想出去抽根菸，抽完就過去晨星，如果你還在那裡的話。」

「我的主菜還沒上呢，」我告訴她。「你慢慢來。」

∞

「我覺得自己這樣很可笑，」她說。「我有了這段浪漫戀情，感覺上是會有一些結果的，而一段感情應該是建立在彼此互信上頭，如果我雇一個偵探去調查這個傢伙，這證明我付出了多少信任呢？感覺上好像我從一開始就在阻撓這段感情發展。」

露易絲年約三十七、八，中等身高、中等身材，有深褐色的頭髮和淡褐色的眼珠。年輕時的青春痘在她的雙頰和尖下巴留下了輕微的凹疤。她穿著上班的裙子和寬鬆短襯衫，擦了花香味的香水，跟她身上的菸味很不協調。

她來到我們這桌，有點驚訝我不是一個人。我介紹說阿傑是我的助理，讓她稍微比較安心。阿傑是個二十來歲的黑人小夥子——我不曉得他的確實年齡，不過這麼說來，我也始終不曉得他姓什麼，但他其實已經算是我的家人了——今天早上他一身輕鬆，穿著寬鬆褪色的牛仔短褲，上身是一件拆掉袖子和領子的黑色T恤。他看起來不太像我的助理或任何人的助理，只像毒販的幫手。我看得出來如果我單獨出現她會比較自在，不過這麼一來，我事後又得跟阿傑轉述，我想反正她可以適應，結果也的確如此。

我說：「任何持久的感情關係都是以信任為基礎。」

「我就是一直這麼告訴自己，可是——」

「信任也是大部分詐欺和騙局的關鍵元素。沒了信任就不可能騙得成。如果你能確定沒有什麼難以容忍的原因不去信任他，那麼要自己信任他可能就會容易點。」

「這一點我也不斷提醒自己，」她說，「這樣好像很不堪，可是我對他一無所知，這個事實我就是無法忽略。又不是說我們的父母是世交，或我們是在教會活動裡認得的那樣。」

「你們是怎麼認識的？」

「在網路上。」

「那種交友網站嗎？」

她點點頭，告訴我網站的名字。「我不曉得這個城市其他人到底是怎麼認識朋友的，」她說。

「我成天工作。事實上我再過二十分鐘就得回去上班，不過我遲到十分鐘也不會讓庭克貝公司倒掉。我白天在公司上班，晚上去參加戒酒無名會的聚會。我上個男朋友是在聚會裡認得的。這讓我們省掉互相寒暄試探的步驟，可是一旦合不來，其中一個人就得換個聚會地點了。」她瞥了下我的左手。「你結婚了，對吧？她也是聚會裡的人嗎？」

「不是。」

「你們怎麼認識的，不介意我問吧？」

我們相遇是在一個下班後的酒館裡，丹尼男孩的老座位。當時她是個年輕的應召女郎，而我是警察，有老婆和兩個小孩。不過露易絲不需要知道這些，於是我只說我和伊蓮已經認識很多年，失去聯絡後又再度重逢，兩個人就認真起來。

「好浪漫，」她說。

「我想是吧。」

「唔，我以前的男朋友，但願老天讓他們留在記憶裡就好。我高中的男朋友很可愛，可是那回我中途嘔吐的事情他始終無法釋懷，那是在……噢，別提了。耶穌啊，真希望我能在這裡抽菸。既然這裡可以喝咖啡，那就應該也可以抽菸才對。我們那位翹屁股市長該去操他自己。你能相信他也想禁止戶外吸菸嗎？我的意思是，他以為他是誰呀？」

她沒有等我回答，而我其實也一時想不出答案。「我應該回到正題了，馬修。我在網路上認識了這個傢伙，有很多交流，一開始是寫電子郵件，然後是傳送即時通訊。你知道即時通訊是什麼，對吧？那是某種線上交談？」

我點點頭。阿傑和伊蓮常常互相傳送即時通訊，就像兩個小孩扯根線在兩端綁著罐頭似的。阿傑就隔條馬路住在我們正對面，是我住了很多年的那間旅社房間裡，每星期會過來吃兩三次晚飯，他和伊蓮可以輕易打電話彼此聯絡，但顯然網路即時通訊有種難以抗拒的魅力。他們會注意到另一個人在線上，接下來他們就像兩隻喜鵲似的聊了起來。

「網路聯繫會讓人很親密，或至少讓人有那種感覺。人們在電子郵件中會卸除防備，或者一開始就不會帶著防衛心理。我的意思是，一切都好容易。你打著字就好像在寫日記似的，還沒有時間仔細思考就敲下了『傳送』鍵，信就寄出去了。你甚至沒辦法檢查拼字，更別說思考一下你是不是真想告訴他你高中三年級時墮過胎。所以感覺上很親密，因為你可以了解對方很多事，但也只是他選擇要告訴你的部分，而且你只是在螢幕上閱讀。那些只是字，沒有伴隨著聲調，沒有臉部表情，沒有肢體語言。其他空白由你自行在心中填補，而且隨你任意編造。但不見得會跟本人一樣。早晚你們會交換圖檔，就是網路圖片——」

「我知道。」

「——於是你知道他長得什麼樣子，但那也只是螢幕上的圖像，就像螢幕上的文字。你還是不了解他。」

「可是你見過這個人。」

「啊，當然。如果這一切只不過是網路上的調情，我不會拿來浪費你的時間的。我大概在一個月前跟他碰了面，後來又見了他七八次。這個週末我們沒碰面，因為他出城去了。」

「我想你們很合得來。」

「我們喜歡彼此，被對方所吸引。他長得不錯，但不英俊。我對英俊帥哥沒胃口。有個心理諮商師曾告訴我這是自尊心的問題，因為我覺得自己不配有個英俊的男朋友，不過我不覺得是這麼回事。我只是不信任長得太好看的男人。他們通常都很自戀。」

「我就有這毛病。」阿傑說。

她咧嘴笑了。「不過你處理得很好。」

「盡力而為。」

「我喜歡那個人，」她說。「他不會急著把我弄上床，不過我們都曉得那是早晚的事，而且我們沒花太久就走到那兒了。結果很美好。他喜歡我，我也很想樂不可支的告訴全世界我戀愛了，可是卻有個什麼阻止了我。」

「他有什麼事情是你不知道的？」

「我不曉得該從何說起。唔，他有什麼事情是我『知道』的？他四十一歲，離過婚，獨自住在奇普氏灣那一帶。他是自由工作者，替一些公司設計一些DM廣告案。有時他得長時間工作，有時又閒著完全沒生意上門。不是忙得要死就是閒得要命，他說。」

「他有辦公室嗎？」

「就在家裡。這是我們都去我家的原因之一。他那邊亂七八糟的，他說，他都睡在沙發上，而且還不是那種可以掀開的沙發床，因為他的書桌和檔案櫃占掉太多空間了，根本沒有地方把沙發打開。他有個傳真機，有個影印機，還有電腦和印表機，其他我不曉得還有什麼。」

「所以你從沒去過他家。」

「對。我說過我想去看看，他就說家裡很亂，還得爬四層樓上去只為了看那團混亂。聽起來好像很合理，但當然他說的也可能是實話。」

「也說不定他結婚了。」

「說不定他結婚了，甚至還住在別的地方。我想過要去他住的那棟大樓，至少看看信箱上有沒有他的名字，但我連他的地址都不曉得。我有他的電話號碼，可是是手機。他有可能結婚了，可能是個騙子，我只知道，他還可能是個操他媽的連環殺手。我倒不是真認為他真是前面講的那類人，不過問題是我不能確定，而且如果我心底隱隱有這些疑慮，情感上就無法擺脫那些感覺。」

「而且聽起來，不是埋在心底太深處。」

「對，你說得沒錯。那些疑慮一直在，擋在中間。」她皺起眉頭，「我收到了一封垃圾電子郵件，每個人都會收到，信裡可以連到一些網站，站上宣稱可以查出任何人的真面目，我去過那些網站，很受誘惑，但也就到此為止。總之，我也不曉得那些網站有多可信。」

「可能不太一定，」我說。「這些網站只是讓你進入各種可以公開取得的資料庫。」

「網路上什麼都查得到，」阿傑說，「可是只有部分是事實。」

「他的名字是大衛．湯普森，」她說。「或至少我以為他的名字是大衛．湯普森。我試過雅虎上的人物搜尋那一項，如果他名叫西蘭姆．衛瑟威克斯，事情就會簡單得多。你不會相信裡頭有多少個大衛・湯普森。」

「太大眾化的名字會很難查。你一定知道他的電子郵件地址吧。」

「DThomps5465@hotmail.com。誰都可以去Hotmail拿到一個免費帳戶，只要上他們網站登記就行。我在雅虎有個帳戶，Farelady315。不是窈窕淑女（fair lady），而是F—A—R—E，就像地下鐵車資（subway fare）那個字一樣，因為我天天搭地下鐵上下班。」她看了眼手錶。「我還好，住在八十七街，搭到哥倫布圓環。然後我吃了貝果喝了咖啡，然後來到這裡，從這裡走到我辦公室只要五分鐘。我會在路上抽一根菸，因為在那個操他媽的辦公室當然是禁菸的。我可以在辦公桌裡藏一小瓶酒偷喝，沒問題，可是抽菸卻不准。我提過他抽菸嗎？我是指大衛？」

「沒有。」

「我在網路的徵友廣告上特別註明了。不只說我抽菸，而且說我希望找抽菸的人。很多人會說他們可以忍受，但結果還不是手在空中揮呀揮，或者跑去開窗子。我才不想碰上這種事。我一天戒一次酒，也不吃麻醉藥品，我連經痛藥都不吃，所以我想我愛抽多少菸就可以抽多少，管他市長說什麼。」她爆笑起來。「耶穌啊，聽聽我說什麼？『嘿，露易絲，何不告訴我們你真正的感覺？』其實是，我知道哪一天我就會戒菸了。我甚至連談都不想談，但哪一天我準備好了，就會戒了。而且呢，最可能發生的時候，就是我有幸遇到一段超棒的感情，結果對方是個菸抽得像煙囪的老菸槍，而他最不想做的就是戒菸，最後他抽菸會搞得我抓狂。」

這是個艱難的古老世界。「大衛（David）知道你參加戒酒聚會嗎？」

「他喜歡人家喊他戴夫（Dave）。是，我一開始就告訴他我在戒酒，那時我們還只知道對方的網路暱稱。他說些什麼如果能共享一瓶葡萄酒一定很美好之類的，我想讓他知道這種事不會發生。他只是在社交場合稍微喝一點。或至少跟我在一起是這樣，不過這點我也不曉得，因為他也可能是跟我在一起時很節制，但我不在眼前時說不定就原形畢露了。」

她給了我一張照片，是他以前寄過來的，她下載印出來。她向我保證，這張照片跟他本人很像。照片裡是一名男子的頭部和肩膀，臉上露出大部分人面對鏡頭時所硬擠出來的那種微笑。他看起來很好相處，有個方下巴，唇上一道仔細修剪過的小鬍髭，滿頭深色頭髮。當然，他不像電影明星那麼帥，不過我覺得他看起來還不錯。

有那麼一會兒，我以為她會把照片要回去，可是她已經下定決心，往後靠坐。「我真恨自己要這麼做，」她說，「可是如果不做，我會更恨我自己。我的意思是，這類報導很多。」

「是啊。」

「我不是什麼富婆，不過我有些投資，銀行裡也有點錢。我住的公寓是自己買下的。所以我會有失去財物的風險，你懂吧？」

8

她離開後，我請侍者過來結帳。之前她想留一元咖啡錢給我，但我想我還請得起她。她給了我五百元當聘雇費，換來了一紙收據，還有我對自己基本原則的解釋：我不會給她寫詳盡的報告，但如果發現什麼會通知她，我調查時會刻意設計，不讓他曉得這些調查是誰主使的。我會自己負擔種種費用，但無法估出金額是多少，如果最後我花了比五百元更多的時間，我會通知她，而她可以決定要不要再付給我。這套方法對某些人來說有點太沒組織，但她沒有意見。也或許她只是急著想出去抽根菸。

「很高興我沒那習慣，」阿傑說。「你以前抽菸，對吧？」

「一年抽一兩次，」我說，「我會喝酒喝一喝，陷入某種心情，讓我去買一包菸來，然後一根接一根，連續抽上六根或八根。然後我會把剩下整包菸給丟了，接下來好幾個月都不會想抽。」

「好詭異。」

「我想是吧。」

他伸了根手指放在那位據說是大衛．湯普森的照片上。「要我去看看網路上的消息嗎？」

「我也正希望你去查呢。」

「你知道，」他說，「我能做的事情，沒一件是你自己不能做的。你只要用伊蓮的麥金塔就可以查了。你現在連撥接登錄都不必，因為她接了網路線，只要打開電腦就上網了。你就先上Google，東查西查，看能查到些什麼。」

「我老擔心我會弄壞什麼東西。」

「連半滴汗都不必流啦，大哥。不過沒問題，我會查查看。現在我們來複習一下，看我們對這傢伙知道些什麼。」

不必花太多時間複習，因為我們所知不多。我建議了幾個可以調查的方向，我們兩個人都做了些筆記，然後他椅子往後一推，站了起來。「我最好回我房間了，」他說。「十分鐘前開盤了。」

「你還做得沒問題嗎？」

「有時候還過得去。有時候整個市場都在漲，隨你做什麼都像個投資天才。除非你是在做空，那你看起來就會像個傻瓜。」

8

我有兩個成年的兒子，麥可和安迪。麥可和他太太君恩住在加州的聖塔克魯茲，而上回我聽說時，安迪人在懷俄明州。我不確定是哪個城市，他最近搬家了，但我不確定是從夏安市搬到拉若米，還是從拉若米搬到夏安，我想反正也不會太重要，因為那是聖誕節那陣子的事情，之後他可能又搬過了。自從四五年前他飛到東岸參加他母親的葬禮之後，我就沒再跟他見過面。麥可後來又來過紐約一趟，是前年夏天匆匆來出差，然後去年他第二個女兒出生時，我和伊蓮飛到那邊待了幾天。

他們給小女兒取名安東妮雅。「我們想給她取名紀念媽媽，」麥可告訴我，「可是我們兩個都不是很喜歡安妮塔（Anita）這個名字，安東妮雅（Antonia）的字母完全一樣，只是多了一個O和一個N。君恩說這代表的意義是，『安妮塔永遠活在我們心中（Anita is living on）』。」

「你媽會很喜歡這名字的。」我說，心裡很懷疑是否如此。我三十年前就跟安妮塔分手了，即使是當時，我也不是很清楚她喜歡什麼或不喜歡什麼。

「我們本來有點希望是個男孩。好傳宗接代，你懂吧？不過超音波結果顯示會是個女孩，老實說我們都鬆了口氣。至於瑪蓮妮，唔，這點她倒是表明態度，她想要個妹妹，就這樣，沒啥好討論的。她不接受一個弟弟當代替品。」

「他們可能會再生一個，你知道，」在飛回紐約的飛機上，伊蓮告訴我。「好把史卡德這個姓給傳下去。」

「這個姓沒那麼少見，」我說。「上回我查過，有幾百個姓史卡德的遍布全國。據我所知，說不定還有幾千個，還外加那個做共同基金的大家族。」

「沒有孫子你不在乎嗎？」

「一點也不在乎，而且我得說，安東妮雅配上史卡德這個姓，要比安東尼歐（Antonio）好得太多。」

「唔，」她說，「這點我贊成。」

重點在於，我跟兩個兒子之間有一段距離，而且不只是地理上的距離而已。我沒真正一路看著他們長大成人，只能隔得老遠看著他們的一路變化。這一切都讓我很高興有阿傑為伴，因為我不了解他的種種——比方他的姓，或者他的名字阿傑是哪兩個字——因而更能夠仔細且近距離的看著他自我實現。

幾年前他開始在哥倫比亞大學的校園裡混，顯然是花言巧語唬過了校警。他旁聽各式各樣的課，所有指定參考讀物幾乎都乖乖讀完，或許比九成修學分的同學還要學得更多。偶爾他會寫篇報告，不為別的，就只是因為想寫而已。如果碰到覺得老師很有同情心的，他就會把報告交出去。有個歷史系的教授拚命想拉他去註冊，還很有把握可以弄到一堆獎助學金，讓阿傑幾乎不必花錢就能完成長春藤名校的教育。但阿傑指出他差不多已經完成了同樣的教育，何況還可以自由選課。當伊蓮建議說一個哥倫比亞大學的文憑可以為他打開很多扇門，他就反駁說那些門都是通往他不想進入的房間。

「何況，」他瞪大眼睛說。「我是個偵探，我已經有事業了。」

最近他又跑去旁聽一些商學院的課。他穿得像個商學院學生，搭地鐵在靠近哥大的一一六街下車時，就藏起自己的街頭嘻哈風格黑話，不過我懷疑至少有一些教授知道他不屬於那裡。若是如此，他們也就一定明白這個人是真的想聽課，並不打算拿個哥倫比亞大學的管理碩士學位。那他們又幹嘛要為難他呢？

我不認為哥大商學院的課程有多少是針對股票市場的，不過阿傑很有興趣，找到了一些書和雜誌來閱讀，到了放暑假的時候，他已經在西北旅社的那個房間裡做起了操作極短線的當沖客來，小小的電視機上頭成天播放著CNBC財經台的消息，而他的電腦——把幾年前我們買給他當聖誕禮物的那台換成了更高效能的新電腦——則準備好做線上交易。他在網路證券公司Ameritrade

開了戶，雖然我無法想像他有多少資本可以玩股票，但至少足夠讓他開始，而且他顯然都能設法不欠債。

「他搞不好會破產，」伊蓮說，「可是就算破產了又怎麼樣？如果早晚要破產，那發生在他這個年紀還比較好些。何況誰曉得？說不定結果證明他是個股市天才。」

他很少談論輸贏，所以很難判斷他做得怎麼樣。他沒開著ＢＭＷ或穿訂做的西裝，但他也沒誤過任何一餐。我猜想他會一直玩到再也不想玩為止，屆時他一定會得到一些好處。他向來如此。

6

賈瑞特鎮外就有家紅屋頂旅店，正位於九十五號州際高速公路出口旁，不過他仔細考慮後判斷這裡離得太近了。往南二十哩就是北卡羅萊納州的州界，他開過去又多往前幾哩，在若諾克灘城的出口下來，那裡有好幾家汽車旅館可以選擇。他挑了一家連鎖的日日旅店，要了個房間。他用阿尼·柏丁森的名字登記，給了旅館職員一張這個姓名的VISA卡，說他要星期五早上退房。

他的房間如他所要求，是位於後棟頂樓。他把車子停在後頭，拎著他的公事包和藍色帆布野營袋上樓去房間。他把行李打開，衣服拿出來，筆記型電腦放在書桌上，一瓶蘇格蘭威士忌則放在床頭桌。之前準備行李時，他想到南方是個奇怪的區域，每個郡的飲酒法令都不一樣。某些地方只能買到啤酒，某些地方則什麼酒都喝不到。而如果有酒鋪的話，則營業時間很奇怪又有限。如果想在酒吧喝杯酒，可能就得去所謂的私人俱樂部買個會員名義。花上五塊或十塊錢，你就享有種種會員的資格和特權，意思就是只要你身上的錢夠，就可以在那邊買酒喝，隨你愛喝多少。

他覺得這一切都沒道理，但這些不重要。反正事情就是這麼運作的，而他必須做的——向來如此——就是決定事情如何運作，而且如何採取適當行動。

他拿了旅館提供的塑膠桶走到走廊那頭去拿冰塊，然後對著用後即棄的塑膠平底杯皺眉。旅館收你那麼多錢，你會以為他們應該提供適當的玻璃杯，可是他們偏不，所以你只能跟平常一樣應對。面對人生，你只能隨遇而安。

他給自己調了杯酒，啜了一口。用玻璃杯喝起來滋味會更好，不過光想這個也沒用。那只會破壞他享受蘇格蘭威士忌的樂趣，而事實上這瓶確實是很好的威士忌，酒體飽滿、帶著煙燻味，清爽提神。今天他忙了一天，卻沒有什麼頭緒。

他慢慢喝著那杯酒，品嚐其中滋味，手持塑膠平底杯坐在一把椅子上。他閉上雙眼，調整著呼吸，讓呼出和吸入配合著身體的節奏。他讓自己感覺到酒力，感覺到酒精在血管中發揮作用，然後他想像著，酒對於身體和靈魂，就像用來加入一輛老汽車的引擎裡的機油，它可以填平老舊金屬上頭所有的刮傷和凹痕，包覆內部的表面，消去摩擦力，增加效能，排除障礙，減少震動力。

他睜開眼睛後，拿手機打了個電話。對方在鈴響第三聲時接起。他說，「嘿，比爾。是我。喔，沒什麼，只是想到打個電話跟你講一聲。我眼前滿桌子的工作，不曉得什麼時候才能脫身。唔，我本來希望今天晚上能跟你碰面的，不過看起來不太可能了。不，我很好，只是忙得像個獨臂工人在蜂巢裡貼壁紙似的。嗯，老友，你也是。保重。」

他掛了電話，坐在書桌前，插上了筆記型電腦，上網檢查他的電子郵件。看完之後，他又打了通電話，然後給自己再倒杯酒。

∞

早上過了一半時，他又回到格林維爾郡。艾坡懷特看到他似乎很驚訝，不過那種喜悅是真誠的。他們握了手，各自坐在老位子，艾坡懷特是坐在床上，他則坐白色塑膠椅。一開始他們試探著說話，從天氣轉到上一屆美式足球超級盃，然後陷入一段尷尬的沉默。

艾坡懷特說，「沒想到今天還能看到你。」

「我說過我會來的。」

「我知道。我也相信你是真心的，可是我以為你走後就會改變心意。你會想回家，回到太太和小孩身邊。」

「我沒太太，也沒小孩。據我所知是如此。」

「據你所知。」

「這個嘛，誰曉得一次年少無知的行為會產生什麼樣的後果呢？不過這類行為不多，而如果我是某人腹部隆起的原因，那麼我相信一定會被告知的。無論如何，我沒有事情要趕回家。」

「你家在哪裡，阿尼？我想你沒告訴過我。」

「康乃狄克州的紐哈芬市區。我在那裡的耶魯大學念博士，從此沒搬過家。」

這讓他們懷念起大學時代，對於兩個彼此沒什麼特別的話要講的男人來說，這向來是個有用的話題。昨天用在典獄長身上，今天也同樣管用。他談到了夏洛特維爾的維吉尼亞大學——說詞最好一致。艾坡懷特則是畢業於田納西州納許維爾的范德堡大學，這讓他們開始討論起鄉村音樂。他們一致同意，現在的鄉村音樂已經不像以前那樣了。現在太商業化、太精緻，太向排行榜看齊了。

∞

有些事情他們一直避而不談，而遲早會有人提起，問題是誰去提。他自己幾次要提起這個話題了，不過卻按捺著，最後艾坡懷特嘆了口氣，宣布道，「今天是星期二。」

「是啊。」

「明天，明天，」他吟誦著，「再一個明天。馬克白的獨白。『明天，明天，再一個明天／一天接一天的躡步前進／直到最後一秒鐘。』只不過這回躡步走到第三個明天就要停止了。」

「你想談談死亡嗎，普瑞斯登？」

「有什麼好談的？」他想了想自己的問題，搖搖頭。「我無時不刻都在想死亡的事情。我或許可以想出一些事情來談。」

「哦？」

「有時我簡直是盼著死亡到來。好結束這一切，你明白嗎？好讓我做下一件事。只不過，當然，這回不會有下一件事情了。」

「你確定嗎？」

他的眼睛瞇起來，表情變得很戒備。「阿尼，」他說，「很感激你給予我的友誼，但我得搞清楚一些事。你不是來這裡拯救我操他媽的靈魂，對吧？」

「拯救世人這種事我恐怕是有點外行。」

「因為如果你是來這裡推銷地獄的恐懼或天堂的希望，我是不買帳的。曾有幾個神職人員想來見我。不過很幸運，這個州對於他們計畫要取其性命的人，也會相對的給予他們某些事情的控制權做為補償。我不想見的人就不必見，所以那些牧師都進不了我的牢房。」

「我發誓我不是神父、牧師，或猶太拉比，」他溫和的笑著說。「我甚至不是個虔誠的教徒。如果我相信你真的有靈魂，而且可以拯救、需要拯救，那麼也許就會想到要拯救你的靈魂。」

「你認為你死時會是什麼樣？」

「你先講。」

他的話似乎不容爭辯，而艾坡懷特似乎也不想抗拒。「我覺得就是到了終點，」他說，「我認為一切結束，就像電影放完了最後一捲膠卷。」

「沒有最後的工作人員名單？」

「完全沒有。我想整個世界照常運轉，任何人死了也都是這樣。主觀上，我認為這就像重新回到出生前，或可以說母親受孕前那種虛無的狀態。首先，要接受自己不再存在這個概念就很難，不過只要想到自己沒出生前的這麼多個世紀、這麼幾千年，整個世界沒有你，還是照樣運轉無誤，你就會覺得好過點。」

「有人聽說過瀕臨死亡的經驗……」

「有個隧道，還有白光嗎？那是某種幻覺，很可能有生理學的基礎，有朝一日醫學科學無疑將能夠向我們解釋這種現象。我不會有機會聽到那些解釋，但我猜反正我也照樣可以活下去，或仔細想想，也照樣可以死掉。」

「黑色幽默（gallows humor）。」

「在我們這個文明時代，很難找到真正的絞刑架（gallows），所以這個說法得改了，應該說，用打針總比用絞繩好。不過現在該你了。你想我們死的時候會是什麼樣？」

他沒有猶豫。「我想我們會突然昏死過去，普瑞斯登。我想就像睡著了，但不會做夢，也不會醒來。而且為什麼死亡那麼難以置信呢？難道我們以為牛會從屠宰廠直接升上牛的天堂？我們的意識有什麼特別之處？憑什麼得以倖存？」他露出同情的淺笑。「雖然我期望自己能被拉進隧道朝向白光而去。不過當我冒出隧道盡頭時，我將不復存在。或許我將成為那道白光的一部分，也或許不會，不過反正又會有什麼差別呢？」

∞

「我明天想再來，普瑞斯登。」

「如果你能來就太好了。你想他們會讓你進來嗎？」

「我想不會有任何問題。典獄長認為我可能會達到某個目的。」

「幫助我乖乖認命？」

他搖搖頭。「他希望你能告訴我，威利斯家那個男孩的屍體埋在哪裡。」

「可是——」

「可是如果我真心相信你是無辜的，又怎麼可能企圖去達到這個目的呢？你想說的是這個嗎？」

他點頭。

「恐怕我是有些事情瞞著韓福瑞斯典獄長。我可能誤導他，讓他以為我相信你相信自己是無辜的。」

他簡短的描述了他給典獄長的假設，解釋願望如何能成為信念之父，一個人又如何透過不斷否定自己的罪，最後會真心相信自己其實沒有犯下那些罪。

「你是這麼想的嗎？」

「我認為會有這種事情發生嗎？我知道的確發生過。我認為這種事發生在你身上嗎？絕對不是。」

艾坡懷特推敲著。「可是你怎麼能確定？」他納悶的問。「即使你天生有某些測謊的本領，也只會曉得我相信自己所說的是實話。但如果我是在利用我自己——」

「你不是。」

「你好像很肯定。」

「再肯定不過了。」

離開監獄前，他請警衛帶他到典獄長的辦公室。「我想我有進展了，」他告訴韓福瑞斯。「我覺得只是遲早的問題。」

∞

他離開監獄時正在下雨，比濃霧大不了多少的細雨。他很難設定雨刷的適當速度，使得開車的樂趣大減，而比較像是一樁無聊的苦差事。

抵達日日旅店時，下午已經過了一半，停車場幾乎是空的。他把車停在後面，進了自己的房間。現在喝酒有點嫌早，不過打電話就不嫌早了。

結果他的語音信箱有一個留言。他聽了，刪掉。他打了三個電話，全部都是他所設定的速撥鍵號碼。第三通是打給一名女子，他講時聲音變得不一樣了，聲調壓得比較低沉，措詞也更慎重。

「我一直在想你，」他說。「其實想得超過了應該的限度。我有很具挑戰性的工作要做，應該要百分之百的專心，可是我卻發現自己一直在想你。老天，真希望我知道。四天或五天吧，我想。但願我能告訴你我人在哪裡。這地方的人對隱私的態度不太一樣。這通電話如果被竊聽我也不意外。我的手機？留在家裡了，在這裡不能用。如果你留了話給我，就只好等我回家再聽了。我有些話想說，不過最好別說。是，我一知道就會告訴你。我也想你，你都不曉得有多想。」

他掛了電話，納悶著自己否認用手機打電話是不是失策。他的手機設定為限制本機號碼顯示，任何有顯示來電功能的電話接到時，都會顯示為「來電者不詳」或「來電者不在服務範圍內」，可是手機難免偶爾會出毛病。她會看到來電者號碼嗎？他以前從沒想過要檢查，因而判定這是個「應該做而沒有做」的過失。不是什麼嚴重的毛病，應該不會出問題，但他應該盡量把機會降到最低才是。

他檢查電子郵件時，才突然想到他已經超過二十四小時沒吃東西了。他不餓，從來就不會餓，但應該要適時餵飽他的身體了。

安波利亞不是大城，人口大約五千，不過這裡是格林維爾郡的郡政府所在地，也有家全球連鎖的「荒野牛排屋」。他注意過那個招牌好幾回，就靠近州際五十八號公路的出口。他駛回維吉尼亞州十哩，找到了那個地方，點了一客兩分熟的肋眼牛排和薯條和生菜沙拉，還有一大杯不加糖的冰紅茶。一切都很好，端上來的牛排的確就像他指定的只有兩分熟，在這種任何食物都會煮太熟，而且幾乎每樣菜都是煎或炸的鄉下地方，這真是個愉快的驚喜。

開車回汽車旅館，他好奇普瑞斯登·艾坡懷特會要求最後一餐吃什麼菜。

8

星期三上午。已經是接近中午了，艾坡懷特顯然等他等得很心焦。他們握手時，他左手還攬了下艾坡懷特的肩膀。

他才剛坐下那張白色塑膠椅，艾坡懷特就說，「我一直在想你昨天講的話。」

「我昨天講了很多事，」他說，「不過很懷疑其中有什麼值得思考的。」

「有關你跟韓福瑞斯提出的那個理論。說一個人可能有罪，但卻真心相信自己是無辜的。」

「喔，那個啊。」

「我始終確定的是，從一開始，他們就都犯了一個可怕的錯誤。我知道我沒殺那幾個男孩。」

「當然。」

「但如果你說的是真的——」

「對某些人來說是這樣。有反社會性格的人，他們心中缺乏某些觀念。你不像那種人。」

「你怎麼知道？」

「我就是知道。」

「噢，我又怎麼知道？相信我，我很想把你的話當回事，但卻辦不到，我怎麼能確定呢？你可以看得出邏輯會推到哪裡。這是個複雜的謎。如果我是無辜的，我就會知道我是無辜的。但如果我有罪，而且設法說服自己我是無辜的，我也會知道我是無辜的。」

「你看看你自己，普瑞斯登。」

「看我怎樣？」

「看你自己現在是個什麼樣的人，以前又一向是什麼樣的人。你曾經有過暴力行為嗎？」

「如果我殺了那些男孩——」

「之前。你打過老婆嗎？」

「我有回推了她一把。那時我們才剛結婚，兩個人吵架，我想出門去散步，讓腦袋清醒一下，她死都不肯放開我，簡直一副我要離家出走去巴西似的，於是我硬把她推開。然後她跌倒了。」

「然後呢？」

「然後我扶她起來，我們喝了杯咖啡，然後，唔，就沒事了。」

「你最嚴重的婚姻暴力就到這個程度嗎？那你的小孩呢？你打過他們嗎？」

「從來沒有。我和我太太都不打小孩的。我對小孩也從不會氣到想打他們。」

「那我們來看看你的童年，好嗎？你虐待過動物嗎？」

「老天，沒有。為什麼會有人——」

「放過火嗎？我指的不是童子軍的營火。而是小至惡作劇、大到縱火狂的任何事件。」

「沒有。」

「你小時候尿過床嗎？」

「或許吧，我爸媽訓練我不穿尿布那時候。我真的不太記得了，當時我是，不曉得，兩歲或三歲吧。」

「那十歲或十一歲的時候呢？」

「沒有過，不過這又能證明什麼呢？」

「這是連續殺人犯或性殺手的標準人格剖繪。尿床、放火，還有虐待動物。你是三次出手投籃都不進。你的性傾向呢？跟小男孩性交過嗎？」

「沒有。」

「想過嗎？」

答案一樣。「沒有。」

「小女孩呢？」

「沒有。」

「真的？接近中年時，不會開始覺得十來歲的女孩很可愛嗎？」

艾坡懷特想了想。「倒不是說我沒注意過她們，」他說，「不過從沒感興趣過。我這一輩子，都是被年齡相仿的女孩或女人所吸引。」

「那男性呢？」

「我從沒跟男人有過感情關係。」

「跟小男孩也沒有嗎？」

「也沒有。」

「有想過嗎？」

「沒有。」

「有沒有碰過某個男人很吸引你，即使你根本不會打算跟他交往？」
「不算有。」
「『不算有？』這什麼意思？」
「我自己是從沒被男生所吸引，不過可能注意過某個男人有沒有吸引力。」
「聽起來你正常得不得了，普瑞斯登。」
「我也一直以為自己很正常，但是——」
「那你的性幻想呢？別說你從沒有過。那就太正常，反而是不正常了。」
「有一些。」
啊，他抓到要害了。「普瑞斯登，如果你不想談——」
「我們結婚很久了，」他說。「我一直很忠實。不過有時候，我們做愛時——」
「你心裡會有一些幻想。」
「對。」
「這也沒什麼好稀奇的。你幻想別的女人嗎？」
「對。我認識的女人，或者只是……想像出來的。」
「你跟你太太討論過這些幻想嗎？」
「當然沒有。我不能這麼做。」
「你幻想裡會有男人嗎？」

「沒有。噢，有時會有男人出現。有時候我會幻想一個派對，都是我們的朋友，大家會脫掉衣服，而且可以隨便配對。」

「你曾想過要把這些幻想轉為現實嗎？」

「如果你認識那些人，」他說，「你就會曉得那有多麼不可能。我光要在心裡想像他們有那樣的行為就已經夠困難了。」

「你在這些幻想中從沒跟另一個男人有過性行為嗎？」

他搖搖頭。「沒有這種事。頂多就是跟另一個男人分享一個女人。」

「你除了幻想外，從沒做過這樣的事情嗎？」

「對，當然從來沒有過。」

「沒跟你太太提議過？」

「耶穌啊，沒有過。我根本不會想這麼做，不過在幻想中很刺激。」

「這些幻想中有兒童嗎？」

「沒有。」

「沒有小男孩也沒有小女孩嗎？」

「都沒有。」

「任何暴力成分呢？有沒有強暴，或折磨？」

「沒有。」

「有沒有逼女人去做她們不想做的事？」

「從來沒有。不必逼他們，是他們自己想做各式各樣的事情。所以才會是幻想嘛。」

他們都笑了，或許笑得有點超過這句話所帶來的效果了。

他說，「普瑞斯登？你剛剛有沒有聽到自己說的話？你怎麼可能做過他們指控你的那些事呢？」

「我也一直這麼想，可是——唔，我現在覺得很安心了，阿尼。你害我很擔心，或許該說我害自己很擔心。」他擠出一個笑。「當然，壞消息是，」他說，「後天他們還是要給我打針。」

8

「行刑時間是中午，」艾坡懷特說。「我一直假設是午夜。我是說我這輩子，只要想到處決，我得說，這種事我不會常常想到，不過我總以為死刑是在半夜執行的。有人掣下開關，全州的燈光就暗下來。我一定是小時候曾經在電影上看過。而且我好像記得有一段在監獄外拍的新聞影片，一群人聚在那裡反對死刑，旁邊擠著另一群人慶祝某個可憐的混蛋即將遭受致命的電擊。正中午有這麼多人聚集就不對勁了，天空一定得是一片黑暗，這樣每個人才能清楚看到煙火。」

這些話很悲傷，有意思的是，他的聲調卻毫無悲傷之意。

「給我宣布量刑的法官沒提到行刑時間，只說了日期。細節是由典獄長決定的，我想韓福瑞斯是不希望有人熬夜吧。」

「有人告訴過你會是什麼時間嗎？」

「不只一次。他們不希望有任何驚奇。他們會在十一點到十一點三十分之間來接我。帶我走到那個小房間，然後把我綁在推床上。在場會有一名醫師，還有其他人，玻璃牆那頭還會有一些觀眾。我不確定玻璃牆的目的是什麼。不會是要隔音，因為裡頭會有麥克風，好讓他們聽到我的遺言。我可以講一段話。我不知道我到底該說什麼。」

「隨便想說什麼都行。」

「也許我會保持沉默。『主席先生，阿拉巴馬通過。』但另一方面，幹嘛要放棄傳達訊息的機會呢？我可以替全國健保說些話。或反對死刑，只不過我沒那麼確定我反對死刑。」

「哦？」

「在這一切發生之前，我向來就不反對死刑。如果我做了他們說我做過的事情，那麼我也應該用命去償還。但如果我沒做，而且沒有死刑，唔，我的餘生就得在一個比這間更吵而且更不舒服的牢房裡度過，被我根本就不想來往的一群人徹底瞧不起。我可能會像那個殘忍的殺人狂傑佛瑞・達瑪一樣，在獄中被殺死。」

「玻璃牆後頭的那些人，」他提醒。

「我想會有些記者吧。還有受害者的家屬，想看到正義得償，看到結局。我記得在量刑審時，有幾個被害者家屬這麼說過，我當場的反應就是恨他們，不過要命，我怎麼能怪他們恨我？他們不曉得那些不是我幹的。」

「的確。」

「如果他們能從我的死得到某種有益身心的『了結』，唔，那麼我可以說我也不完全是白白送掉一條命了。只不過我的確會是白白送死。」

「還有其他見證人嗎？」

艾坡懷特搖搖頭。「都不是我認得的。他們告訴我可以邀人來。這不是很好笑嗎？我努力想過誰有可能會樂於接到這種邀請，而如果有這種人，我怎麼受得了跟他同處一室？我的父母親早就過世了——順帶說一聲，感謝老天幸好如此——而就算我老婆沒跟我離婚，就算我的小孩會固定來看我，我會希望他們見我最後一面時，是看到一根針扎在我手臂上嗎？」

「不過，我還是覺得那種時刻孤單一人很可怕。」

「我的律師有提議要來。我猜想只是因為職業上道德義務的關係，碰到某個沒打贏的官司，你最後就得做這種事。我告訴他，我不希望他在場，他還得很努力才能不露出鬆了口氣的表情。」

說吧，他無聲催促著。你還等什麼？

「阿尼？你覺得——」

「當然，」他說。「這是我的榮幸。」

∞

星期三晚上他在汽車旅館裡熬夜看付費A片看得很晚。即使是在信仰虔誠的區域，肯花錢照樣什麼都看得到。家就是男人的城堡，即使只是一個租來過夜的小隔間，在裡面也是可以隨自己高興做任何事情，只要你願意花每部六塊九毛五的代價看三級片。那些電影並沒有喚起他的情慾。色情片從來就沒用。不過還是很解悶。不是故事情節，他根本沒注意情節。裡頭的對白也很多餘，要不是因為想聽其他聲音——背景音樂、拉下拉鏈的音效、按摩棒的嗡嗡聲、用手掌搧打的聲音——他會按下靜音鈕。

他看完那些片子，連聲音帶畫面，然後讓自己的思緒任意漫遊。他身邊的桌上有一杯蘇格蘭威士忌，他不時喝上一口。最後一部片子結束時，杯子裡頭還剩一點酒，被已融化掉的冰塊稀釋了。他把酒倒進水槽，上床睡覺。

星期四他在艾坡懷特的牢房裡待了幾小時。這回他們的握手變成擁抱。艾坡懷特在懷舊的心情驅使下，詳細敘述了他的童年。還算有趣，從各方面來說，都尋常得可以預料。

中間也有幾次中斷。一名醫師進入牢房，帶來一個秤體重的普通磅秤，他秤了艾坡懷特的體重，在筆記本上記下了數字。

「這樣他就可以計算該給我的正確劑量，」醫師走後艾坡懷特說，「可是你不覺得他們只會寧可失之於謹慎，直接給每個人致命劑量的三四倍嗎？他們這是想幹嘛？省幾塊藥錢？」

「他們想維持科學方法的假象。」

「想必如此。或者他們是想確定他們的推床夠牢靠，免得被我壓壞了。你知道，如果他們有可能讓一個人自殺的話，就可以省掉很多麻煩和費用了。你可以把床單撕成長條拿來編根繩子，不過要吊在什麼上頭呢？」

「如果可以的話，你會自殺嗎？」

「我考慮過。幾年前我看過一本書，驚悚小說，裡頭有個人，我想是個華人，他是咬舌自盡的。你想這有可能嗎？」

「完全不曉得。」

「我也是。我想試試看，可是……」

「可是怎樣，普瑞斯登？」

「我沒那個膽子。我擔心會真死掉。」

∞

「我今天晚上想吃什麼都可以。他們說，只要在合理範圍內。你知道，之前不管托盤裡是什麼我都吃。可是現在他們要讓我點菜，我反而不曉得要吃什麼了。」

「隨你想吃什麼。」

「警衛朝我偷偷擠了眼睛，告訴我說如果我想喝酒，他或許可以弄一瓶給我。我被逮捕後就沒喝過酒了。現在也不想喝。你知道我想吃什麼嗎？」

「什麼？」

「冰淇淋。不是當甜點。而是一整頓就只吃冰淇淋。」

「上面要淋糖漿、撒上配料嗎？」

「不，光是香草冰淇淋就好，但是要很多。好酷，你懂嗎？而且又甜，可是不會太甜。香草冰淇淋，我就打算吃這個。」

∞

「你想過那個真正的凶手嗎？」

「以前常想。那是我唯一能證明自己無罪的方法——如果警方去找他的話。可是他們沒去找，可是又為什麼該去找呢？所有的證據都指向我。」

「那一定會讓人氣得抓狂。」

「的確如此。那真的把我氣瘋了。因為那不單是巧合。有個人花了很大的工夫把證據栽贓在我身上。我想不出有誰會有理由恨我恨到這個地步。我親近的朋友不多，不過也沒有任何敵人。至少據我所知是這樣。」

「他不光是陷害你，還用恐怖的手法殺了三個無辜的男孩。」

「就是這樣——這不像是比方他盜用公款，然後竄改帳簿栽贓給同事。這種事情可以理解，底下有個理性的原因。但這傢伙一定是有反社會性格或是精神病態，不管正確的字眼是什麼，而且他一定對我有病態的執迷，才能把一切都栽在我頭上。我這樣談論一個匿名的敵人，聽起來一定像是有偏執狂，但一定有個人做了這一切，讓他成為我的敵人，可是我卻連他是誰都不知道。」

「他沒有辦法停手的。」

「什麼意思？」

「他一定從殺人中得到快樂，」他解釋。「很顯然，摧毀你只是他計畫的一部分，但他用那種方式殺害那些小男孩，是因為他是個病態的王八蛋。無論如何，他都會再犯，而且他早晚會被抓到。最後他可能會供認自己所有犯過的罪，這種人一旦被抓就會變得很愛吹噓。所以可能有一天，你的罪名終將會被洗刷。」

「到時候就太晚了，我也占不到任何好處了。」

「你恐怕說得沒錯。」

「不過也許威利斯夫婦可以找到兒子埋骨的地方。我想這樣就很好了。」

∞

然後，「阿尼，你心裡有什麼想說的嗎？」

「的確是有。」

「哦？」

「有些事我沒告訴過你，但我真的不知道是不是該說。要命，現在我好像非說不可了，對吧？」

「我不明白。」

「當然了，你怎麼會明白呢？事情是這樣的，普瑞斯登。我知道一項資訊，你知道了可能會很難過，但如果你不知道，到最後可能會更難過。」

「隧道盡頭的白光後頭，還有個跟這個一模一樣的牢房。」

「老天，你真有想像力。事實上，這讓我更容易下定決心了。你的堅強、你的心智頑強程度。」

「不管是什麼資訊，阿尼，你就說吧。」

「是跟明天的行刑步驟有關。注射致命的藥劑。如你所知，總共有三個步驟。他們會用靜脈注射三種藥物。第一種是戊硫巴比妥鈉，比較普遍的名字是巴比妥鹽，一般都誤以為這是讓人說實話的麻醉藥。它被歸類為安眠藥，會讓你冷靜、鎮定下來，好讓你不會有任何感覺。第二種是麻妥儂，是源自於南美洲印第安人用來塗在箭頭的箭毒。這是一種痲痹藥劑，會使你的肺痲痹，讓你的呼吸停止。最後，就是一份高劑量的氯化鉀，讓你停止心跳。」

「然後你就死了。」

「對，不過這個執行的效果有很大的爭議，因為整個步驟不像一般宣傳的毫無痛苦，其實是非常痛苦的。旁觀者看不出痛苦的徵狀，因為受刑人的臉部表情完全不會改變，但這是因為他們改變不了，肌肉都被麻妥儂痲痹了。受刑人其實感受到劇烈的痛苦，而且會一直持續到幾乎死亡的那一刻。」

「耶穌啊。」

「我不曉得怎麼可能會有人知道這些，」他說，「沒有人回來提供我們第一手報告。所以我的意思是，我猜想，你應該要曉得可能會有這些痛苦。而我會告訴你，是因為我覺得如果你完全沒心理準備的話，那會更糟糕，不過或許我搞錯了。也許我只是讓你最後幾小時承擔不必要的憂慮。」

「但是我不會擔心，」艾坡懷特說。「痛苦好像根本不重要。一旦你適應了自己即將死亡的這個念頭，痛一點又有什麼差別？甚或不只是一點？不管會是什麼感覺，反正不會持續太久。」

「這樣的態度真了不起，普瑞斯登。」

「這不會搞壞我吃冰淇淋的胃口的，阿尼。我可以這麼告訴你。」

∞

行駛在往南的州際九十五號公路上，他看到荒野牛排屋的招牌時放慢了速度，然後決定再往前開。他所住的日日旅店附近有一家OK便利商店，他可以在那邊稍停，買一品脫香草冰淇淋帶回房間。

7

阿傑第一個試的就是電話號碼。露易絲告訴過我們，那是他的行動電話，九一七開頭的，紐約地區專用的兩個行動電話號碼開頭之一。網路上有個可以用電話號碼倒查回去的目錄，阿傑曉得怎麼用，於是就去上網，希望能查出姓名和地址。可是那個號碼沒登記。

「他可能是走進一家店，買了一支附了預付通話時數的電話。你要買賣東西，就是這樣。走進十四街那邊的手機店，付現金買一支電話，生意就成交了。連名字都不必給，因為你又不是要開戶，你只是買一支電話，外加裡頭預付的通話時數而已。時數快用光時，你就回去原來那家店，再給老闆一點錢，他們就再多給你一些通話時數。」

「這一切都不必記帳。」

「關於這一點嘛，其實是記帳的。不過那家店會不會申報這筆現金收入，嗯，這部分我們也不在乎，對吧？」

「不會讓我們煩惱得睡不著。我想未必只有毒販才這樣買電話。」

「我就這樣買的。比較簡單，而且不會每個月收到帳單。而且也不會接到電話推銷的電話。你不必要求電話號碼不公開，因為一開始你的名字就沒有列入名單裡。」

「是有很多明顯的好處，」我不得不承認。「唯一更好的就是根本不要有電話。不過像大衛・湯普森，他應該不難聯絡才對。他是廣告文案自由撰稿人。如果沒人知道他的電話號碼，他要怎麼接工作？」

「客戶會有他的電話號碼，就跟毒販一樣。」

「那如果有新公司找他呢？」

「那就麻煩了。」

「他跟露易絲說過，他那一行不是忙得要死就是閒得要死。閒得要死的時候，他應該不會希望別人很難聯絡到他。他的電話一定不只一支。」

「除非他很笨。」

「他辦公室應該有一支有線電話。他可能因為那是營業電話，就沒給她號碼。」

「或者他不是他聲稱的那個人。」

「總是有這個可能。」

「電話簿上有一大堆叫大衛・湯普森的，還外加一堆D・湯普森。」

「可以從這裡開始。」我說。

而且打電話也不需要電腦技巧，只需要有一種我剛從警校畢業時所學得的頑強精神的靜止版。縮寫是GOYAKOD，代表「抬起屁股敲門去」（Get Off Your Ass and Knock On Doors.）。在隱喻上，我就是這麼做，照著曼哈頓區的住家電話簿，一個個打給D・湯普森和大衛・湯普森。

「我不確定這個電話對不對，」我會告訴來接電話的人。「我要找一個廣告信函文案撰稿人大衛．湯普森。」

有個男人指出，廣告信函的優點就是不會像電話推銷那樣插進來打擾你。不過我碰到的大部分人都很禮貌，只是幫不上忙；他們不是我在找的那位大衛．湯普森，也沒有聽過這麼一個人。我謝謝他們，然後在他們的名字旁邊打個鉤，繼續打下一通電話。

這是碰到剛好有人接電話的狀況，不過發生機率並不高。大部分時候我都是碰到答錄機或語音留言系統，這時候我就會留話，基本上就是說我要找這麼一位人類，然後加上我的電話號碼。我沒指望會有很多人回電，不過這種事很難講，而且總可能有人是在答錄機旁邊過濾電話，等著看是誰打來的再接。我碰過一次；我正留話到一半，一個女人接了電話，告訴我她丈夫不是廣告文案撰稿人，而是維蒙特壽險公司的保險業務員。但或許她還是可以幫我，她建議道。我有多久沒有全面評估自己的保險需要了？

「我想這是我自找的，」我說。「我們打個商量。我再也不打電話給你，你也不要打給我如何？」

她說這樣好像很公平，於是我在她丈夫的姓名旁邊打了個鉤。

8

這些年來我認識了幾個廣告界的人，但即使我在戒酒無名會碰過面，也幾乎都不曉得他們姓什麼，或在哪裡工作。我第一次戒酒時認識了一個叫肯恩．麥卡臣的，可是已經失去聯絡好久，既然我花了很多時間打電話給一堆人，心想或許也可以跟他聯絡一下。最後有個人想起他已經搬到威徹斯特郡的杜斯菲利。我從電話簿上查到了他的電話，不是在杜斯菲利，而是在哈德遜河畔的海斯丁鎮附近，然後聯絡上一個女人，結果是他的遺孀。肯恩已經死了六年，喔不，七年了，她告訴我。我說很遺憾聽到這個消息，她問我的名字，又問我是怎麼認識肯恩的。

他已經過世了，而且她反正是他太太，所以也不必保護他的匿名，我自己也從來不會刻意為自己匿名戒酒的狀況保密。我說我是在戒酒無名會認識他的，她很讓我意外的問起我是不是還戒酒，我說是。

「那你很幸運，」她說。「肯恩戒了九年，了不起的九年，然後我想他覺得自己治癒了。接下來他就是沒法不喝酒。他進出戒酒中心，還去明尼蘇達州的海佐頓勒戒中心住了三十天。他飛回家時，我去機場接他，他下飛機時已經喝醉了。之後又醉了一兩年，然後一發作，就過世了。」

我為打擾她而致歉，她則為告訴我這些沒用的消息而致歉。「我早該去改掉電話簿上的資料。」她說，「可是一直找不出時間。」

8

「現在都不說是DM了，」鮑伯．瑞普利告訴我。「別問我為什麼。現在不是說直接行銷，就是說直接回覆廣告。我對這個主題的認識也就差不多是這些而已，不過我認識一個人，他可以把一切你所需要知道的告訴你，包括為什麼天殺的每個月你都會接到六封郵購服飾商Lands' End寄來的廣告信。」

我該早些想到鮑伯的，不到兩個月前我們才碰過面，同一天晚上我找雷．古魯留預約要在聖保羅的戒酒聚會中演講。鮑伯跟雷一樣，都是「三十一俱樂部」的會員，也是「佛勒暨克瑞斯吉」公司的副董事長，我不曉得他那個職位的工作內容，不過我知道「佛勒暨克瑞斯吉」是家廣告公司，這樣就夠了。

他提到的那個人馬克．撒弗蘭正在開會，不過我留了電話，說是鮑伯介紹我來找他的，於是一小時內就接到回電。「我可以告訴你很多有關直接行銷的事情，」他說，「不過你是要找一個特定的人，對不對？」

「或者是查清根本沒有這麼一個人。」

「那就難了，因為這一行有一大把寫文案的自由撰稿人，要證明他不是其中之一會有困難。不像醫生或律師，文案撰稿人沒有一個專屬的專業組織。沒有州政府或市政府的證照管理局，我猜想就跟你那行一樣。」

我不置可否。

「問題是，」他說，「我們幾乎所有事都是由上班的正式員工完成，趕時間或需要找外頭的幫手時，我們就找個以前合作過的。所以我們自己的名單上有六到八個這樣的人，另外還有些大型的工作室，可是你要找的人不在其中，因為他是自由撰稿人。你猜我打算怎麼著？我讓你去跟我們常找的一個人聯繫。」

他給了我一個名字和電話，結果要相信這個人是個自由撰稿人很容易，因為他是自己接電話的。「彼得．霍克斯坦，」他報上姓名，我跟他解釋我的請求，他問我要找的人叫什麼名字。「沒聽說過，」他說，「不過這也不能證明什麼。我很少出去跟同業碰面。大部分時間都待在家裡工作。就算我聽過他，這個名字也不是那種會讓你印象深刻的。」

「沒錯。」

「他可能屬於直接行銷聯盟，但或許沒有。大部分的會員都是工作室，因為會員費很貴。不過你在郵購聯盟的官方網站『如何收費』可以拿到免費名單。或者他可能會在《DM新聞》或者《直銷》或《目標行銷》上頭登小塊廣告。你可以去找找看，另外也可以查一下《廣告週刊》和《廣告年代》的分類廣告。」

他的建議源源不絕，我每一件都寫了下來。如果大衛．湯普森得過獎或演講過，可能在Google上可以搜尋得到，不過也可能沒用，因為他的名字太大眾化了。「你可以在網路上查到我，」他說，「外加一個在內布拉斯加因為受雇殺人而在服無期徒刑的那個彼得．霍克斯坦，更不必說那個德國科學家彼得．霍克斯坦了。」

他說，很有可能這個大衛．湯普森是漏掉了。「我有一份『如何收費』的名單，」他說，「因為那是免費的，所以拿了會有什麼壞處？不過我不會在《廣告年代》上登分類廣告，也不會在直接行銷的出版品上登廣告。我不認為花那個錢值得，而且不單只有我這麼認為而已。我們在這一行做了一陣子的人似乎都有同樣的感覺。認真想想滿可笑的，簡直就像我們已經不再相信廣告的威力似的。我也沒參加任何同業公會，我接到的案子都是熟人介紹的，會有什麼客戶光憑看過你廣告就挑中你？那就像要從工商電話簿裡面接生意一樣不太可能。」

我謝了他，之後我所做的第一件事情是我之前早該做的。我在工商電話簿上尋找湯普森——不是消費者版本，而是企業對企業的版本。沒有直接行銷文案撰稿人這個分類，不過有一區是廣告文案撰稿人，裡頭沒有大衛．湯普森，我並不覺得意外。

我在《廣告週刊》和《廣告年代》的分類廣告欄也沒找到他，這兩種雜誌是他提過可以在一般書報攤找到的。我只好硬著頭皮坐在伊蓮的電腦前頭，上Google仔細尋找他提過的一些網站。

每個人都告訴我網際網路可以節省多少時間，而且簡直不敢相信沒有網路要怎麼活下去。我懂他們的意思，不過每回我上網，到頭來總是納悶，在電腦出現並吸光我們的閒暇時間之前，那時候大家沒事都在幹嘛？我從下午三四點就坐在那混帳玩意兒前頭，直到伊蓮把晚餐放在桌上才起身離開。

她說她想檢查她的電子郵件，可是又不想打擾我。我告訴她說我很歡迎她來打擾，我已經花了好幾個小時卻沒有什麼進展。「我找不到那個狗娘養的，」我說，「後來我去查彼得．霍克斯坦，別問我為什麼，然後他不是說笑的，還真有個跟他同名同姓的傢伙在內布拉斯加因為受雇謀殺而在服無期徒刑。起初是被判死刑，上訴後改判了，那個案子很有趣，不過我幹嘛花將近一個小時看這些，就很難解釋了。」

「你知道我怎麼想嗎？我想我們應該再買一台電腦。」

「真有趣，」我說，「因為我想的是我們應該連原來的這一台都給甩掉。」

8

紐約的各個街坊地帶很少會有明確的範圍界限。這些範圍會因為媒體、房地產商、當地居民的輿論轉變而有所變動，誰也不敢確定哪一個地帶的名稱會消失，而下一個地帶會崛起。而大衛·湯普森所居住的——或那個聲稱自己是大衛·湯普森的男人所聲稱自己居住的——奇普氏灣則是緊臨著奇普氏灣廣場的一個地帶，奇普氏灣廣場是個占據三個街區的住宅社區，介於三十街和三十三街、第一和第二大道之間。那一帶從三十四街以南、東河河岸至第三大道間，都是一般所謂的奇普氏灣。貝爾維醫院和紐約大學醫學中心占據了第一大道和小羅斯福道之間的地帶。奇普氏灣的南界很難有明確的界線，不過打個比方，如果你住在二十六街和第二大道交口的公寓，你大概就不會告訴大家你住在奇普氏灣。

不論從哪個角度來看，這整個區域都非常小，我徒步走完所花的時間，不會超過前一天在網際網路上幾無所獲的搜尋。這一帶主要都是住宅，散布著一些服務業和供當地居民消費的街坊餐廳，我就到那些店裡去，到雜貨店和熟食店、乾洗店和報攤，把大衛．湯普森的照片秀出來。「你在附近看過這傢伙嗎？」我問了一些韓國蔬果販和義大利修鞋匠。「你認識這個人嗎？」我又問了幾個多明尼加的門房和希臘侍者。沒有人見過，甚至一個送信途中的郵差、一個影印店的職員，或一個正在巡邏的警察也沒見到，那警察本來正開始考慮該來問我問題，結果發現我也在做自己的工作就打消念頭，尤其是後來還發現我認識他父親。

「他長相很平常，」那個警察說。「叫什麼名字？」我告訴了他，他搖搖頭說名字太普遍了，沒什麼用，不是嗎？他自己名叫丹納赫，我記得他父親長袖善舞，為人四海，可以兼當兩黨的選舉樁腳。他現在住在亞歷桑納州的土桑市，他兒子說，每天都打高爾夫，除非下雨。「可是那裡從不下雨，」他說。

∞

那天晚上紐約下了雨，不曉得土桑怎麼樣。我待在家裡看了ESPN一場死氣沉沉的拳擊賽。次日早晨涼爽又清新，整個城市充滿光明的希望。阿傑和我碰面吃早餐，交換筆記，然後判定我們正在進行愛迪生所描述過的那種過程，他聲稱他現在已經知道一萬兩千種物質不適合用來做燈泡裡的燈絲。我們也確定了大約有同樣多種方法都沒辦法找到大衛．湯普森，而且我開始納悶他是否存在，能讓我們找到。

我沒有事情讓阿傑做，所以他就回家好坐在電腦前，我也及時趕回家接到了一通某個大衛．湯普森給我的回電。他打電話來跟我說他不是我在找的那個大衛．湯普森。奇怪那幹嘛還費事打電話來？我謝了他掛上電話。

下午三四點時，我忽然想到我手上唯一有關露易絲那位大衛．湯普森的線索就是他的電話號碼，所以幹嘛不打打看呢？我不能追蹤電話，也不能因此查到名字或地址，不過我可以做的一件事就是撥號，看誰會來接電話。我撥了，一開始沒人接電話，然後響五聲後轉到語音信箱，一個電腦合成的聲音邀請我留言。我沒留話掛掉了。

我以為那天晚上會在一個聚會上碰到露易絲，結果沒有，於是我打了電話給她。「不曉得耶，」她說。「也許我太早行動了，自從雇了你之後，我就沒再接到他的消息。我實在很恨一個人講都不講就甩了你。」

「你有試著打電話給他嗎？」

「如果他是要甩掉我，」她說，「我才不會就這樣讓他得逞，你懂吧？但如果他沒有要甩掉我，我也不想催他。碰到女生打電話給男生這種事，我的觀念很老派。」

「好吧。」

「不過管他去死。如果我能叫一個偵探去查他的底，那打個電話給他又有什麼大不了的？你等一下，馬修，我稍後再給你回電。」

她幾乎立刻就回電了。「沒人接。只有他的語音信箱，我沒有留話。我連問都沒問。你查到他任何事情了嗎？」

我說我在這案子上頭花了一些時間，但是沒有太多成果。我沒告訴她我跟發明燈泡有多麼接近。

「噢，」她說，「也許你不該繼續查下去，懂我意思嗎？因為如果我從此再也聯絡不到他，那還去查他就太不切實際了。如果我打算忘掉一個男人，那就不需要知道他太多事情。」

∞

通常我查案子就像一隻追著骨頭的狗，而且在客戶告訴我放棄時還往往會繼續查，可是這回我輕易就停下來。如果我想出了一些比較有希望的方法，可能會比較難放棄，可是現在我唯一想到的方法就是等他跟她約會後，一路跟蹤他回家。如果他再也不打電話給她，那我要玩這招怕就難了。

次日傍晚，我去西五十三街的唐諾爾圖書館閱讀一本有關直接行銷的書。讀書不能幫助我找到大衛・湯普森，但我在網路上所查到有關這個主題的幾個面向讓我生出興趣，想花一兩個小時瀏覽一下這方面的書。我從那裡走路到伊蓮位於第九大道的店，想陪她到打烊，然後一起散步回家，但她不在店裡。

看店的是摩妮卡，她已經來了大半個下午了。「我只是剛好經過，」她解釋，「想跟她吱喳聊個一小時。我去買了兩杯摩卡拿鐵，她一喝完就說我是天上派來的天使，問我可不可以幫她看店，讓她去參加泰博藝廊的一場拍賣。從此我就困在這裡了，一杯摩卡只能撐這麼久，我犯了咖啡癮，還得再喝一杯才行。」

「你怎麼不鎖上店門十五分鐘，去買一杯來喝？」

「因為呢，親愛的馬修，我得先有鑰匙才能鎖上店門，而你的好太太卻沒想到要交給我。我很確定哪裡一定藏了一把備用的，可是卻找不到。你要不要幫忙守住城堡，好讓我去買兩杯咖啡回來？」

「不，我去。你剛剛說要摩卡拿鐵嗎？」

「剛剛是這麼說沒錯，不過剛剛是剛剛，現在是現在。幫我弄點真的很噁心的玩意兒來行不行？我要那種焦糖摩卡星冰樂，黏稠稠加上一堆糖，讓你嚐不出咖啡味，不過再加兩份濃縮咖啡進去就生猛有力了。你覺得怎麼樣？」

我覺得好恐怖，不過反正喝的人是她。我去了店裡逐字照唸她要點的咖啡，然後那個穿了鼻環的金髮咖啡師傅大步走過來把咖啡拿給我。我把咖啡帶回店裡，我們找些話題聊，直到伊蓮一陣風似的進門，向我們報告她在那場拍賣真是成功。

摩妮卡看店的獎賞就是去「巴黎綠」餐廳吃一頓好晚餐。講話的大半是她們兩個，偶爾她們其中之一會跟我道歉說她們都在聊女生的話題。不過沒人提起摩妮卡的神祕男友。

我們送她上計程車，散步回家，進門時我的手機響了起來。

是露易絲。「他打給我了，」她說。「昨天很晚的時候，一直道歉時間很晚，還道歉說他這麼久沒打給我。忙，忙，忙，他這個週末出城了，不過我們星期一晚上會約會。昨天晚上太晚了就沒打給你，然後今天輪到我忙忙忙，而且我想考慮一下。」

「結果呢？」

「唔，結果顯然他沒有甩掉我，而且我真的喜歡他，我覺得我們兩個真的可能有結果。感情走到一個地步，你就是得要有信心，你必須能夠敞開心胸，相信一個人。」

「所以你想取消調查了嗎？」

「什麼，你瘋啦？我剛剛才說過我必須相信他，可是我根本不確定他是誰的話，要我怎麼能相信那個狗娘養的？我打電話是要請你繼續查下去。」

8

鬧鐘還沒響他就醒了。他沖澡、刮鬍子、換衣服。他已經準備了一套今天要換上的——乾淨的內衣，一件白色襯衫。他穿上那套他第一次拜訪監獄時穿的暗灰色西裝，把銀色領帶換成有織紋的黑領帶。樸素，他決定。穿得樸素絕不會出錯。

他看看鏡中的自己，很滿意自己的模樣。他的鬍髭需要修剪嗎？他想著想著笑了，用大拇指和食指順了順。

他的鞋子不髒，不過可以擦一下。五十哩之內會有擦鞋匠嗎？他很懷疑。不過昨天他在OK便利商店買冰淇淋時（他買了兩品脫，而不是一品脫，而且兩盒都吃掉了），也順便買了一罐奇偉黑色鞋油。

有些汽車旅館的設備中會包括用後即棄的擦鞋布，主要目的是想節省旅館毛巾，而非提供客人方便。這家日日旅店卻沒有提供，這是他們的損失。他用一條面巾擦鞋油，然後用一條手巾摩擦得亮晶晶。

他離開前，用另一條毛巾擦掉他可能碰觸過的表面。他習慣上不會去碰觸不必要的東西，也不會有任何人來他房間撒粉採指紋，不過這種事對他來說是例行公事，何況幹嘛不做呢？他還有大把時間，而且事先預防絕對不會有錯。小心點，免得事後遺憾。
他最後一次打開電腦，登入網路，檢查電子郵件。他瀏覽了幾個他訂的USENET的新聞群組，看了一些文章。有個關於普瑞斯登．艾坡懷特即將處決的討論主題，迅即引起了一連串回應，他看了一些新的貼文，發現除了零星夾雜的幾則挑撥性言論外，大半不是來自一般反對死刑人士所必然會有的怒吼，就是正好相反，是出自擁護死刑者的歡呼，這些擁護者唯一遺憾的，就是沒有電視轉播處決過程。
付費觀賞，他心想。只是遲早的問題。
他登出網路，把行李整理完畢，從後門離開汽車旅館。沒有必要去辦退房，因為他們已經預刷了他的信用卡。他也沒有任何必要去歸還塑膠鑰匙卡。他看過報導，說這種鑰匙卡上頭會自動記錄許多編碼資料，理論上是可以利用鑰匙卡去查出住客的所有進出房記錄。他不確定實際上是否如此，就算可以，他知道這些卡片都是自動回收循環利用，要重新設定以供下一個住客和下一個房間使用時，裡面的編碼資料會永遠刪除。不過幹嘛要留下任何機會呢？他帶走了那張鑰匙卡，到另一州丟掉。

8

十點二十分之時，他在監獄的警衛室前停下車，警衛認出他來，朝他咧嘴微笑。他把車子停在現在已經是老位置的地方，然後看看鏡中的自己，順了順鬍髭，走向入口。太陽高掛在幾乎無雲的天空，而且沒有一絲微風。今天會是個大熱天。

不過監獄裡並不熱，裡面有空調保持一年到頭空氣涼爽乾燥。他經過了金屬探測器，把證件拿給那幾個已經認得出他的人看，然後被帶到一個小房間，裡頭是專供人們靜坐目睹這個社會動用極刑之處。

他在十點四十五分進入那個房間，離預定的行刑開始時間還有整整一小時又十五分鐘，裡頭已經有六個人了，四個男人和兩個女人。有個男人比他年輕幾歲，穿了襯衫、打了領帶，可是沒穿西裝外套，正在到處搭訕。他確定這個人是新聞記者，他不想跟他談話，其實他不想跟任何人講話。他搖搖頭，打發掉那名男子。

他驚訝的發現，房裡有一張提供觀眾取用的茶點桌，桌上擺了一個保溫咖啡壺和一壺冰紅茶，另外還有一盤甜甜圈和一盤玉米麥麩馬芬。他什麼都不想吃，這整個吃吃喝喝的想法有點讓人倒胃口，不過他去倒了杯咖啡。

然後他挑了張椅子坐下。這裡沒有不好的位置，觀眾席長而窄，每張椅子都面對著一面大玻璃板構成的窗子。他立刻猛然意識到，他們離即將觀看到的死刑竟是如此接近。但透過那扇隔開的玻璃，他們將可以感覺到那位在場醫師的呼吸，以及那名不幸病患的恐懼。

各種設備都已經準備就緒，推床、懸掛著三瓶點滴的器具，還有一整套醫學設備。他往右瞥了一眼，看到一名中年男子和女人，他們雙眼緊盯著女人手上拿著的一個裱框照片。當然，那是他們的兒子，艾坡懷特手下三名受害者的其中之一。

他稍微轉身，設法看了那張照片一眼。那頭濃密的金髮是個絕對不會搞錯的特徵；他們是威利斯夫婦，第一個被殺害男孩的父母，男孩屍體至今仍未尋獲。

顯然，屍體的所在位置是普瑞斯登・艾坡懷特決心帶進墳墓裡的祕密了。

門打開，進來了另一個人，他找了個位子坐下，然後看到茶點桌，過去倒了杯咖啡，拿了個甜甜圈。「看起來好像不錯，」有個人說，也往那張桌子走過去。

咖啡比預期中的好，不如他偏愛的那麼濃，但其他都還可以，而且是剛煮的。他喝完了，把杯子放到一邊，凝視著玻璃板的另一頭。

然後任種種回憶湧上心頭……

∞

維吉尼亞州首府里奇蒙離此不到五十哩，但時間上的間隔比距離更為遙遠。幾年前，威利斯家的男孩——叫傑佛瑞嗎？——還活著，那時普瑞斯登・艾坡懷特還沒有失去自由，有太太有小孩，是社區中受人尊敬的人士。而且，每星期會到離他辦公室幾個街區外的市立戶外運動場打一兩場籃球。

而他自己，阿尼・柏丁森（不過當時他用的是另一個名字，只是他一時想不起來了），剛好經過那個球場。他之前從沒經過那兒，他才剛到里奇蒙，暫停下來看著一堆成年男子打籃球。兩個人跳起來搶籃板，其中一人的手肘撞上另一個人的臉，後者痛得大叫一聲，倒在地上，鼻子湧出血來。

為什麼事情會發生？為什麼有的人活著、有的人死去；有的人成功、有的人卻失敗？這似乎不言自明，以下兩種運行原則一定有一個說得通。要嘛就是凡事必事出有因，要嘛就是一切事物的發生都沒有道理可言。若不是從宇宙誕生的大霹靂那一刻起就萬事皆已注定，否則就是一切事物、每個右轉或左轉、每一記驚雷、每一條斷掉的鞋帶，全都毫無緣由，只不過是隨機的產物罷了。

不論站在哪一方的立場，他都可以說出一些道理，但往往他傾向於後者的觀點。隨機主宰命運，事情會發生是因為它們就是發生了。你碰上了只能認命。

鑑於此，於是，任何人都有可能停下來看那場籃球賽，但偏偏不是任何人，而是他，亦即未來的阿尼・柏丁森，有著自己獨特的過往和個性。而且，雖然那天有點熱，但他還是穿了一件運動外套，而且在胸前的口袋裡，他很反常的放了一條折疊整齊的白手帕。他是那天早上放進去的，所以他知道自己有那條手帕，當時他想都沒想，就朝場上那個倒下的男人衝過去，掏出口袋裡的手帕，止住那個受傷的鼻子（後來才知道鼻子沒斷）所流出來的血。

其他人包括隊友和對手，也都趕過來協助艾坡懷特，他們立刻將他扶起來，帶他去看醫生。然後他也走了，手裡拿著那條血手帕，他低頭看了看，說來不可思議，他竟能預知接下來的每件事。換了別人，會立刻把手帕扔進離自己最近的垃圾桶，但他立刻將這條手帕視為獨一無二的機會。

他小心翼翼帶著手帕離開。一等到有機會，就把它塞進一個塑膠夾鍊袋裡。

∞

一名穿著褐色西裝的男子走進房間，顯然是典獄長的下屬，他清了清喉嚨，詳盡的解釋稍後窗子的另一邊將會如何進行。他以前早聽過這些了，也猜想在場其他人都聽過，包括受害者家屬、媒體記者，以及任何設法搶得這些寶貴第一排座位的人。

但那名男子不單是來溫習每個人的記憶而已。他幾乎等於是在電視節目攝影棚裡負責鼓動觀眾的人，那種人會講笑話提振觀眾的情緒，鼓勵他們看到「鼓掌」的提示標誌時就熱情報以掌聲。當然，那名褐衣男子沒說笑話，他的目標也不是要激勵觀眾，而是要消除、降低人們的情緒。

「請記住這是個嚴肅的場合，」他告訴眾人。「你可能會感覺到有開口說話的衝動。不管是什麼話，請先忍著，直到整個過程結束為止。這個人的樣子可能會讓你痛苦得想喊出來。如果你覺得可能控制不了自己，那麼請你現在告訴我，我會找人帶你到本中心的其他地方。」

沒有人這麼做。

「我們將會目睹一個人的生命結束。我們將會盡我們所知，讓這個過程沒有痛苦，但即使如此，你們仍將看到一個人從活著轉為死亡。如果你不想看到這樣的景象，現在就告訴我。好，如果到時候你發現你不想看了，就閉上眼睛。這好像太理所當然了，根本不必說，但有時候人們會忘記他們還有這個選擇。」

接下來還有其他的話，但他沒留意聽。畢竟時間寶貴，他還有其他事情要回憶……

∞

把那條手帕封在塑膠袋裡面後，接下來該做什麼，他心裡清楚極了，彷彿劇本早就寫好放在那裡，彷彿他只需要一一按照指示去做就行了。

他第一次開始殺人，只是一種金錢與權力兩者兼得的手段。他以為自己想要的是金錢和權力，而殺人只是一種為取得這兩者而偶爾用得上的技術。發現殺人並不困擾他並未令他感到意外，這點多少也預料得到，但他沒想到的是伴隨著殺人行動所帶來的愉快和滿足。帶來了興奮和成就感，那是什麼都比不上的。

很難確定他是什麼時候想通了，明白到金錢和權力都是次要的，殺人本身就是報酬。但他猜想，他開竅應該就大約是他買那把刀的時候。

他抓著那把刀，緊握在手裡。它看起來就像其他的鮑伊型獵刀，可是花了他兩百多元，而他可以從刀的平衡感和握在手裡的手感，體會到那種價值。那是一個姓藍道的人親手打造的，在手工精製刀的製造者與收藏者圈子裡，此人堪稱是個傳奇。

他買下這把刀之後使用過幾次，總能完美的達成目的。每回用後他都會清理刀子，擦去表面的一切血跡。當然，刀子是不鏽鋼，而且堅固耐用，可是血會滲進刀刃和刀柄之間的縫隙，所以他還會把刀子泡在稀釋過的家用漂白水裡面一夜，以預防生銹。沒有血跡，沒有ＤＮＡ，沒有任何東西能證明這把刀或其主人涉入任何殺人事件。

現在，知道自己很快就要再度使用這把刀，而且知道如何使用、為什麼要使用，他感覺到一陣激動。

那一夜和次日白天，他開著車在里奇蒙到處逛，好熟悉環境。他得知了妓女聚集的地方。其他沒有更容易的下手對象，而且他以前若碰到急需滿足殺人的饑渴、沒有時間玩什麼花樣時，也找過妓女——不是在街上，而是在按摩院。其中一名妓女好像對自己即將面臨的命運不怎麼驚訝，他納悶著她和她的姐妹們是否沒想到會有此下場，納悶著連續殺手是不是可能名列於她們的職業疾病排行榜上，就像煤礦工人容易得到黑肺症一般。

第一夜他差點就挑了一名妓女，一個苗條且打扮火辣的，穿著紅色熱褲和一件很緊的露背背心。他只需要停下車就行。她會上車，而當他駛離路邊時，她的命運就注定了。她將成為那個鼻子流血的男人手下第一個不幸的犧牲者。

但他必須知道更多。整個方針很清楚，但他得決定細節。凡事都要先計畫好。

他查到了許多自己必須知道的事情。他知道了那個鼻子流血的男人的名字和地址，也費心在網路上搜尋到更多關於他的事情。普瑞斯登．艾坡懷特已婚，有小孩，過著一種基本上清白無瑕的生活。多麼諷刺，接下來他會去綁架、雞姦，且謀殺一連串同樣清白無瑕的男孩。

因為他已經逐漸明白，妓女並不是一個好選擇。她們很多人身上都染上這個那個髒病，想到要親密碰觸她們及她們的體液，實在沒有什麼吸引力。而且若他挑上的是個假扮妓女的警察呢？更關鍵的是，一個妓女之死無法引起夠多的忿恨。奧瑞岡州的那個傢伙殺了兩打妓女才開始有人注意到他，而即使到那時，警方也沒有不眠不休的追捕他。

然後，他緩緩開車駛過昨天引發他靈感的場景，看到了另一場籃球賽正在進行。可是打球的都是男孩子。一群穿著運動短褲的小鬼。一半穿著運動衫，另一半則打赤膊。他們的胸膛沒有毛，臉頰上沒有剛長出的鬍渣。年輕，純真。

殺掉一個妓女不會有人注意，但殺掉一個兒童呢？

他曾如此寫道：

我殺男人也殺女人。殺男人，我覺得會給我更多成就感。但另一方面，若純就愉快程度而言，再沒有比殺掉一個有魅力的女人更快樂的了。

而男孩呢？他看著那些打籃球的小鬼，感覺不到他們有性吸引力。然而，想到要捕殺他們其中之一，還是有種不可否認的刺激性。性的方面可以作假，只要找個形狀適合的東西充當陰莖的替代品即可。他不需要為了布置一個可信的性謀殺舞台，而親身體驗性慾的部分。

但結果，連他自己都很驚訝。

幾天後他才去物色被害人，之前他買了幾樣東西。其中大部分——膠帶、一條毯子、一把園藝鏟、一個橡膠大頭鎚——是在當地的Wal-Mart超市買來的，但還有其他兩樣比較昂貴的，就是一輛汽車和一台電腦。車子是一輛日本進口車，形狀和大小跟普瑞斯登・艾坡懷特開的那輛一樣，而電腦則是減價小牌子的筆記型。他匿名用現金從一個私人車主那裡買下那輛車——車子被撞過，外殼需要整修美容，另外車體結構可能有些損壞。不過就他的使用目的來說倒是夠用，而且很便宜。

他在那所高中附近發現有個地方，常有男孩在那邊等著要搭路過的便車，他找到了一個獨自站在那邊的男孩，豎著大拇指。男孩看起來十三、十四歲，反正是不到拿駕照的年紀。

他停下車，讓男孩上車。他是個好看的年輕人，金髮，臉和前臂曬得稍黑。他手臂上有細細的絨毛，臉光滑得像女孩。

這男孩是男妓嗎？有可能，搭便車是男孩釣年長男子進行性交易的老套手法。不過這男孩看起來很純真。

他和那男孩聊天，問起有關運動和學校的事情。「那女生呢？」他說。「你喜歡女生吧？」

我更喜歡男人，那男孩可能會說，但結果沒有，他說女生不錯。從各種跡象看來，他完全沒意識到發生了什麼事。

在一個紅燈前，他把車停下，指著乘客座那邊的地板。「那裡有一隻手套，」他說。「幫我撿一下好嗎？」

男孩往前彎下身子，尋找根本不在那裡的手套，他那把橡膠大頭鎚揮出一個大弧形，結結實實擊中男孩的後腦勺。會用力過猛把他給打死嗎？不會，但是夠讓他昏過去。他立刻把男孩的雙手用膠帶纏在背後，又撕下一小片封住他的嘴。

五分鐘後，他們來到預先選定的殺人場地。

而且，他發現，不需要利用陰莖替代品。他自己的更足以勝任。那男孩的皮膚像女人般又軟又滑，而且他那種無助、完全脆弱的狀態很令人興奮。他沒想到要帶保險套來，這個荒謬的疏忽是肇因於他假設這個男孩不會激起他的情慾。絕對不要想當然耳，他提醒自己。絕對不要把任何事視為理所當然。要為各種意外狀況預作準備。

於是他在那男孩身上滿足快感，但沒到高潮就停下了。然後他拿出刀子，那把藍道所製的美麗刀子。

刀子之後，接下來是剪刀，剪下一小綹頭髮。剪刀之後，是園藝鏟。不是用來挖墓穴，因為他已經預料到會有需要，早已經提前挖好了，鏟子是用來把土填回去。這個殺人場地是一個廢棄的農場，在里奇蒙西邊，剛過城南賽車場那裡。農場的家族私人墓地就在荒廢的舊農舍一側。墓碑殘破得難以辨識上頭的碑文，而現在除了一打左右的墳墓之外，又將添上一座新墳，他把墓穴填好，覆蓋上草皮壓實。現在這是一座新墳，但不久之後就跟其他的沒兩樣了。

到了傍晚，他把那輛破舊的Camry開到前一天租來的車庫。如果任何人發現這輛車，裡頭找不到任何指紋。後車廂裡的工具上——鏟子、大頭鎚、還有那把極好的刀——也沒有指紋。

他改開自己的車，一輛米黃色方背的福特Tempo，行李放在後車廂。他往西走州際六十四號高速公路，然後轉北接州際八十一號，他把定速系統設在車速限制以上四哩。中間除了加油之外都沒停，直到過了賓州州界。在賓州一個家庭式小型汽車旅館，登記住宿的辦公室還有一股咖哩的香味，他在旅館房間裡用熱水淋浴許久，把穿過的衣服裝成一袋，準備明天上午扔進慈善捐衣箱中。他赤裸著鑽進被窩，讓自己從頭回味當天下午那場娛樂的分分秒秒，從那名男孩上了他的車，直到他刺下最後一刀為止。

這回他不需要憋住了。他的高潮強勁而猛烈，他喊出聲，像個痛得叫起來的女孩。

9

現在十二點整了，長窗的另一頭還沒有任何人出現。就好像布幕已升起，但舞台上仍是一片空蕩。

人都到哪兒去了？

昨天夜裡州長打了電話嗎？不，當然沒有，因為州長想繼續當州長，可能甚至希望有朝一日能坐上更高的職位。他不會打電話。也不會有律師向最高法院提起最後上訴，因為普瑞斯登．艾坡懷特的上訴過程老早就結束了。

艾坡懷特沒事吧？他還年輕，才剛跨過中年的門檻，不過也老得足以中風，或心臟病發。他想像著艾坡懷特十一點時在牢房裡倒下，想像著救護車疾馳，趕來救他的命。然後當然，死刑的執行延期，直到他的健康狀況被認為足以被送去處決。

但當然這只是他的想像，他痛快的想像了一陣子。其他觀眾並沒有坐立不安或猛看手錶。或許處決就像搖滾演唱會，或許每個人都知道這種事從不會準時開始。

反正又不是有誰要趕時間。不過這似乎正是個好機會，讓他再度徜徉在回憶小徑……

8

威利斯家的男孩死後兩天，他在賓州的約克市租了一棟附家具的洋房。過了快一個月，他才回到里奇蒙。

但這個月他並沒有無所事事的虛度時光。他為電腦裝了個DSL線路，常常上網，尋找網際網路上的各種東西、檢查電子郵件，看了他所訂的新聞群組裡的新消息。

他每天至少會讓他自己的筆記型電腦離線一次，然後打開他買來那台要當做普瑞斯登・艾坡懷特所屬的電腦。他用文書軟體Word寫了一份令人髮指的記錄，敘述那名男孩被綁架且謀殺的過程，唯一違背實情的只有說他事發之前耗了好幾星期，如何跟那種念頭掙扎，又如何決定他除了去做之外別無選擇。

然後他故意對殺人場地含糊其詞。

我帶他到一個美好而隱密的地方。我知道那裡沒有人會打攪我們。他將會輕易的消失。沒有人想得到要去那裡找他。

他在網路上替艾坡懷特在Hotmail.com開了一個電子郵件帳號ScoutMasterBates（童子軍團長貝茲）。在申請表格上，他自稱是約翰・史密斯，夠平凡無奇了，但街道地址他寫的是榆樹街四七六號。艾坡懷特真正的門牌號碼的確就是四七六號，但不是在榆樹街。至於居住城市和州，他填的是加州洛杉磯，不過卻用了艾坡懷特在里奇蒙的郵遞區號。

他以「童子軍團長貝茲」的代號在網路上尋找色情網站，結果並不難找。沒幾天他的信箱裡面就塞滿了色情垃圾郵件，他瀏覽了眾多以年輕男模特兒和討論男人與男童之愛的網站，因而愈發成為兒童色情供應者的目標。「十八歲以上模特兒（心照不宣喲！）」一個網站如此宣稱。

他下載了色情照片，用一張無法追蹤到他身上的信用卡付費。幾個星期前他在一家餐廳吃飯，看到另一桌有個顧客以信用卡付帳，沒拿收據就走了。他趁女侍收走之前，假裝要去上廁所，經過那張桌子，摸走那張黃色紙條塞在口袋裡。上頭有信用卡持有人姓名和到期日，足夠應付他在網路上的小額購物。一兩個月後，那名顧客收到信用卡帳單時，如果發現了，就會打給信用卡公司抱怨。但屆時他已經把這個信用卡帳戶利用完畢了。

回到里奇蒙，他開始設法進入艾坡懷特的房子和車子和辦公室。

結果很簡單。艾坡懷特在他辦公室附近的停車場包月租了一個停車位。他自己過去那兒，詢問有關收費和開放時間和租用方式，還問了許多問題，然後趁服務員沒注意，他從附著號碼的掛鉤上偷走了艾坡懷特的鑰匙。他告訴一名鎖匠，他要給女朋友一整套備用，鎖匠咧嘴笑了，說他真是容易相信別人，他自己已經結婚十八年了，他太太到現在還沒有他的車鑰匙。

用來開車門和後車廂的是同一把鑰匙。鑰匙圈上還有別的鑰匙，他都複製了，知道一把是房子的鑰匙，另一把是辦公室的。不到一個小時，他就又回到那個停車場，把艾坡懷特的鑰匙放在桌上，看起來就像是從掛鉤上掉下來似的。

那天深夜，艾坡懷特家的燈關掉後許久，他進入沒上鎖的車庫，打開車子的後車廂。他身上帶了一條舊軍毯，是從約克市的救世軍商店裡買來的，他把毯子鋪在艾坡懷特車子的後車廂裡，四處摩擦著車廂內部的襯墊，然後取出放回原來的塑膠袋。

兩天後他換了車，開著那部暗色的Camry，把米色的Tempo留在車庫。放學時他開始駕車四處逛，很快就載到一個比傑佛瑞・威利斯年長、懂事的男孩。史考特・索耶，十五歲，有雙機靈的眼睛，笑起來有點邪氣。他的T恤太小了，而且舊舊的藍色牛仔褲挑逗的緊裹著他的大腿和臀部。他上車後，一隻手就搭在椅背上，想讓自己看起來更有魅力。

效果很滑稽，但他沒笑。

我想你在置物匣裡可以發現一些有趣的東西，他告訴那男孩。於是，他在適當的時機揮動那把橡膠大頭鎚。

里奇蒙市的東北邊有個倒閉的鄉村俱樂部，就在往老冷港鎮的克萊頓路旁。這塊地產正待出售，而求售的招牌長期豎在那裡，久到成了人們用來當成練習路過開槍的靶子。九洞的小型高爾夫球場上長滿了雜草，果嶺荒廢，中央球道上雜草蔓生。稍早他來偵查過這個地方，挑了一個點。去球場的路上，男孩醒來了，貼著防水膠帶的嘴仍試著想大叫，想掙脫雙手，綁著安全帶的身子拚命掙扎扭動。

他叫他安分一點，但掙扎仍持續著，於是他拿起橡膠大頭鎚，用力朝男孩的膝蓋一敲，掙扎停止了。

他把車開進高爾夫球場，停在第五洞球道旁的雜草區，把那個男孩拉下車，拖進樹林深處。他用鏟子猛擊男孩的膝蓋骨好讓他不能行動，接著剝光他的衣服，擺成適當的姿勢，然後戴上保險套強暴他。

年紀較小的傑佛瑞·威利斯比較有吸引力。更柔軟、更嬌小，更能感覺得到他的純真。而且跟男性性交也很有新鮮感。但與史考特·索耶的經驗卻完全是一種原始的快感，而且也不需要抑制自己的高潮。他全力達到終點後，彎身拾起刀子——妥貼握在手裡的感覺多麼美妙——往下用力刺，然後再刺。

他用軍毯包起屍體，那條毯子之前曾鋪在艾坡懷特車子的後車廂裡，會黏上後車廂內襯的纖維，同時留下毯子本身的纖維。每次接觸都會讓纖維轉移，這就是為什麼他之前會拿毯子去做那些事，也是他殺掉威利斯男孩後把穿過衣服丟掉的原因。他現在身上穿的也會丟掉，所有衣服，包括腳上的運動鞋。這些衣物會黏上纖維，帶著青草的染漬和殘餘的泥土，但這一切都無所謂，因為這些衣物最後會被扔進賓州的慈善捐衣箱中，不會有任何犯罪實驗室有機會看到它們。

他開始掘墓坑，可是天愈來愈暗，他又累了，而且腳下的泥土遍布著縱橫纏繞的樹根，根本不可能挖深。此外，他是打算讓這具屍體被發現的。

他剪下一綹頭髮，塞進一個玻璃紙袋中。他把那紙袋連同他下次去里奇蒙所需要的工具，都放進那輛Camry的後車廂。

他把裹在軍毯裡的屍體留在那裡，上頭堆了些樹枝，然後開車回到他租來的車庫，把Camry換成Tempo。他走州際六十四號高速公路，然後轉州際八十一號。他用過的保險套尾端已經打了結以免外漏，放在他旁邊的座位上；車子進入馬里蘭州界時，他把車窗搖下，保險套扔出去，然後繼續往前開。

兩個星期後，他在約克市待夠了。房租已經付到月底，所以他留著鑰匙以便萬一還要回去，但去除了所有他住過的痕跡，這樣沒必要就不用再回來。他開車到里奇蒙，開始布置舞台的布景。此時那台廉價筆記型電腦的硬碟裡，已經有一份第二宗謀殺案的敘述文章。他仍是對謀殺場地和棄屍地點含糊其詞，但明確稱之為高爾夫球場，而且他從地圖查詢網站MapQuest下載了一份那個廢棄鄉村俱樂部的詳盡地圖，存在硬碟裡。另外還有一篇短文的兩份草稿，他在文中以艾坡懷特的身分闡述了謀殺的道德寓意，以理性的言辭為自己的行動合理化，他必須承認，這些言辭得大大歸功於法國色情文學大師薩德侯爵，另外他還借重了尼采和蘭德的說法來支持自己的論點。其中一篇特別提到殺害威利斯和索耶的草稿，他刪除了，但他知道那其實是可以復原的；另一篇提到同樣的殺人場地、但沒那麼對作者不利的檔案，他存在硬碟裡，加上檔案註解：要發表嗎？在哪裡？？？

一天下午，他開車到艾坡懷特家所在的郊區。兩輛車都不在家，學校還沒放學。他進入房子，在各個房間裡走動，興奮得全身震顫。艾坡懷特有個書房，從他的稅單看來，這無疑是一個家中的辦公室，然後他把那部電腦放在書桌裡的一個抽屜中。

在臥室，他從艾坡懷特的抽屜裡拿了襪子和內衣，從衣櫥拿了一件襯衫和一條寬鬆卡其長褲。他注意到，襯衫上有洗衣店的標記，另外掛在木栓上的那條褲子洗後至少已經穿過一次了。

鞋子呢？他想找一雙，然後想到稍早去車庫時，曾看到破舊的球鞋，無疑是整理花園和院子時穿的。完全符合他的目的。

第三名被害人的選擇和棄屍簡直是無關緊要了，因為他現在主要關心的是他為普瑞斯登・艾坡懷特所織起的那張網。慢慢來，他告誡自己。花點時間聞聞花香。然後，想起史考特・索耶給予他的樂趣多麼不如傑佛瑞・威利斯，這回他用心挑了一個年紀比較小、在光譜中更偏向純真那一端的男孩。

網路上有關孌童癖的新聞群組和電子布告欄（沒錯，他找到了獲取這些訊息的途徑，而且「童子軍團長貝茲」還不只一次提供了他的評論文章）教了他一個新的說法。他得知，剛踏入青春期的男孩，被稱為正在開花，身上還有少年的露珠。那就是他在尋找的，一個名叫馬可斯・李卡克的十三歲男孩。他發現他時，他根本沒有在等搭便車，而是在從學校走回家的路上。

此時他開著那輛Camry，也已經在車庫裡換過衣服了。他捲起艾坡懷特那件襯衫的袖子，折起他的卡其褲褲腳。球鞋也有點大，他試過用衛生紙塞在腳趾前面，但決定還是不要。這雙鞋沒那麼大，而且他又不是要穿著走多遠。

「小子，過來一下好嗎？這裡有個地址我找不到。」

太完美了。他花了夠多時間在那些男人與男孩的電子布告欄上，對於孌童癖實在缺乏尊敬，但他們的狂熱倒不是完全無法理解。就在那個廢棄的高爾夫球場上，他慢條斯理對付馬可斯，而在他冒險的愉悅增加的同時，也必然增加那個男孩的疼痛和苦楚。噢，這個世界有時就是個零和賽局，不是嗎？一個人有所得，另一個人就會有所失，而人會曉得該站在這個等式的哪一邊。

總之，事情很快就結束了，而一旦結束，那個男孩就不必再承受苦痛以及苦痛的記憶。那個男孩走了，去到每個人終將去的地方。

不管那是哪裡……

最後的收尾工作：那具屍體除了少掉一綹頭髮之外，用一條軍毯和樹枝蓋著，離史考特．索耶的屍體只有幾碼。屍體下方顯然不小心掉落的，是啟動這一切行動的那條手帕，他自己的手帕，兩個月前染上了艾坡懷特的血。然後深夜裡，他把原來放在Camry後車廂的大頭鎚、鏟子、膠帶、剪刀移到艾坡懷特後車廂的備用輪胎槽。那盒一打裝的保險套扣掉他用掉的兩個，放在艾坡懷特車上的置物匣，剛好符合將會在那兩具屍體上發現的殘留物。他穿過的衣物包括球鞋、襪子、內衣、卡其褲、有洗衣店標記的襯衫，全部放進一個垃圾袋，再把垃圾袋放進後車廂，看起來好像艾坡懷特打算要拿去丟掉。

他敢冒險再一次進入那棟房子嗎？

他進去了，行動緩慢而安靜。他家沒養狗，沒有防盜警鈴。這一帶很安全，是犯罪率很低的郊區，而且艾坡懷特一家都睡得又深又沉。站在那棟黑暗的屋子裡，另一個計畫忽然冒上心頭。他身上帶著那把刀子；讓那兩個小孩被謀殺在床上，割斷他熟睡太太的喉嚨，然後再為這棟房子的主人安排一個恰當的自殺，不是很簡單嗎？

不，他決定。最好堅守原來的計畫，最好讓維吉尼亞州去負責懲罰他。

他把裝著那三個小玻璃紙袋的信封黏在一個書桌抽屜的底面。而刀子，那把藍道製作的絕佳好刀，擦掉了上頭看得到的血和指紋，但確定上頭還能驗出三個被害人的血跡反應，他實在很難割捨。

但無論如何就是該割捨。人絕對不能允許自己太依戀任何事物——無論是某個地方、某個人，或是某樣東西。人唯一能依附的，而且必須完全依附的，應該就是自己。若是你的右眼害你失足，就挖掉；若是你的房子或車子或手工打造的刀子令你過度耽溺，就丟掉。

於是刀子被放進一個書桌抽屜。他離開那棟房子，緩慢而安靜，他把失去刀子的痛苦化為選擇正確行動步驟的滿足感。畢竟，那只是一把刀，一個工具，一種達到目的的手段。日後會有其他的刀子，而其中某些刀子會博得他同樣的喜愛。

他此時開著Camry，而且一路繼續開，上了州際九十五號高速公路，北上到華盛頓特區。到達時已經是上午了。他開著車子去機器洗車過，然後停在離杜邦圓環幾個街口的街上，下車離開，車窗開著，鑰匙還插在啟動器裡。他搭地鐵到聯合車站，很有把握他的火車啟程往里奇蒙時，那輛車已經被偷了。

他來到那個租來的車庫，上了他的福特車，開車離去。

過了兩天，就在那個男孩的失蹤事件上了報紙和電視的頭條新聞，而且一個證人聲稱曾看到一個符合馬可斯·李卡克外貌特徵的男孩上了一輛暗色的小汽車之後，他用一個無法追蹤來電者的電話打去提供線索。他報告說注意到一輛暗色汽車在男孩失蹤那夜駛離「美景鄉村俱樂部」的舊址，而且這事情讓他犯疑心，於是記下了車牌的前四碼，他最多也只能提供這些了。

而當然，這些就夠了……

∞

貴賓來了。我們這個小小盛會的明星普瑞斯登·艾坡懷特終於姍姍來遲。他拖著腳鐐、戴著手銬，因而使得他的進場不那麼優雅，但是現在他來了，表演可以繼續下去。

他面無表情，看不出心情如何。他現在心裡在想什麼？對於未知世界的懼怕？對於這個制度無法證明一個無辜者無罪而狂怒？毫無由來的期望能有奇蹟發生、好救他一命？

一個星期前，他，阿尼·柏丁森，原可以提供這樣一個奇蹟。他可以公開或匿名的自白，而且為了證明自己的說法，他可以供出威利斯家男孩埋屍的地點。但現在，和艾坡懷特共處那麼多個小時之後，他說什麼都立刻會被懷疑。柏丁森先生，你說你知道屍體在哪裡嗎？若是如此，那是因為艾坡懷特告訴過你。你只是更確定了他有罪。

典獄長臉上有著這個職位壓力所造成的滄桑，他陳述了一些場面話，然後問受刑者有沒有話要說。停頓許久。艾坡懷特——他還沒被綁在推床上，顯然要讓他站著說自己的臨終遺言——垂眼思索著，然後首次抬起眼睛看著玻璃後的一張張臉。他發現了他的新朋友阿尼，雙眼一亮，但只是片刻。

他開口了，聲音柔和，好像不打算說給觀眾聽。不過裡頭有麥克風，所以見證席還是聽得見。

「你們都確定我犯了這些罪，」他說。「我知道不是這麼回事，不過沒有理由要任何人相信我。我簡直是希望我真的有罪。那麼我就可以告解，可以祈求原諒。」他停了一下，於是旁邊的人上前，以為他講完了，可是他迅速搖搖頭制止他們。「我原諒你們，」他說。「所有人。」

最後他的眼睛定在那個曾宣稱相信他是無辜的人身上。他猜到了嗎？最後那三個字是表示他猜到了嗎？但不，他是在尋找別人對他這番話的認可，而且也遂了願，玻璃另一頭有個人會意的點了個頭。艾坡懷特看到了那個點頭，似乎很感激。

艾坡懷特躺在推床上，旁邊的人替他繫緊縛帶。醫師在他手臂上找到了一根適合的血管，用酒精棉擦了擦他的皮膚，試了兩次，才把靜脈針頭插入。

然後他僵坐在那裡，看著一個人死在他眼前。沒有多少可看的。第一劑的巴比妥鹽沒有明顯的效果。第二劑麻妥儂會引致痲痹，使得艾坡懷特無法呼吸或改變表情。而最後一劑氯化鉀，不管是否引起刺痛，反正也不可能看得出來，不過至少對那些坐得夠近、可以看到心跳監視器，或是檢查脈搏的醫師來說，顯然第三劑藥物不負使命。

普瑞斯登．艾坡懷特死了。

而玻璃後頭，那名不久就會放棄阿尼．柏丁森這個名字的男子從頭到尾都小心翼翼，維持著一種憂鬱而超脫的表情。他勃起了，但他很確定不會有人注意到。

8

他知道州際九十五號高速公路在星期五會大塞車。於是改走州際六十四號接八十一號，當天夜裡在賓州的一家汽車旅館過夜，星期六早晨走州際八十號高速公路往東，希望在比較不塞車的時間抵達往曼哈頓北部的喬治華盛頓大橋。最後果然符合他原先的計畫。

近來，每件事都符合他原先的計畫。

一如他的預期。幾年前他在里奇蒙辛辛苦苦的工作，執行殺人行動、栽贓證據，把圈套牢牢套在一個人身上，而這個人唯一犯的錯，就是在最壞的一刻剛好鼻子流血。而過去的這個星期，原來是被他歸在未完成事務的項下。

他在紐約還有另一樣未完成事務。

10

星期天晚上我正喝著咖啡看電視，手機響了起來。

「我覺得自己真像個操他媽的間諜，」露易絲說。「我現在在餐廳裡的女廁。我們差不多要回我家了。你有我家地址嗎？」

我說有。

「這件事真是太詭異了。我要帶他回家跟他上床，同時你要躲在外頭等著跟蹤他回家。告訴我這不算詭異吧。」

「如果你希望我不——」

「不，這麼做很合理，只是詭異透頂。如果他真是自己所說的那個人，那麼他永遠不必知道這件事。如果他不是，那我就必須知道這回事。」

我問他是否可能在她家過夜。

「如果是，那就是破天荒頭一遭了。他通常會過來待三四個小時，不過這回我們吃過晚飯了，平常不會的，所以我們會很晚開始。現在幾點，八點半嗎？不，快九點了。我猜他不會待到十一點半以後。」

我問他身上穿什麼，好確定不會跟錯人。設計師牛仔褲和一件海軍藍的馬球衫，她說。我建議她等他一離開公寓，可以把電燈迅速開關個五六次，她說這個點子真棒，不過她住的那戶在大樓的後方，所以我從街上根本看不到。

「不過我可能無論如何還是會照辦，」她說，「因為這好像瑪塔·哈里（譯註：Mata Hari，生於荷蘭，一九〇五年赴巴黎成為知名舞孃，據信她於一次大戰期間為德軍蒐集情報，後遭法國逮捕，以間諜罪處死）那種很酷的超級女間諜會做的事。嘿，慢著。你不是會帶著手機嗎？所以他離開時我打給你不就得了？然後我還是會開關燈，只是為了好玩。」

8

她估計得差不多。我的手機在十一點四十分響起。

「我是瑪塔·哈里，」她說，「他就交給你了。我得告訴你，晚餐很好，但甜點更棒。拜託幫我個忙好吧？明天打電話，告訴我他是大衛·湯普森，而且他單身，而他唯一瞞著我的祕密是他有錢得不得了。」

我告訴她我會盡力而為，然後我掛掉電話，看到門打開，他走出來。或許不用這通電話，我也猜得出是他。他穿著牛仔褲和深色馬球衫，我看過的那張照片跟他本人很像。

如果你有一整隊人馬去跟蹤某個人，那事情就會很複雜，半打人在車上，另外半打走路。但我只有阿傑作伴，另外還有個名叫李歐的計程車司機收了我五十元，答應當我兩個小時的專屬司機。

露易絲住在百老匯大道和西端大道之間的西七十八街，是靠上城那頭的一棟褐石建築。就像大部分單數街道一般，八十七街是往西的單行道。如果大衛．湯普森住在奇普氏灣或那附近，他或許會搭計程車回家，而且或許會走到百老匯大道上叫車。如果他想搭車到其他地方也是如此。而若是他想搭地鐵，他會走到八十六街和百老匯大道交叉口的那個車站，所以他還是會走到百老匯大道，跟車行的方向相反。

我們因此安排對策。阿傑和我會站在露易絲那棟公寓正對面的大樓門口，李歐的車則停在百老匯大道上一個消防栓旁邊。如果有警察來趕他，他就會繞那個街區一圈，不過這個時間不太可能。如果有警察來問，他只要說他在等客人就行了。

湯普森離開那棟大樓後，我們就打算跟蹤他走到百老匯大道，然後上李歐的車，跟蹤他搭的計程車。如果他走到八十六街搭地鐵，阿傑會跟在他後頭到底下的地鐵站。他會設法跟我們用手機聯繫，我們則會設法在他和湯普森下車時趕到場。

所以湯普森走出門，下了門口的台階，看看手錶，拿出手機打了個電話。一開始沒人接，然後有人接了，或是轉接到語音信箱，因為他起勁的談了一兩分鐘才按鈕掛掉。他拿著手機看了一下，然後收起來，拿出一根香菸點燃，呼出一縷煙霧，他開始走，不過不是往百老匯大道，而是朝反方向的西端大道。

狗屎。

「B計畫，」我說，跟在湯普森後面走，而阿傑則拔腿跑到百老匯大道的街口，轉彎去找李歐正在等的地方，李歐原來正把特早版的《每日新聞》攤在方向盤上看。但阿傑上車之前，他已經發動引擎。紐約的交通規則是紅燈一律不准右轉，因為紐約的交通實在太混亂了，要是允許右轉會更糟。不過脫口秀主持人大衛·賴特曼有回指出紐約人把交通規則當成參考而已，而且李歐覺得成人應該能夠運用自己的判斷力。他繞過街角，在街區中段接我上車。

我上了後座，李歐開到街口碰上紅燈停下。湯普森走到街角時，可能站到人行道邊緣招一輛往南的計程車，或可能走路往南過八十七街，或者等綠燈亮時穿越西端大道，往河濱道走。

如果上述三者他選其中之一，我們跟蹤他就不會有問題，偏偏他右轉，朝上城方向走。李歐可能會願意再碰一次運氣，來個紅燈右轉，可是他之前沒轉到右線道，而且這是一條單行道，所以實在沒辦法右轉。

「狗娘養的！」他氣沖沖的說。

「開到河濱道，從八十八街繞回來，」我說著，打開車門下車。「我會設法盯住他。」

等我趕過去，他已經在我前頭領先有半個街區，這應該不是問題，可是他在八十八街右轉，我就看不見他了。我加快腳步來到他剛剛轉彎的街角，發現他不見了。

8

李歐載我們回到第九大道和五十七街交口，不肯收任何錢。「我還以為會有一場冒險，」他說。「『跟蹤那輛計程車！』我還以為可以表演一下我的駕駛技術，跟蹤那個王八蛋穿越布魯克林的街道，到那些連熟知紐約的《每日新聞》專欄作家彼得・漢米爾都會迷路的角落。結果我竟然只是開車繞了那個操他媽的街區一圈而已。」

「我把人跟丟不是你的錯。」

「的確，都是他的錯，因為結果證明他是個滑頭的混蛋。你錢收起來，馬修。下回再打電話給我，我們再玩得開心點，到時候你可以付我雙倍。不過這次免費。」

他在晨星餐廳門口放我們下車，不過我和阿傑都不想進去。我們過街到凡登大廈，上樓回家。伊蓮正坐在沙發上，手裡拿著一本摩妮卡推薦她看的小說，說絕對能讓人獲得有罪惡感的快樂。

「她說這本書等於一部哭濕三條手帕的電影，」她說，「我承認她說得沒錯。怎麼了？」

「那傢伙繞過街角甩掉我們了，」我說。

「這狗娘養的膽子真大。你們要吃點什麼嗎？」

「我真希望這一夜從頭來一遍，」我說，「不過很難。我不想再喝咖啡了。我什麼都不想要。阿傑你呢？」

「我喝可樂吧，」他說，然後自己去拿。

我跟著他到廚房，兩人一起坐在那裡，想搞清我們剛剛在西八十幾街那邊到底是怎麼回事。

「看起來好像是他耍了我們一場，」他說，「可是他的行動看起來不太像。」

「我不懂的是，」我說，「他怎麼就這樣消失了。」
「他走在路上，用魔術就把自己變成一家雜貨店。」
「真的就像這樣，對吧？他轉彎時離我沒那麼遠。或許三十公尺？不會超過太多，而且我應該把距離縮得更短了，因為他一轉彎看不見人，我就加緊腳步追上去。然後我到了轉角，就發現他不見了。」
「就算他轉過彎就開始叫車，反正你馬上就會到那個轉角，就可以看到他了。」
「我本來以為是這樣。」
「除非他走進那棟大樓。」
「轉角那棟公寓？我也想到過。靠街上的那扇門沒上鎖，任何人都可以進入前廳。然後你就得有鑰匙，或者誰按鍵開了裡頭那扇門讓你進去。我往前廳裡看過，沒看到他，不過我不是馬上就看，是在街上找了一陣子後才去看的。你知道，他沒往百老匯大道走，而是走到西端大道，這好像很奇怪，但如果他住在那裡——」
「那他只是回家罷了。」
「一個男人住得離一個女人很近，卻告訴她說自己住在幾哩之外的東三十幾街。」
「也許他不希望她每隔一天就跑來借一杯糖。」
「比較可能是借一包香菸。不過我的確可以理解。你在網路上交到一個女朋友，希望她不是住在遙遠的布魯克林或皇后區，免得要搭地鐵、換巴士才能去到那裡，可是接下來你又發現她就住在附近，於是你明白，原來住得太近也不是好事。」

「不曉得耶，」他說。「她如果在附近看到他，不是會認出來嗎？」

「照理講是這樣。紐約人可能不認識隔壁的鄰居，但通常看到會認得臉。另外別忘了一件事，他打過一通電話。」

「就在他點菸抽之前。」

先前伊蓮也進來廚房泡茶。「他是打給他太太，」她說，「看是不是該買一夸脫牛奶回家。」

「或是一杯糖，」我說。「或一條萬寶路菸。如果他已婚，會找個住附近的女朋友嗎？」

「除非他真的很想死，」她說。「他是跟誰在講電話，男的還女的？」

「我們聽不到他講話，」我說。

「從他的肢體語言看不出來嗎？在電話那頭的是個男人或女人？」

「看不出來。」

「阿傑呢？」

「如果要我猜，我會說是個女人。」

「是嗎？」我說。「為什麼？」

「不曉得。」

「他才剛跟一個女人約會過耶，」我說，「而且根據露易絲的說法，他表現得非常好。如果他不是打電話給他太太說他得留在辦公室加班到很晚——」

「不可能，」阿傑說，「如果他家走五分鐘就能到的話。他直接回家不就得了。」
「你說得沒錯。所以他不是打給他太太。」
「除非是別人的太太。」
「耶穌啊。」我說。
「他有可能是打給他太太，」伊蓮說。「他家在郊區的史卡斯戴鎮，他打給太太說他會弄到很晚，或根本不打算回家了。然後他走到街角的那棟大樓。」
「街角那棟大樓裡面住了誰？」
「不知道，」她說。「偵探是你啊。」
「謝了。」
阿傑說，「有可能是另一個女人。」
「住在街角的大樓？」
「每個人總得有個地方待吧？」
「所以他是腳踏兩條船，背著露易絲去跟住在她街角的某個女人偷情？」
「三條船，如果他史卡斯戴鎮還有個太太的話。」
「說不定那女人是應召女郎。」伊蓮出主意。
「露易絲嗎？我真的不認為——」
「不是露易絲。是稍後約會的那位，住街角的女人。也許她是做那行的。」

「可是他才跟露易絲約會過。」

「那又怎樣？」

「據她的說法——」

「他讓她爽昏頭了？」

「她不是用這些字眼，」我說，「不過我得到的大致印象是這樣，沒錯。」

「或許她得到了滿足，但他沒有。也或許他想玩帽子戲法。那是什麼運動的術語？曲棍球嗎？」

我點點頭。「一名選手在一場比賽裡進了三球。」

「我知道是三球，我只是不記得是指曲棍球還是足球。」

「這個詞也被其他運動借用，不過原來是曲棍球用詞。」

「真想知道這說法的來源是什麼。總之，如果他認識一個應召女郎，就住在露易絲家的轉角，那何不順道去拜訪一下呢？」

我努力回憶他站在露易絲家那棟褐石公寓前的樣子，手裡拿著電話。「他不必查她的號碼，」我說。「所以他是設定在速撥鍵裡了，不是嗎？」

「或許吧。現在大家都這樣，不用小小的黑色電話本了。」

「如果他還想跟女人在一起，」我說，「為什麼不待在樓上久一點就是了？」

「老天，不曉得，」她說。「你想會不會是他天生的Y染色體作祟？」

「換句話說，那是男人本性。」

「我以前工作時，」她說。「有些恩客會先自助之後再過來，這樣他們就可以更持久。我碰過一個正好相反，他要我讓他保持在興奮狀態比方一個小時或更久，但是絕對不要讓他達到高潮，這樣他就可以回家，給他太太一次永生難忘的交流活動。老實說，那還真是難倒我了。我覺得自己好像場子裡的騎馬鬥牛士。」

我瞥了阿傑一眼，想看他對伊蓮的往事回憶有什麼看法。如果那些話對他有任何影響，從他的表情也看不出來。他知道以前伊蓮是做哪一行，他和摩妮卡大概是我們常來往朋友裡僅有知道的，不過伊蓮很少像現在這樣，在阿傑面前講以前工作的事情。

阿傑對自己的母親一無所知。他不到一歲母親就過世了，外婆一手撫養他，後來也過世了。外婆講的一些話讓阿傑推測自己的母親曾當過應召女郎，因此他可能是個不小心懷孕的產物，從一個不知情的恩客那裡意外得到的獎品。反正也不可能知道了，他說過，而他好像也無所謂。

不過我們的談話已經離題了，把本性縱慾的大衛．湯普森拿來當成「男人真奇怪」的論文主題。我說，「我不相信他進了那棟大樓。」

「有可能是另外一棟嗎？」

「或者根本他就沒進入任何一棟大樓。也許他知道自己被跟蹤了。」

「不可能，」阿傑說，「除非他生性多疑。他會不會是從露易絲身上覺得不對勁？」

「他如果還用了保險套，就表示不是。」伊蓮說。

「如果他已婚，」我說，「可能會懷疑他太太找人跟蹤他。這可能會讓他心有警戒，感覺到我們在盯梢。」

「他站在那裡點菸的方式，」阿傑說。「好像他想花點時間想一想接下來要做什麼，同時也盡量多吸收點尼古丁。」

「然後他右轉而不是左轉，」我說，「接下來在西端大道上又右轉，跟車行方向相反。然後他鑽進一棟大樓，或是找了一個門口或小巷子躲起來。」

「為什麼？顯然是為了要甩掉你們兩個，可是為什麼？他這樣不是很可疑嗎？而且你不覺得，如果他認為他太太找人跟蹤他的話，他就肯定不希望自己表現得很可疑啊？」

「除非更重要的是，不能讓他老婆曉得他接下來要去哪裡。」我說，「或許那裡有輛計程車，就在八十八街的轉角。」

「他雇了輛計程車在那裡等他？」

「不，但可能剛好有一輛車在那邊放客人下來。然後他可以趁我轉過那個街角之前，攔住計程車上路。」

「那你不是會看到有計程車開走嗎？」

「那也得我有注意才行。如果那輛車已經開過半個街區，而我又到處在找一個走路的人，那可能就沒注意到了。或者他可能有輛車停在那裡。」

「然後發動車子開走，你卻沒看見？除非你是慢吞吞轉過那個街角。」

「可能他的車停在那裡，」我說，「他上車關上車門，可是沒發動。因為他怕被看到。」

「或者因為他得先做別的事，」伊蓮建議，「比方打個電話或查個地址。」

「或者再抽一根菸，」我說，「或其他別的事。我們知道的事情太少，推測的方向又太多。」

「加上一路推下去還有很多岔路。」阿傑說。

我們又反覆討論了一會兒，伊蓮說聽起來這個男人好像在隱藏什麼，而她的猜想是，這男人是「性成癮患者」。這是個新名詞，她補充道，用來形容那些以前只是被視為喜歡參加派對的男人，或上幾代的人會說他是個樂天派，或老是注意女人的紳士。

我們因此談起這個世界再也不肯讓你放輕鬆了，昨天的休閒娛樂到今天都成了心理病徵。阿傑喝完他的可樂回家了。

「李歐不肯收錢，」我告訴伊蓮，「我也不收。今天晚上不能從露易絲給的保證金裡扣錢。」

「你是說那五百元？不是早扣光好一陣子了嗎？」

「我幾乎沒有什麼進展。」

「你真是個腳踏實地的生意人，對吧？」

「其實錢根本不是重點。」

「我知道，寶貝。」

「我只是想看看自己能不能搞清楚，」我說。「不應該那麼困難的。」

11

他雙手握著那把青銅拆信刀，轉過來，一隻手指撫過握柄上的淺浮雕圖案。兩隻獵犬把一隻鹿圍捕得走投無路。這件作品，他心想，真是巧奪天工。

那個女人也完全就像那把拆信刀一般精緻完美，耐心的站在櫃檯後頭。他問女人是否知道這件作品的背景。

「噢，當然，這是把裁紙刀。新藝術風格，或許是法國的新藝術，也可能是比利時的。」

「比利時？」

「上頭有標記，」她說。「在背面。」他把拆信刀轉面，她遞給他一個有鹿角柄的放大鏡。「肉眼很難看見，或至少是我的肉眼。看到沒？」

「德福瑞斯。」

「戈弗瑞・德福瑞斯，」她說。「或照法文唸成戈弗德瓦・德福瑞斯。我不確定你比較喜歡哪個。他是比利時人。我以前有個他做的青銅圓形大獎章，好幾年了，好漂亮，直徑足足有三吋半。一面是利奧波德二世，那把炫耀的大鬍子可比他本人還要高貴得多。你知道利奧波德二世吧？」

他輕鬆的咧嘴笑了。「我想，」他說，「他是介於利奧波德一世和利奧波德三世之間吧。」

「事實上，他的王位繼承人是他的兒子阿爾貝特，利奧波德三世還要再晚一些。二世就是把比屬剛果當成個人封邑統治的那位溫和人士。他把當地居民視為奴隸，對待他們比螻蟻還不如。你還記得那些當地原住民雙手被砍掉的照片嗎？」

她自己如果被砍斷了雙手會怎麼樣？「有點印象，」他說。

「可是他看起來還不錯，」她說，「尤其是在青銅上。另一面有匹馬，看起來還比利奧波德好看。牠是匹役馬，這種大型馬現在只有在百威啤酒的電視廣告裡才看得到了。只不過獎章上那匹是佩爾什馬，而百威啤酒廣告裡面是克萊茲代爾馬。那個獎章是某個農業展頒發的。或許就等於是上個世紀之交的曳引機賽車。」

「你還有那個獎章嗎？」

「我本來還以為會永遠擁有，不過幾個月前，有個收集馬的人看到它，就買走了。我或許再也看不到那樣的獎章了。」

他手上翻轉著那個拆信刀。很漂亮，而且他喜歡握著手裡沉甸甸的感覺。

「你剛剛說世紀之交？」

「我想德福瑞斯會用法文說是fin-de-siecle（世紀末）。或者什麼法蘭德斯語的同義詞。我不確定確實的製作時間，不過一定是十九世紀末期或二十世紀初期。」

「所以它大約有一百年了。」

「差不多。」

他用大拇指檢查刀尖，相當銳利，刀刃則否。這刀是用來拆信的，不能用來切割。不過可以用來刺戳。

「可以問問價錢嗎？」

「兩百元。」

「好像很貴。」

「我知道。」她一副安撫的口吻說。

「你可以給我打折嗎？」

她考慮著。「如果你付現金，」她說。「我可以自行吸收營業稅。」

「所以加上稅要多少，兩百一十六元？」

「其實還要多幾元。你要的話，我可以幫你算，你就可以知道自己究竟可以省幾元幾角幾分了。」

「不過我要付的，」他說，「就是兩百元。」

「然後換來一件歷史作品。」

「能夠得到一件——」他在這裡極輕極輕的停頓了一下「——歷史作品，當然再好不過了。」

她有注意到那個停頓嗎？這種事女人好像不太會忽略，而且他感覺她注意到但決定不予理會，臉上也沒有表露出任何跡象。

他皺起眉，再看了一眼那個淺浮雕，觀察那兩隻獵犬及其獵物那種堅定的決心。這件工作花不了幾秒鐘，他心想，只要手握住這個刀柄，毫無預警刺入。他想像著那個動作的畫面，他的手由下往上一插，尖銳的青銅刀尖從最下面一根肋骨下方進入，往上直達心臟。他想像著在櫃檯後的她還沒癱倒落地之前，甚至在生命之光尚未從她雙眼退去之前，他便已轉身走到門口。

可是他碰過很多東西了，展示櫃上方的表面印滿了他的指紋，而玻璃是最容易留下指紋的。

「我想我就買下了。」

「也難怪你會想要。」

此外，這樣殺人太快了。她根本還沒意識到怎麼回事，快手殺人有時會非常有滿足感，但在這個例子中，他希望她親眼看著死亡逼近，他希望目睹她失去自信，失去那種討人厭的泰然自若。

他想著到時候要怎麼對她下手，覺得鼠蹊間一陣騷動。

但他臉上完全不動聲色，同時嘆息著投降，從皮夾裡掏出錢來數。她收了錢，用衛生紙將那把拆信刀包起來，裝進一個紙袋。他告訴她收據不用了，然後把買來的刀子放進外套內裡的胸袋。

「謝謝，」她說，「只是讓你知道一下，我不認為你買貴了。麥迪遜大道上的店可能會賣你五百元。」

他笑了，喃喃低語著，轉身朝門走去。可是，啊老天，他真想殺她！他不想等，他想現在就殺掉她。

12

我不是很想向我的客戶報告那一夜的經過，不單是因為怕她懷疑自己雇的人無能。更重要的是，任何說法若暗示她的湯普森先生甩掉我，都意味著他不是表面上的那個人，而且瞞著什麼。我的感覺是如此沒錯，但現在就把這個看法告訴露易絲，還嫌太早。

「沒有什麼確切的結果，」我告訴她。「再過一兩天我應該可以告訴你更多。」

我查了筆記本裡面湯普森的電話，用我的手機打給他。我希望他不會接，所以電話轉到語音信箱時讓我鬆了口氣。「嘿，老兄，」我說。「我們寄了張支票給你，全額付清，現在這支票就擺在我面前。退回來了，我們寄給你的地址是錯的。喔，狗屎，我得去處理一下。這樣好了，你回電給我，如果我沒接，在語音信箱裡留下你的地址就行了。你留話的時候——喔，要命，算了。再聯絡。」

我設法裝出一副匆忙的樣子，就像那種中階主管剛好碰到手邊一堆事情，可是我不確定自己裝得像不像。等他回電或不回電時，我就曉得了。

我出門時身上帶著手機，不過在人行道停下來把它關掉。我正要去參加戒酒聚會，去那裡得關掉手機或呼叫器；大部分戒酒團體聚會時都會如此要求。不過不管是否參加聚會，我都要把手機關掉，因為我最不希望的，就是接到大衛．湯普森打來的電話。他第一個就會問我是誰，還有那張支票是哪家公司給的，到時候我可掰不出答案來。如果他聽到我的留言，沒法問我問題，就會猜想有人該付他錢，而他最好要拿到，然後就會留下他的地址。

這是假設他的說法至少有一部分是事實，也就是他所從事的工作中，會有一些公司寄支票給他。這個行業可能是直接行銷也可能不是，他的名字可能是大衛．湯普森也可能不是，這就是為什麼我給他的留話盡量含糊其詞。

這招應該會有用。就算失敗了，那也算是另一方面的成功。如果他那麼多疑，那麼就表示他的確在隱瞞一些事。

我往北走到西六十三街的基督教青年會，趕上「爐邊」團體的中午聚會。演講人的飲酒故事很短，大部分時間都在談她現在的兩難困境，就是她是否應該承認自己在表演這條路走不通，她曾在羅雷茲制酸錠電視廣告裡面講過兩句台詞，當過幾十天的臨時演員，外加在一些沒有人看的觀摩演出裡面演沒有酬勞的小角色，她在這一行五年的努力只有如此成績，實在乏善可陳。

「我不是演員，我是個女侍，」她說，「這樣也可以，當女侍沒有什麼不對，這是一個不錯的維生方式，但我不確定自己的人生目標就是要當女侍。甚至如果有人要給我機會去演戲，我都不再那麼確定表演是我的人生目標了。」

亞比也在場；自從上回雷．古魯留在聖保羅教堂的那次聚會演講後，我就沒再看過亞比，他說他最近都參加中午的聚會，另外有一天晚上被找去皇后區的中村那一帶當演講人。我跟他在附近吃中飯，同行還有另外兩個女人，一個名叫瑞秋的是個辦公室的臨時雇員，另一個臉尖尖的年輕女人唯一的工作是當代課老師，我猜想工作機會不是很多。她叫什麼名字我老記不住。不管她叫什麼名字，反正她毫不浪費時間就批評起那個演講人。「那些劇場訓練的好處，」她說，「就是她講話清楚又表情豐富，你坐在最後一排也聽得到她講的每個字。不幸的是，每個字都是我我我。」

瑞秋說她看起來很眼熟，也許看過她在哪裡演出。亞比說他覺得她不眼熟，真奇怪，因為羅雷茲制酸錠的每部電視廣告都是他必看的。

「她說她講過兩句台詞，」瑞秋說，「但或許她是旁白，根本沒上鏡頭。」很難分辨她是真信了亞比那些話的表面意思，還是也配合他而出言諷刺。

∞

我回到家才把手機打開，已經有一通語音留言在等我。一個我沒聽過的聲音說，「嘿，謝了，老兄。我的地址是……」我寫下紐約州一〇〇二五，紐約市阿姆斯特丹大道七五五號一二一七室。「別忘了要寫最後的房號，」他說，「不然我會收不到。上次可能就是這樣才會退回去。」

∞

在曼哈頓，幾號幾號街是東西向的，而門牌號碼則是從第五大道開始往兩邊順排下去。如果你知道地址是幾號，就可以很快曉得位於哪兩條大道間。

而大道則是南北向，每一條都有不同的門牌號碼系統，要看從哪裡開始排起。不過有個關鍵要訣印在街道地圖和口袋型地圖上，同時也可以在大部分紐約的住宅電話簿和工商電話簿上找到。在某些大道上或許有一點點不同，但基本要訣就是，你把門牌號碼尾數去掉，然後除以二，再加上一個表上所列出那條大道的特定數字，得出的結果就是最接近的東西向街號。

有些房地產經紀人把這個表印成名片大小的塑膠卡，這贈品比月曆還好用，因為我這張卡到現在用了五年，而且常常用。那個經紀人大概做不到我什麼生意，我們住在凡登大廈不會搬，不過她得到了我的感謝，雖然這感謝不值錢。

於是我算出我手上那個大衛．湯普森的地址在九十六街以北一個或兩個街區。從八十八街和西端大道交口走過去不只半哩，跟奇普氏灣更是離得可遠了。

我搭地鐵過去，從百老匯大道往東走一個街區，按照那張房地產經紀人艾美莉亞．費倫特送我的卡片所算出來的結果，找到了阿姆斯特丹大道七五五號，就在九十七街和九十八街之間的那個街區。那是一棟五層樓的出租公寓建築，顯然還不太受社區高級化的明顯影響，不過有點不對勁，因為即使那棟樓幾年來再怎麼隔成一堆小小的鴿子籠出租，也絕對不可能有一間一二一七室。

也許這是湯普森的一個密碼點子；如果收到一封寄給一二一七室的信，他就會曉得是打電話給他的人寄的。不過這樣也說不通。
我走進門廳，看著那排電鈴。有十六個是二到五樓，每樓四個，另外再加一樓屬於商店的一個電鈴。那十六個門鈴上有九或十個貼了名條。其他則是空的。我檢查了那些名字，大部分都是西班牙語裔會取的名字，沒有一個是湯普森。
我又走出去，去一樓那家商店看一眼。看起來不是很吸引人，陳列的商品隨著時光流逝或太陽照射而褪色，不過店家彌補的對策，就是提供一個邊緣地帶街坊所可能需要的一切——支票兌現、拍大頭照、公證人、五金和廚房用品、雨傘、鞋油、紙尿布、還有各色零食。有三個啤酒的霓虹燈標誌，其中一個牌子十年前就停產了，櫥窗上還有張布思特羅咖啡的海報。東西太多了，以至於我花了好一會兒才注意到櫥窗上唯一一個有關的東西，那是一張黃色紙，上頭手寫著：提供私人信箱。
商店裡面大概就是我原先猜想得到的模樣。我沒看到任何信箱，很好奇那一千兩百一十七個信箱會藏在哪裡。櫃檯後有個女人，身材矮胖，頭髮像那種黑色的刷鍋鐵絲球，她盯著我瞧。不曉得她以為我可能會想偷什麼。
我問她是不是有信箱要出租，她點點頭。我說我沒看到信箱，能不能請她告訴我在哪裡？
「不是信箱，」她說著用兩手比出一個箱子的形狀，有頂有底，還有四個側面。「是郵件服務。」
「怎麼個服務法？」

「你付一個月的費用，我們給你一個號碼，取郵件時告訴我號碼，我就把你的郵件拿給你。」

「這個服務要多少錢？」

「不貴。五十元。預付三個月，第四個月就免費。」

我把皮夾一翻，朝她亮出一張喬．德肯給我的警探基金協會貴賓卡，這張卡不能讓告發違規停車的女警不給你開罰單，但隔著一段距離看起來還挺像個正式的證件。「我對你的一位顧客有興趣，」我說。「他的號碼是一二一七。」

她盯著我。

「你知道他的名字嗎？」

她搖搖頭。

「能不能去幫我查一下？」

她想了想，聳聳肩，到後頭的房間去。回來時，她寬闊的前額深深皺著。我問她怎麼了。

「沒名字，」她說。

我本來以為是她不能告訴我，但結果不是。她的意思是這個號碼沒有名字，我也相信她。她對這個情況顯然也滿腹疑惑。

我說，「如果有寄給他的信。」

「所以我才會找那麼久。如果有信寄來給他，上頭就會有他的名字，對不？可是沒有他的信。他一星期會過來一兩次，有時候有信件，有時候沒有。」

「他來的時候，會說他的號碼。」
「一二一七。我就會把他的信件給他。」
「如果他收到信，信封上不會有名字嗎？」
「我沒注意。」
「如果你聽到名字，會認得嗎？」
「或許，不曉得。」
「那個名字是大衛・湯普森嗎？」
「不曉得。不會是荷西・西曼內茲這種西班牙語的名字。他的母語是英語，我只知道這麼多。」
她告退去招呼另一個客人。回來後她說，「付錢租這個服務的人，就會拿到一個號碼。我們會把名字登記在本子上，就寫在號碼旁邊。」
「結果登記簿上一二一七號旁邊沒有名字。」
「對。也許他來租信箱的時候是別人值班，忘了把他的名字寫下來。這樣不對，可是……」她聳聳肩，搖搖頭。我覺得這件事她比我還煩心。
我身上帶著露易絲給我的那張照片，此時掏出來讓她看。她眼睛一亮。
「沒錯！」
「是他嗎？」
「是他，一二一七。」

「可是你不知道他的名字。」

「對。」

我給了她一張名片。告訴她，下回若有他的信，請她打電話給我，把信封上的名字唸給我聽。她答應了，拿著我那張名片像是捧著顆價值連城的珠寶似的。她伸長脖子，又看了那張照片一眼。

她說，「這個人做了壞事嗎？」

「我不知道，」我說。「我只是得查出他是誰。」

∞

我比伊蓮早到家。她打電話回來說她會稍微晚一點，問我能不能先在爐子上燒一鍋水？我照辦了，把爐火打開，她走進門時，水已經燒開了。她拌了沙拉，煮了義大利麵，我們吃完把碗盤放在水槽裡，走第九大道到四十二街一個外百老匯戲劇的表演處，我們拿到了一場讀劇會的戲票，劇名叫《里加》，是講拉脫維亞猶太人的屠殺。我知道劇作家也在場，這就是我們去的原因，落幕後我們去向他道賀，告訴他劇情很震撼人心。

「就是太震撼人心了，」他說。「所以沒有人想投資製作。」

回家的路上，伊蓮說，「老天，我無法想像怎麼會有人放棄製作這部戲的機會。為什麼，這齣戲真是讓人身心舒暢呢。」

「不過我還是很高興我們來看了。」

「我不曉得自己高興或不高興。只是很擔心這一切又會再度重演。」

「你不是認真的吧。」

「不是才怪。《紐約時報》有好多版我現在都看不下去了。任何國內或國外新聞都不看了。藝文版我還可以忍受，只不過有一半的書評跟每日新聞導一樣糟糕。星期二的科學版沒問題，星期三有食譜和餐廳報導的也可以。我從沒想過要去他們報導的餐廳或照那些食譜做菜，不過純閱讀我還可以忍受。」

「可惜你對體育沒興趣。」

「是啊，否則我就可以看得懂，而且看了也不會想到抗憂鬱劑百憂解。阿傑會看商業版嗎？」

「我想會吧。」

「也許我們老了可以靠他，如果我們能活到那麼老的話。」

我走到人行道邊緣，舉起一隻手。有輛計程車靠邊停了下來。

她說，「我還以為我們要散步回家。怎麼了，你覺得不舒服嗎，寶貝？」

「還沒舒服到可以走五十個街區。」我請司機走第十大道，然後接阿姆斯特丹大道，到九十三街街口。

「藍調媽媽？」

「我今天下午離那邊才幾個街口，」我說，「可是那個時間去那邊沒道理。要到晚上才會有音樂。」

「還有丹尼男孩。」

「除非今天晚上他在普根酒吧。不管他在不在，我想我們應該去聽聽音樂。」

「我想你說得沒錯，」她說。「我想這總比我們回家自殺要來得好。」

13

他在樓下對講機報上名字。出電梯時，發現她已經靠在她那戶公寓的門口，半倚著門框。她穿了一件有繫帶的絲袍，上面印著大花圖案。她的拖鞋是前面有開口的那種，腳趾甲上塗著血紅的指甲油，配她的口紅顏色。

他提著公事包，帶著韓國蔬果店裡買來的花，還有酒鋪買來的一瓶酒。「這些花跟你的絲袍一比，就黯然失色了，」他告訴她，把花遞給她。

「你喜歡嗎？我不曉得這件袍子是優雅還是俗氣。」

「為什麼不可能兩者兼具？」

「有時候我自己也會問這個問題。這些花真美，親愛的，我拿去放在水裡。」

她在水槽裡給花瓶裝水，把花放進去，放在壁爐台上。他把酒瓶從包裝袋裡取出，拿給她看。

「Strega，」她唸道。「這什麼？香甜酒嗎？」

「一種餐後酒。當然，是義大利的。Strega意思是女巫。」

「指我嗎？」

「你肯定是會蠱惑人心的。」

「嘴巴真甜。」

她投入他的懷抱，他們親吻。她肉感而豐滿的身體緊靠著他。她袍子底下是裸體的，他拉近她，一隻手滑下她的背，撫摸她的臀部。

他因為心中有所期待而硬了。他已經這樣一整天了，一次次硬了又消

「這真是美好的驚喜，」她說。「連續兩夜。你會慣壞我。」

「我的空檔時間很少，」他說。「我跟你說過了。」

「沒錯。」

「而且無法預料。有時我得去外地好幾個月。」

「這種生活一定很辛苦。」

「也有愉快的時候。碰到我有自己的時間，我就想盡量以最享受的方式度過。這就是為什麼我今天晚上又來這裡。」

「相信我，我剛剛不是在抱怨。我們應該嚐嚐那瓶女巫酒嗎？印象中我從來沒喝過。或者你想喝蘇格蘭威士忌？」

他說他想喝那瓶餐後酒，已經好幾年沒喝過了。她找了兩個適合的玻璃杯，倒了酒，他們碰杯後啜飲。

「真不錯。滋味很複雜，不是嗎？有藥草的味道，不過我分辨不出是哪種。你真聰明，帶這個來。」

「或許我們可以把酒帶去臥室喝。」

「更聰明，」她說。「這位男士是天才。」

在她的臥室裡，他擁抱她，從她肩上卸下那件絲袍。她比他年長幾歲，有著成熟女人的身體，不過節食和運動讓她身材保持良好，而且她的皮膚很棒，柔軟得像天鵝絨。

他很快脫去她的衣服，放在椅子上。「喔，老天，」她說，裝出一副恐懼的口吻。「你不會是要把這麼大的傢伙放進來吧？」

「不會馬上。」

她很敏感，從他們第一次相處就是如此。他先用手指讓她達到第一次高潮，然後用嘴。

「老天，」她在第二次高潮後說。「天呀，我快被你搞死了。」

「啊，現在還不是時候。」他說。

∞

他讓她擺出各式各樣的姿勢，換來換去，每次她高潮後就又滑出來，然後換新的體位再度讓她爽一次。他不需要費力延後自己的高潮，它自會等到正確的時機。

中間有一度，她將他放入嘴裡。這方面她很擅長，他也讓她弄了許久，然後他把她翻過來背朝上，預先從床頭櫃拿了潤滑劑幫她擦過，然後讓自己從她的肛門進入。他們以前也這樣玩過，事實上昨天就做過了，當時他讓她也同時在前面撫摸自己，然後讓她達到高潮。

今天她不必交代，就自己照辦了。

她學得很快，他心想。他或許可以留著她做自己想要的事情，這個念頭很吸引人。他應該晚些動手，多留著她作伴幾天或幾星期嗎？

不，時候到了。

∞

「親愛的？有什麼我能做的嗎？」

「你做得很好。」他說。

「可是我想讓你爽。」

「你可以替我們兩個人爽。」

「我這輩子沒有爽過那麼多次，可是這樣不公平。現在該你了。」

「我覺得很享受。」

「我知道，可是——」

「我不需要達到高潮就能滿足了。」

「你昨天晚上也是這麼說。」

「當時是實話，現在也是實話。」

「可是你爽的時候，我會覺得很興奮。」她說，手放在他上面。「我愛它，而且你自己似乎也樂在其中。」

「嗯，那當然。」

「所以告訴我，我能做些什麼嗎？」

「這個嘛……」

「我不會被嚇到的，」她說。「我又不是剛從修道院出來的。」

「嗯，我想也是。」

「有些什麼招數，對吧？聽我說，只要不會流血或打斷骨頭，我就願意做。」

他猶豫著，主要是在品味她剛剛講的那些話。然後他說，「唔，如果我把你綁起來怎麼樣？」

「喔，哇。」

「當然，如果你覺得很擔心的話——」

「不，剛好相反。這個主意讓我興奮極了。」她的手抱緊了他。「對你來說也是，我看得出來。老天。」

「唔，這的確增加了一點什麼。」

「法國人稱之為說不上來的東西。我，呃，我沒有任何特殊的設備。」

「呃，我有。」

「噢，你真是個魔鬼！」

他去拿那個公事包，打開來。他們說笑著，用絲製鋳帶把她的手腕和腳踝繫住，他讓她躺在床上，臀下墊一個枕頭，再把她的手腳用絲帶綁緊在床的四角。他把一些帶來的裝備給她看，她的眼睛睜大。她看起來很興奮，他碰觸她，沒錯，她溼了，可是她那裡向來就是溼的，她永遠準備好，願意做也可以做。

他用馬鞭輕輕鞭打她的下腹，有點痛，他注意到，不過她很喜歡。

到目前為止。

「天哪，」她說，「你一定把情趣商店給搬光了。你真是個魔鬼。」

他打開一枚保險套，戴上。

「親愛的，你不需要戴這些。為什麼你現在要戴？啊，別告訴我這就是你不讓自己高潮的原因！你真是太貼心了，可是你最不必擔心的就是會害我懷孕。恐怕我早過了那個年紀了。」

他開始受不了聽她講話了。所以何不讓她閉嘴？他撕下一片防水膠帶，一隻手穩住她的頭，另一隻手用膠帶封住她的嘴。她沒想到會有這招，也不怎麼樂意，他看著她的雙眼，知道她開始明白自己有多麼無助。

可是這可能是一種催情之舉，她還無法確定。

他拿出那個拆信刀讓她看。她眼睛睜大，如果不是嘴巴被膠帶封住，她會驚訝得張開嘴巴。

他上了床，抓住她的胸部，用力將拆信刀往下壓，直到刀尖插入她乳房的外緣。一串血流淌出來，他用指尖蘸了讓她看。

喔，老天，她眼中的那個表情……

「不流血，你剛剛說過，而我讓你相信我答應了。恐怕這是個故意略而不答的謊言。到頭來，你今天晚上還是會流點血的。」

他把食指放到嘴邊，嚐了她的血，品味著其中滋味，也品味著她目睹他做這些動作的臉部表情。她小時候看過《吸血鬼德古拉》嗎？她可曾發現其中的色慾意味，就像很多女孩似乎也如此感覺？

他用那把拆信刀把傷口擴大。他的嘴巴湊上去，啜飲著傷口，讓血充滿口中，流下咽喉。他愛血的滋味，也愛飲血的這個主意。吸血鬼的神話影響極廣，但就像所有的神話一樣，大部分都是無稽之談。永生不死，避開陽光，睡在棺材裡——這些當然很有趣，但實在太荒謬了。

然而鮮血所帶來的滿足感和優點，似乎要超過神話。有什麼能比鮮血這個承載著其主人獨特生命力量的媒介更滋養的呢？飲血者當然可以常保青春，還能有什麼效果呢？

他貪婪的啜飲著，小心不要衝動起來去咬那些柔軟的肉。著名的連續殺人魔邦迪會咬人，他在受害者身上留下了齒印，若非如此，或許他還可以逃過坐上電椅的命運。這個豐滿的乳房雖然美味可口，但絕不會留下齒痕的。

她掙扎著想掙脫束縛，貼著防水膠帶的嘴想大喊。當然，那是徒勞。她完全無能為力。

他一隻手撫摸著她的肉體。也許因為年齡而稍有軟化，地心引力也造成了些許鬆弛，不過卻讓她的皮膚柔軟極了。

「你今天晚上爽了幾次？我沒算。希望你過得很愉快。因為接下來的部分，我不認為你能夠享受，我不認為你會有任何一丁點的喜歡。」

∞

當然，致命一擊（雖然不太是「擊」，而且說「致命」也嫌太晚了）是以那把拆信刀執行的，而且基本上就像他想給店裡女人的那一刀，謹慎的從胸腔下緣刺入，上彎直達心臟。那一刻他進入她，試圖讓自己的高潮和她的死亡同時發生，但身體堅持遵循自己的時間表，或許身體的智慧更高。

因為這麼一來，他的注意力就完全集中在他手中的刀和她眼中的神情，他感覺到她的心臟就在他的刀尖，感覺到它被刺穿，看到她眼中的光芒死滅，感覺到生命脫離她的軀體。當然，此時她成為他的一部分，如同他過往所取過性命的那些人。當然，她的失就是他的得，她的痛就是他的樂，她的死就是他的生。

現在他正在結束，緩緩移動，緩緩的，逗弄著，在那個死亡肉體的囊穴中，直到最後他不必憋著了，除了投降別無選擇，他達到目標時喊了出來，可能出自痛苦，也可能出自歡愉。

∞

幸運的，他不必趕時間。他很想走，好遠離這個死掉的女人，但他曉得不能急著離開。他希望不留下任何痕跡，或把痕跡減到最低。警方會全力尋找線索，而且他們的鑑識人員是頗負盛名的。他希望警方可鑑識的東西愈少愈好。

他有了兩次高潮，一次是早在她死前，另一次是在她剛死後，因此有兩個裝了精液的保險套。兩個現在都打了結，他的DNA牢牢封鎖在內。他可以把保險套沖進馬桶，紐約公寓的水管工程當然可以勝任這個任務，但如果其中一個保險套卡在堵塞的彎管裡呢？還是把那兩個保險套封進塑膠夾鏈袋中，連同繫著手腕和腳踝的絲帶、馬鞭，還有其他情趣商店裡買來的用品，放進他的手提包中。

血不多。除了他吸掉的，她的胸口有一些，此外他胸口和前臂也沾了一些。最後的傷口，就是刺穿並停止她心跳的那個，並沒有機會流出血來，那把拆信刀也仍埋在她心臟裡。

首先是淋浴。不過為了準備，他帶來了一片長寬皆五吋的細紗網，是讓人自己動手修補紗窗破洞用的。他把紗網放在浴缸的排水口上方，用防水膠帶貼緊。任何頭髮或體毛，任何會遺留下來的證據，現在都在排水口上方先被攔截下來了。

他徹底沖了澡，用他自己的肥皂、洗髮精、潤絲精。他用了一條藍色的大浴巾，擦完了就裝袋，打算帶走並安全的丟棄。他拿起那塊紗網以及用來固定的膠帶，也裝進袋子裡。

他在衣櫥裡找到了吸塵器。鄰居會聽見吸塵的聲音嗎？或許吧，但聽到了又怎樣？他給整戶公寓的地板給徹底吸塵過，然後換了附件，繼續用吸塵器清理床、屍體和其他一切。毛髮是敵人，毛髮與汗水與其他分泌物。他不只一次想像著，一世紀或更久之前的犯罪肯定是容易得可笑，那時沒有DNA，沒有血型，沒有彈道測試，那時還沒有犯罪鑑識這種東西，更別說能成為一種科學了。有人會被逮真是奇蹟。

而且說真的，那些智慧型的、有所計畫的、超人式的謀殺者，又有多少人被逮？甚至在他這些年一再逃過時，一定也有很多人逃過了。

他來之前就沖過澡、洗過頭了，不過人總會掉頭髮，皮膚細胞總會脫落。他剛吸塵完畢時，才想起自己前一夜也來過，天曉得可能會留下什麼毛髮和皮屑。她後來換過床單了，對不對？他在洗衣籃裡找到了昨天的床單，包了起來，另外把洗衣籃裡的其他東西也包了起來。這些只是小細節，他的提防或許沒有必要，但幹嘛冒險呢？

她把現金收在放內衣的抽屜裡，他找到了。不是什麼巨款，還不到一千元，但他可以用得上，而她則顯然用不上了。他有些花費——青銅拆信刀兩百元，情趣用品也花了兩百元，再加上酒和那束花的錢。現在有了她的那筆現金，這一夜就成了一件還本的差事。只不過，當然，是用她的本來還。

接下來他擦遍整個地方，以防留下指紋。他沒碰什麼東西，今夜或前一天晚上都是如此。他擦過了那瓶女巫酒，還有兩個人的杯子。他從酒櫃裡取出那瓶她為他買的格蘭莫倫吉酒廠的蘇格蘭威士忌，倒了一杯喝掉，把酒瓶擦乾淨放回原處。他沒動壁爐架上的花。他沒碰過那個花瓶，而花上頭是不會留下指紋的。

但紙會，他雙手曾握遍了包在花外面的紙。他在廚房的垃圾桶裡找到包裝紙，裝進自己的垃圾袋裡。

這整個過程裡，他都光著身子。現在，工作完成，他穿上了放在臥室椅子上的衣服。他把所有打算帶走的東西都聚集在一起，排在公寓的前門邊。他完成了嗎？現在可以走了嗎？

還有一件事。

他從她的梳妝檯上拿起一把指甲剪，對著牆上的鏡子，從唇上的小鬍子剪下三根。一根留在床單上她的右手臂旁邊，其他兩根扔在她的陰毛裡。

大功告成啦！

14

「藍調媽媽」不是半滿就是半空，至於要選哪個說法，我想要看你是不是股東而定。現在這種遠離中城和蘇活區和格林威治村的爵士樂夜間俱樂部已經很少見了，也少有外埠遊客會找上門來。店裡的客人有一半是全城各地來聽音樂的人，另一半則是住附近、並非為音樂而來的當地人，只是覺得這地方不錯，進來喝一杯而已。往常大概白人和黑人各半，但最近又加入了很多亞裔人士。

丹尼男孩每星期會在這邊三四個晚上，其他的晚上則光顧普根酒吧，就在哥倫布大道和阿姆斯特丹大道之間的西七十二街上。普根酒吧沒有任何音樂，只除了點唱機裡面偶爾流出來的樂聲，那裡的魅力除了某種粗俗的坦率之外，其他我看不出來，我只有要找丹尼男孩時才會去普根酒吧，但我會光為了聽音樂而去藍調媽媽。

丹尼男孩坐在靠近演奏台的一張桌子，我們還沒看到他之前，他就看到我們了。我看見他時，他正朝著我笑，示意我們到他那桌去。

他說，「馬修和伊蓮。坐，坐吧。這位是裘蒂。裘蒂，這是馬修和伊蓮。」

裘蒂是華人，一頭及肩的黑色直髮，鵝蛋臉上五官精緻。介紹時她看起來一副自得其樂狀，整個晚上也是。我無法判斷她是對晚上的一切都很開心，或是她天生就長那個樣子。

「他們現在休息，」丹尼說著，朝演奏台點了個頭。「他們的節奏組你以前在這兒聽過。」他講了幾個樂手的名字。「有個跟他們搭配的次中音薩克斯風手，剛出道，可是我發誓有時他讓我想到班・韋伯斯特。他是個小鬼，我不曉得他有沒有聽過班・韋伯斯特的唱片，而且他當然沒聽過現場的，可是你待會兒聽聽看他是不是真的好像他。」

我認識的人沒有人像丹尼男孩・比爾這樣，不過任何人也都是獨一無二的。他幾乎不到五呎高，個子小得可以去精品百貨巴尼斯的童裝部買衣服，但是過去二十年，他的西裝都是由一個到府服務的香港裁縫製作，不會比去巴尼斯貴，又免除了他的尷尬，而且也不必白天跑出門去買衣服。他是一對西印度群島黑人父母所生下的白子，強烈的光線會讓他眼睛不舒服，而且對他的皮膚不好。他白天都待在公寓裡閱讀或睡覺或講電話，晚上則去普根酒吧或藍調媽媽。

他的生意就是情報。他大部分來往的人都在警方那邊留下過檔案，不過被警方逮捕過並不表示就是罪犯。我想，那些人屬於地下社會，不過伊蓮認為法文demimonde更適合，只因為那是法文。（譯註：demimonde源於法文，指富人包養或保護的女性族群，或是妓女族群、邊緣族群）

他原來是我當警察時的消息來源，我繳回警徽不幹之後，仍一直跟他保持往來。認識他四十多年，我們早已是好友，而且我想我已經說過，我是在他桌邊認識伊蓮的。

伊蓮說他看起來精神很好，他憂傷的搖搖頭。「第一次有人跟我說這種話，」他說，「我就開始明白自己老了。你聽過有誰會告訴二十來歲的小鬼說他精神很好呢？拿裘蒂來說好了，她看起來真是個大美人兒，我也會這麼讚美她，可是我絕對不會想到要說她看起來精神很好。你看看她，她皮膚就像瓷娃娃（China doll）似的，請原諒我用這個形容。她要聽到有人說她看起來精神很好，還得再等二十年。」

「我把那些話收回，丹尼。」

「不，別這樣，伊蓮。我是個老番癲，這又不是祕密，而且在我這個年紀，聽到有人說我看起來精神很好，對我的心臟有益處。尤其是出自一個像你這樣的年輕美女。」

「謝了，不過我自己看起來精神很好也已經很多年了。」

「你還是個年輕甜姐兒呢，如果你不相信我的話，問問你老公嘛。馬修，你是純粹來玩的嗎？希望如此，不過如果有什麼正事要談，我們就趁樂隊回來之前趕緊解決。」

「我純粹來玩的，」我說，「我們正希望這裡的音樂能夠改變心情。剛剛我們看了一齣關於大屠殺的戲，伊蓮看完後相信她自己也將步向同樣的命運。」

他聽了，點點頭。「我現在除非必要，再也不想看這個世界了，」他說，「可是就我所看到的部分，實在是不怎麼喜歡。」

伊蓮問他是不是還繼續在記那份名單。

「喔，耶穌啊，」他說。「你曉得那件事？」

「馬修跟我說的。」

幾年前丹尼男孩因為結腸癌開了刀，又做了些之後的治療，我猜想是化療吧。我聽說這件事情時，他已經又恢復正常生活了，不過這個病讓他明白了自己終有一死，而他的回應方式非常有趣：他製作了一份名單，列出所有他認識而死掉的人，從他小時候被車子撞死的那個同學開始。等到我那夜離開他那桌時，我得努力不要在心裡列出自己的這麼一份名單。

現在，幾年之後，我們兩個人的名單都更長了。

「我已經放棄了，」他說，「只要時間夠久，我都一直沒復發，我就可以開始相信自己大概擊敗那個混帳病了。不過真正讓我放棄的是世貿中心。雙塔垮掉兩天後，街角那個傢伙，我每天回家路上會跟他買一份報紙，到現在為止有二十年了，結果他現在告訴我，當時他兒子就在北樓裡，他媽的就在被飛機撞上的那一樓。我認識那個小孩，他小時候每星期六都會幫他父親弄星期天的《紐約時報》，把各個版夾成一份。湯米，這他名字。那天我回家，想把他列入我的名單，然後我心想，丹尼，你他媽以為自己在幹嘛？那些人死得快到你都來不及寫下來。」

「我真高興我們來這裡，」伊蓮說，「我已經覺得好多了。」

他道歉，伊蓮告訴他別傻了，他從銀色冰桶裡取出他那瓶伏特加，倒滿杯子，然後女侍終於把伊蓮和我古早以前點的飲料端來，我的是可樂，她的是萊姆利克酒，另外還有一杯裘蒂點的「海上微風」雞尾酒。沒多久，樂隊也出現了，演奏了〈蘿拉〉、〈恢復正常形態〉、〈靛藍心情〉、〈午夜爵士〉，還有其他曲子，丹尼男孩說得沒錯，那個薩克斯風手演奏得真的很像班．韋伯斯特。

樂團休息前，那個帶著角框眼鏡、蓄著一撮修剪齊整山羊鬍的黑人鋼琴手宣布，他們最後要演奏一首歌，是談一個法國女孩在英格蘭以她的健美臀部魅力而聞名。「各位女士，各位先生，請盡情享受，〈倫敦之臀〉（London Derriere）。」

有幾處響起了低笑聲，其他人則是困惑以對。當然，他是故意把〈倫敦德里小調〉（Londonderry Air）故意胡掰一通，這首曲調最為人所知的名字是〈丹尼男孩〉，是全世界旋律最美的歌之一，但一般認為這曲子不適合用爵士樂的手法來表現。他們選這首歌是要向丹尼男孩致敬，他擺出一臉高興難抑的表情。薩克斯風手獨奏了一段副歌，真足以令人心碎，然後他們加快速度，在其中變化，我覺得聽起來還好，只不過本質上還是很新奇。但是第一段的薩克斯風獨奏，你可以聽上一整夜，尤其是如果手裡有一杯酒。

他們演奏結束，答謝觀眾的掌聲，然後下台。鋼琴手過來跟丹尼男孩說希望他別介意，丹尼男孩說那當然，又說他們該跟那個薩克斯風手聚聚。「真希望，」那鋼琴手說。「他能待到下個星期四，再搭飛機去斯德哥爾摩。」丹尼男孩問他去斯德哥爾摩幹嘛。「嚐嚐金髮女郎的嫩屁股。」那鋼琴手說，然後他才想到我們這桌還有兩位女士，緊張起來，猛跟我們道歉，然後趕緊跑掉。

丹尼喝了點伏特加，然後說，「基督啊，我他媽真恨死這首歌了。」

「曲調很美啊。」伊蓮說。

「歌詞也很美，」他告訴她。「『夏日逝去，玫瑰盡皆凋零。』可是我小時候成天都聽到這首歌，他媽的大家都用這歌來嘲笑我。」

「因為你的名字。」

「我反正怎麼樣都會被嘲笑，」他說，「因為我是所有人這輩子見過長得最滑稽的，這個白髮白臉的小黑孩，不能運動又必須戴太陽眼鏡，而且最重要的是，他比學校裡任何人、包括老師，都要聰明十倍。他們都模仿那首歌的第一句歌詞對著我唱：『唷，丹尼男孩，風笛在召喚！』」

「可是你一直用這個綽號。」裘蒂說。

「那不是綽號。丹尼爾．波依德．比爾就是我施洗時大人給我取的名字。那是我母親娘家的姓，波依德，B—O—Y—D，就像布魯克林那邊的人唸Bird的唸法一樣。我從小聽到人家叫丹尼．波依德就會應，後來那個D就消失了，因為大家沒聽到，他們就以為我是丹尼男孩，B—O—Y，跟那首歌名一樣。」

他皺起眉。「你知道，」他說，「認真想想，比起我認識那些被他老爸操又被老媽嫌的人，我爸媽還算不錯的。」

∞

我們又各自喝了一杯飲料，丹尼不讓我們付帳。「你們喝了兩杯可口可樂和一杯蘇打水加片萊姆，」他說。「我想我還付得起。」我說了些入場費之類的，他說跟他同桌的人從來不必付入場費。「他們希望我繼續光顧，」他說。「別問我為什麼。」

出於某種原因，我掏出了那張過目即忘的大衛．湯普森的照片。我拿給丹尼看，問他是否想起什麼。

他搖搖頭。「我應該想起什麼嗎？」

「或許不必。他在離這裡幾個街區的地方租了個私人信箱，所以我以為他可能會來這裡。」

「他長了一張很容易忽略的臉，」他說，「但我不覺得我見過他。你想多印一些，讓我到處發嗎？」

「我看是不必浪費那個錢。」

他聳聳肩。「隨你。總之，這是誰？」

「要嘛他名叫大衛．湯普森，」我說，「要嘛就不叫這名字。」

「啊，」他說。「你知道，同樣的話幾乎可以用在所有人身上。」

∞

我們到家時，伊蓮說，「你真是個天才，你知道嗎？你把一個憂鬱的夜晚給整個扭轉過來。你以前想得到你這輩子能在一個夜晚裡聽到同一個人說自己是個小黑孩、又是個老番癲嗎？」

「你說了我才發現，倒真是沒有。」

「而且如果不是你的話，我們就看不到這場好戲了。你知道你今天晚上會得到什麼嗎，大男孩？」

「什麼？」

「幸運，」她說。「但我想你應該跟某個乾淨又香噴噴的人共享幸運才對，所以我要去洗乾淨。你或許也想刮個鬍子。」

「還有沖澡。」

「對。所以我們大概半個小時後在臥室會合怎麼樣？」

當時約十二點半，後來想必是接近一點半時，她說，「看吧？我剛剛跟你說什麼來著。你走運了。」

「我這輩子最走運的，就是碰到你的那一天。」我說。

「甜蜜的老熊，喔，哇。」

「哇？」

「我只是在想。你知道，我認識的人都沒做那行了，所以我也沒人可以問。」

「問什麼？」

「噢，我只是很好奇，威而剛對應召女郎有什麼衝擊。我的意思是，一定會有很大的影響，你不覺得嗎？」

「我覺得你是水果蛋糕。」

「什麼？水果蛋糕？你怎麼會這麼說？」

「水果蛋糕不是壞東西。晚安，我愛你。」

所以這是個美好的一夜，奇妙的一夜。但我當時並不知道，美好或奇妙時光已經到此為止了。

15

我醒來聞到咖啡香，到了廚房，伊蓮已經幫我倒了一杯，烤箱裡面有個英式鬆餅。電視機開著，正在播放的節目是《今天》，主播凱蒂．庫瑞克看著來賓侃侃而談他那本討論蘇丹所發生的種族滅絕事件，正試圖表現得開朗而得體。

伊蓮說，「那個可憐的笨蛋。他正在上全國電視網，他寫了一本主題嚴肅的書，可是所有人只會注意到他戴了頂假髮。」

「而且品質還不太好。」

「如果是頂好假髮，」她說，「我們就不會那麼輕易看穿了。而且你想想頭皮上黏著那塊死鼹鼠似的玩意兒，在攝影棚的燈光下會有多熱。」

她喝了杯咖啡，但沒吃早餐。她正要去上瑜伽課，一星期去上兩天或三天，她覺得空著肚子去上課會更有用。她在八點十五分前出門，結果後來證明，真是幸好。

因為八點二十五分插播本地新聞時，她不會在場看到。我原先漫不經心聽著，但聽到的內容讓我豎起了耳朵。一個女子在曼哈頓被殺害，不過沒說是誰或哪裡。這不稀奇，這個城市很大，這個社會很險惡，但有個什麼讓我轉到「紐約第一」，這個地方新聞台會二十四小時持續播報本地新聞，我等完市長發表一份聲明和一個樂觀的天氣預報，外加幾則廣告後，一個沒出現在鏡頭裡的記者報導著一名未婚的曼哈頓女子被殘忍的凌虐謀殺，我的心情往下沉。

然後她所居住那棟大樓的畫面充滿螢幕，這不表示那一定是她，她不是唯一住在那棟大樓裡的人，或許也不是裡頭唯一的單身女子。不必然是她，可能是另有其人被發現裸身陳屍在臥室裡，而且是在記者陰沉的形容為「一個顯然馬拉松式的凌虐和侵害」之後，被刀刺死。

可是我知道那是她。

報導中說，她的名字要等到通知近親後才能確定。她有任何親人嗎？我不記得了，也不確定自己是否曾經聽說過。我記得她父母好像過世了，她也沒有小孩。她前夫還在嗎？警方會需要通知她前夫嗎？或者她有兄弟姐妹嗎？

我拿起電話，撥了一個熟記腦中的電話，一個不認識的聲音說，「刑警隊辦公室，」我才想起星期五已經過了，喬．德肯已經不在中城北區分局了。我認識那個局裡的其他兩三個警察，不過不熟。而且這不是他們負責的案子，因為沒發生在他們的轄區。換了喬會幫我打幾個電話，但我不能期望那裡的其他人肯替我費這個事。他們只知道我是喬的一個朋友，一個當過警察沒幾年、辭職已久的傢伙，他們什麼也不欠我。

我還認識什麼人？我曾密切合作的上一個警察是西一二六街二十六分局的艾拉．溫渥斯。案子解決後——事實上，那案子比較像是自行解決的——我們又聯繫了一次，他喜歡來我們公寓拜訪，說伊蓮的咖啡是全城最棒的。

可是我們沒有繼續保持聯絡，只有聖誕節寄寄卡片，而且現在打電話給他也沒用，因為案子也不是發生在他的轄區。

不過我有她的電話。我撥了號，如果她來接電話，我可以掰出其他事情來想。但我很清楚她不會來接了。

鈴響到最後，轉到語音信箱，於是我掛斷。

早晚警方會設立檢舉電話，會有一個專線讓人打去提供這個案子的線索，可是現在電視新聞還不會出現這類報導。我知道這個案子發生在哪個分局的轄區，我自己也曾在那個分局服務幾年，不過當年的同事早就失去聯絡了。案子可能也不會歸他們管，重案組說不定會接手，可是分局警察是第一批趕到現場的，應該有人知道些什麼。

我查了電話號碼，一個正好在辦公室的警探接了電話。我沒等他問，就報上我的名字和電話，告訴他我在新聞裡看到有個女人在他的轄區被謀殺。我認得那棟大樓，我有個朋友就住在裡面，但是我沒聽到受害者名字，很擔心就是我那朋友。

他叫我等一下，稍後回來說，他們還沒公布受害者的名字。

我說我可以理解，我自己以前也當過警察。如果我告訴他我朋友的名字，他能否告訴我受害者是不是她？

他考慮了一下，然後決定這樣應該沒關係。我把她的名字告訴他後，電話彼端傳來的片刻沉默便足以回答了。

「我真不願意說，」他說，「不過我手上的名字就是這個。你要不要等一下？我幫你接到管這個案子的人。」

我等著，然後我猜他幫我轉接前，向負責的人簡報了一下。他名叫馬克．瑟斯曼，他和他的搭檔被指派負責這個案子，所以如果沒有其他人接手，案子就歸他們管了。

我會不會是她的親戚呢？我說我不是。那麼我可以聯絡上任何被害者的親戚嗎？我說沒辦法，也不確定她有任何活著的親人。我沒提到她前夫，因為我不確定他的名字，也不知道他在哪兒，甚至是不是還活著。

「我們找了個鄰居幫我們指認，」他說，「而且她長相就跟她抽屜裡身分證件上的照片一樣，所以她的身分其實沒有問題。不過你來做個正式的認屍會更好，假如你不介意的話。」

屍體還在公寓裡嗎？

「不，一等法醫檢查過，拍完照片後，我們就把她移到這裡了。她現在在停屍間，那是在……你知道在哪裡的。」

我的確知道。我說我可能會耽擱一下，得先等我太太回家。他說沒關係，不急。

「無論如何，我想跟你好好談一談，」他說。「在你認屍之前或之後都行。如果你認識這個女人，也許你可以指點我們一些有用的方向。」

「如果我能幫上忙的話。」

「因為我們還沒拿到鑑識科的初步報告，但看起來那個王八蛋沒留下什麼物證。地板看起來乾淨得簡直可以吃掉似的。這是指如果你有胃口的話，但你不會的，只要你看過他怎麼對待她，就不會有任何胃口了。」

∞

我不知道到底該怎麼辦。我反常的又給自己倒了杯咖啡，可是我已經覺得自己喝了太多咖啡了。我倒了咖啡，再度打開電視，其實電視裡所講的根本不會比瑟斯曼告訴我的要多。那名路況報導主播的聲音讓我心煩，於是他還沒講完，我就又關掉電視了。

我不斷拿起電話話筒又放下。我到底想打給誰？又能說什麼？有一度我撥瑟斯曼的電話撥到一半，才想到自己在幹嘛，於是又掛斷。我能告訴他什麼？說我可以猜到是誰幹的，可是我不知道凶手的名字，也不曉得要去哪裡找他？

我看著電話，一個號碼忽然閃進腦海裡，我好幾年沒打過了。那是吉姆．法柏的電話，我向上帝祈求，真希望能撥那個號碼，聽到我已故的戒酒輔導員的聲音出現在電話彼端。他會跟我說什麼？很簡單，他會告訴我不要喝酒。

我不想喝酒，根本沒意識到這點，不過現在我只是很高興伊蓮和我向來不在家裡放任何酒精飲料。因為人們為什麼要製造威士忌、裝進瓶子裡？不就是為了像眼前這樣的時刻嗎？

我還可以打給幾個戒酒無名會的朋友，有男有女，他們一定也會告訴我不要喝酒。可是我不打算喝，也不想跟他們講話。
我打給阿傑，跟他稍微講了目前的情況。他說，「噢，大哥，真是太可怕了。」
「是啊，的確是。」
「我開了電視，聽到他們播報了這條新聞，可是完全沒把事情連在一起。」
「嗯，你怎麼想得到呢？」
「該死，我覺得好難過。」
「我也是。」
「伊蓮在家嗎？」
「她去上瑜伽課了。應該隨時會到家了。」
「除非她直接去店裡。你要的話，我就過去，陪你等她回家。」
「股市不是開盤了嗎？」
「快了，不過無所謂。紐約股票交易所沒了我，還是照樣可以運作。」
「你不必過來了，我沒事的。」我說。
「你改變心意的話，打電話說一聲就是了。我要不了一分鐘，就可以結束這裡趕過去的。」
我掛了電話，試了伊蓮店裡的號碼。我不認為她會過去，她很少在十一點之前開門，不過還是有可能。電話答錄機接了電話，我試著維持正常的聲音，告訴她是我，如果她在的話，請她接電話。沒人接，我很高興。

幾分鐘之後，我聽到她的鑰匙插進鎖孔。

她開門時，我正站在離門數呎之處，她一看到我的臉，就曉得有事情不對勁了。我叫她進來，接過她手裡的運動包，叫她坐下。

我不懂為什麼我們要這樣。坐下，我們說，指著椅子。你現在坐著嗎？我們透過電話告知壞消息時，都會這麼問對方。這有什麼差別？我們真擔心我們講的話會擊倒對方嗎？有很多人聽到壞消息時，會倒下去受傷嗎？

振作一點——我們會這麼說。好像這麼說就真能讓人振作，好像這樣就能讓人對噩耗有心理準備。

「電視新聞播了，」我說。「摩妮卡死了。她被謀殺了。」

16

屍體其實沒準備要讓人看的。驗屍還沒完成，一個女人看起來一副已經花太多時間在死人堆裡打滾的模樣，她讓我們稍等，然後帶我們進入一個大房間，來到一張桌前，上頭一張素白床罩蓋著一堆隆起物。她把頭部掀開，沒錯。那是摩妮卡。

「啊，不，」伊蓮說。「不，不，不。」

出來後她說，「我最要好的朋友。我這輩子最要好的朋友。我們每天都講話，沒有一天不講。現在我要找誰說話呢？好不公平，我已經老到沒辦法再交一個最要好的朋友了。」

一輛計程車駛過來，我揮手攔下。

∞

我本來不想帶她到停屍間的，可是我也不想留她一個人在家。而且反正不是我能決定的，是她做決定，而且很堅決。她想跟我在一起，而且她想去看她的朋友。在停屍間裡，當那個女人警告我們說屍體的樣子不會好看，我曾告訴伊蓮，她不是非看不可。但伊蓮說她要看。

在計程車裡她說，「這麼一來就成真了。這就是為什麼葬禮時棺材要打開。這樣你就會曉得，會接受這個人已經死了的事實。否則我心底總是難以相信她真的走了。我會一直以為可以拿起電話，撥她的號碼，就可以找到她。」

我什麼都沒說，只是握著她的手。車子又開過一個街口，她說，「在某個層面上，我反正是會相信這個事實的。但如果沒有看過她甜美的臉，總是會差那麼一點。啊，老天，馬修。」

8

我見到馬克．瑟斯曼的第一個感覺是他太年輕了，而第二個感覺是第一個的修正版，那就是他大概就是我辭掉警察工作時那個年紀。他個子不高，發達的上半身顯示他常做重量訓練，深褐色的眼珠很難看透。

他是大學畢業，現在好像不稀奇了。我不認為我念警校時班上有任何一個人上過大學，更別說大學畢業。警校裡有種普遍的觀念，認為上大學對當警察沒好處，你會學到太多錯誤的觀念，而正確的觀念又學得不夠多，於是你只會變得很孬種，而且滿腦子毫無來由的優越感。當然，這些都是狗屁不通，不過我們對大部分主題的想法，也多半同樣是狗屁不通。

他在布魯克林學院拿到歷史和社會學雙主修學位，畢業後申請到幾所研究所，但他發現自己並不想以教書為業。他去紐約市立大學的「約翰．傑刑事司法學院」修了幾門研究所課程，決定這是他感興趣的領域，但他不想研讀，他想投身其中、親身去做。那是十年前的事情了，現在他已經升到警探，在格林威治村西十街的第六分局刑警隊裡有個辦公桌。

他坐在辦公桌後面，我們在桌前的椅子上坐了下來。「摩妮卡．綴斯科爾，」他說。「我們另外也找到一些證件，上頭說她是摩妮卡．威布里吉。」

「那是她前夫的姓，」伊蓮告訴他。「她從沒用過。」

「她離婚後，又回去用她娘家的姓了。她是最近幾年離婚的嗎？」

「喔，老天，不是。十五年前嗎？至少是，或許二十年吧。」另外，不，摩妮卡沒跟德瑞克．威布里吉保持聯絡，她也不曉得要怎麼聯繫他，或他還是不是活著。

「這個姓很少見，」瑟斯曼說。「如果有任何必要找他的話，電腦搜尋可能查得到。我想你說過，她正在跟某人交往。」

「對，他非常保密。」

「你應該沒見過他吧。」

「沒見過，她連他的名字都不肯告訴我。一開始我猜想是因為他已婚，雖然過去幾年我們見過好幾個她的已婚男友。」

「她常這樣嗎？跟已婚男人交往？」

這應該是個很容易回答的問題，但伊蓮不希望人家以為她的朋友很放蕩，或來者不拒。「如果她在跟某人交往，」她想了一會兒才說，「通常我們後來會發現他是已婚男子。」

「她一直都犯同樣的錯嗎？」

「不，她喜歡這樣。她不想再結婚了，不想只專屬於另外一個人。」

「這位神祕男子，她跟他交往多久了？」

「沒多久。兩個星期嗎？三個星期？總之，不到一個月。」

「你對他知道些什麼？」

「喔，老天，我想想。他非常保密，他有時得出城去，沒辦法告訴她要去哪裡。她感覺他是在替政府單位工作，或其他國家的政府。你知道，就像某種情報員。」

「她跟你描述過這個人嗎？」

「他穿得很體面，打扮得很整齊。可是她交往的都是這類人。喔，我想到了，他留了小鬍子。」

「嗯，那就對了。」他放下筆，抬頭看著我們。「昨天晚上九點半或十點時，門房讓一個人上樓去她公寓。這傢伙告訴門房他的名字，然後她說讓他上來。」

「如果他把名字告訴了門房——」

「是啊，唔，我想我們很幸運，這個天才竟然記得小鬍子的事情。還有花。」

「花？」

「這點確認了，因為我們發現壁爐架上的花瓶裡插著鮮花。他一定是兩手都拿著東西，因為他等電梯時，得把某樣東西放在地上，才能摸他的小鬍子。」

「他把某樣東西放在地上，才能摸他的小鬍子？」

「比較像是整理。你知道，就像這樣。」他大拇指和食指合在一起放在他光滑的上唇中央，然後兩指打開。「上樓前先確定一下自己的外表沒問題。總之，這就是為什麼記——「為什麼賀克特．魯伊斯會注意到他有小鬍子。」他看了看筆記——」他看著伊蓮。「她對他的外表只提過這些嗎？說他穿得很體面、留了小鬍子？」

「我只記得這些。她說過他是個好情人。非常猛，非常有想像力。」

「還比她原來所知的更猛、更有想像力呢。」她一臉疑惑看著他，然後他說，「雖然我們想保密，但反正你們很快就會從媒體上得知了。她手腕和腳踝上都有捆紮過的證據，她的嘴巴上也有膠帶的殘留物。她迷上這類東西嗎，你會不會剛好知道？」

「她已經不年輕了，也見過不少世面，」她告訴他。「而且她獨自住在格林威治村。我的意思是，你自己想想看就曉得了。」

「好吧，可是——」

她搶在他前面。「我不認為她有怪癖，」她說。「我不認為她迷上任何特定的事物。我想，你知道，如果她喜歡某個男人，而他想做些什麼，她不會尖叫著跑掉說要找媽媽。」

「這只是一種形容，對吧？因為我查到她的父母都已經過世了。」

「是，很久以前了。」

「你曉得她還有其他親人嗎？」

「她有個哥哥，已經死了。不曉得哪裡可能還有一個阿姨或表親吧，不過我都不清楚狀況。她都沒聯絡了。」

他說，「既然她沒迷上被捆綁、性施虐與受虐，或隨你怎麼稱呼的那些，那麼其實就正好符合我們蒐集到的資料，」他對著我說，「我不知道你有沒有碰過這種事，不過如果你在這個分局待過，你就一定碰到過。任何稍微有怪癖的人，就會有滿滿一整個衣櫃的工具，皮革和橡膠製品、面具、鍊子，你簡直會覺得這些工具對他們比用來做的那些事情還要重要。她半樣都沒有，沒有手銬，沒有鞭子，沒有那些垃圾。倒不是說——」他頓了一下，笑了。「你看過影集《歡樂單身派對》嗎？我正打算說『倒不是說那有什麼錯。』你還記得那集嗎？」（譯註：這集《歡樂單身派對》中，主角傑瑞和喬治因為亂開玩笑，陰錯陽差被一位女記者誤以為是同性戀伴侶，進而公諸媒體。兩人一路疲於奔命的向各方解釋，卻愈描愈黑。傑瑞在澄清自己不是同性戀者時，總要附加一句「倒不是說那（同性戀）有什麼錯」，而親友們閱報後震驚的向兩人詢問時，態度有責難有諒解，但總不忘附加一句「倒不是說那有什麼錯」，以示自己對同性戀者並不歧視的「政治正確」立場）

「記得。」

「對不起，我沒有輕佻的意思。看起來，是他把他認為需要的東西帶去的，事後又全部帶走。她說過他很愛乾淨嗎？你會認為他是全世界異性戀男子中最愛乾淨的。那裡有一瓶酒，義大利餐後酒。我不曉得把酒名抄在哪裡了。無所謂，只是一瓶很花俏的酒。我們認為是他帶去的，還有那把花，他們各自喝了一點，他離開前把瓶子和酒杯都擦過了。他什麼都擦得乾乾淨淨，據我們能找到的，他在整個公寓裡頭都沒有留下一枚指紋。等我們清查完畢後，可能會在哪裡找到半枚指紋，通常都會的，不過我得說，我不會太指望。」

「因為他很愛乾淨。」

「他甚至還用了吸塵器。樓下的鄰居在午夜時分聽到了吸塵器的聲音。他不打算去抱怨，因為也沒那麼吵，只不過覺得意外而已。顯然半夜用吸塵器不是她的作風。」

「她可能從沒用過吸塵器，」伊蓮說。「她雇了個清潔女傭每星期來一次，吸塵是女傭做的事。」

「那個女傭離開時，或許也不像那傢伙還把吸塵器的集塵袋給帶走。她以為他是某種政府的情報員嗎？唔，如果他不是，那也可能當過。他真的是行家，不會留下任何能追蹤到他身上的東西。你知道那個有關鑑識科的電視影集嗎？後來又有另外一套在邁阿密的版本，不過沒那麼好。原始版很棒，不過我得說，我真希望那個影集停播。」

「因為它會提供人們構想嗎？」

「不，那些瘋子本來就存在，根本不必你提供他們構想。他們光靠自己就能想出一大堆主意來。那個影集真正的影響，是讓他們很難被抓到。裡頭會教他們不要犯哪些錯。」

「你覺得這個人應該就是從電視上學來的嗎？」

「不，我不覺得。我不曉得自己對這個傢伙怎麼想。那是我這輩子見過最令人毛骨悚然的犯罪現場。我不想描述細節，也很遺憾史卡德太太得聽到任何一丁點，可是他凌虐了那個女人很長一段時間，才動手殺了她。然後他把那個地方收拾得乾淨無瑕，一切井井有條，然後她裸身死在中間，就像那個畫家，那個法國人……」

「馬格利特，」她說。

「對，就是他。就好像，這幅畫哪裡不對？我的意思是，如果凶手是她正在交往的那個男人，幾乎一定是他，而且她一聽到他的名字就告訴門房讓他上去。如果他正在跟她約會，又跟她上床——他們有上床吧？」

「她說他是個好情人。」

「是啊，還真是好極了呢。有些男人發瘋了，會逮個可憐的女人強暴。可是他們不會先跟她約會。通常他們會挑個陌生人，某個阻街女郎，或某個只因為在錯誤的時間出現在錯誤地點的可憐女人。偶爾有某種男人會覺得她跟某個女人是情人，但那是他在心裡自己想。這種人一般稱之為『戀情妄想症』。那是一種幻想，這男人會以為自己是在約會，但其他任何人都會稱之為糾纏不休。」

他沒說錯，這不合情理。

「如果你們二位，」他說，「有誰能記得她曾不經意說過其他有關這個傢伙的事情，會很有幫助。任何事情，比方他有沒有哪個地區的口音，他很有教養或沒什麼教養，甚至比方他愛看籃球、擦古龍水這類小事。你們以為太瑣碎不值得提的小事情，可能配上了其他事情，就能變成一條線索。」

「他喝蘇格蘭威士忌。」伊蓮說。

「就是這樣的事情。她是剛好提到嗎？」

「有回他到她家，她問他要喝什麼，他說要蘇格蘭威士忌，結果她家裡沒有。所以他就喝別的，但第二天她就出去買了一瓶我想是很好的蘇格蘭威士忌。她顯然選得很好，因為下一次他去，就說那個酒真的很不錯，但他只喝一小杯，她說她不曉得哪個會撐得比較久，是這段關係還是那瓶酒。」

「那瓶酒，」瑟斯曼說。「酒還在那裡，叫格蘭什麼的。」他記了些筆記。「也許他上次去的時候曾拿起來倒一杯來喝，但昨天晚上忘了擦掉指紋。只是我不敢指望。不過呢，我們就是希望你能想起這類事情。你知道，我覺得她應該會無意間透露過一些有關他的小事情。只要慢慢想，自然就會想起來。」

「也許吧。」她說。

「女巫酒，」他忽然說。「提到你可能會想起的事情。他帶去的酒就是這個名字。這可能是我們能逮到他的方式之一。這可不是什麼到處都買得到的美國製伏特加。如果你是酒鋪的店員，能有幾個人跑來跟你買一瓶女巫酒？」

「所以你們會清查附近的酒鋪。」

「我們會從附近開始，一路查下去。她完全沒跟你們暗示過他住在哪裡嗎？你們沒法說出他可能在哪個特定的區域嗎？唔，有人把女巫酒賣給他，也許他去酒鋪問的時候，賣他酒的人當時就在店裡，而且或許他不但記得賣了他酒，也覺得跟警方合作沒關係，不會侵害他客戶不可剝奪的隱私權、害他吃上官司。或許這位女巫酒先生是用信用卡付帳，雖然這好像期望太高了。或許那酒鋪裡裝了保全攝影機，而且或許攝影機當時真的開著，而且或許我們真能在那天的錄影帶自動洗掉重錄之前到那店裡去，雖然這好像要求太多了。一般錄影帶根本不會保存那麼久，因為你裝錄影機是希望能用來指認那個搶劫你的敗類，而不是兩天前去跟你買一瓶高價酒的人。」

8

摩妮卡住的公寓大樓外型很特別，這可能就是為什麼我在「紐約第一」頻道上一看到就能認出來。這棟大樓位於格林威治村西北角的珍恩街，是一棟十七層樓高的新藝術風格建築，正面是黃褐色磚，楣石和飛簷上都有精緻的雕刻。我們手牽手沉默的沿哈德遜街往上城方向走，當摩妮卡住的那棟比旁邊都高的大樓進入視線時，伊蓮的手握緊了我的。等到我們穿過珍恩街，她正在哭。

她說，「她從來沒做過什麼壞事，她從來沒有壞心腸，從來沒有傷害過任何人。從來沒有。她跟已婚男人打炮，媽的有什麼大不了，她父母一死、留給她夠多錢過日子之後，她就沒再工作了。有時候她會在錢包裡藏糖果偷偷吃，因為她覺得好可恥，不想讓你知道。另外她可能對她衣櫃花的心思比德蕾莎修女要多，這或許也讓她比德蕾莎修女要膚淺，可是相處起來也更有趣得多。而這些是我所能想到她做過最壞的事情，可是也沒那麼糟糕，對不？沒有壞到要因此被殺掉。對不？」

「是啊。」

「我沒法看她那棟大樓，看到就會哭。」

「我叫輛計程車吧。」

「不，我們走一下吧。我們可不可以走一下？」

我們在哈德遜街朝北走，過了十四街就變成了第九大道。我們經過一家叫馬克特的時髦餐廳，她說，「荷內．馬格利特不是法國人，是比利時人。」

「不過你還是知道瑟斯曼講的那個畫家就是他。」

「因為我心裡也有同樣的印象，那種超現實的不和諧。白天時天空是暗的。或者一張畫裡頭是一支彎柄的菸斗，畫上頭寫著『這不是菸斗』。矛盾。我現在想到是因為——」

「因為那家馬克特是比利時餐廳。」

「對，還有十四街上頭對街那個小地方，店名叫小什麼什麼的。摩妮卡喜歡那裡，他們有各式各樣烹調淡菜的方式，她一向就愛吃淡菜。你知道看起來像什麼嗎？」

「淡菜？有點像蛤蜊。」

「特寫，」她說，「把殼拿掉後。看起來就像女人的陰部。」

「喔。」

「我告訴過她，那清楚顯示了她潛在的女同性戀傾向。我們正打算要去那兒吃午餐，可是老抽不出時間去。現在永遠去不了了。」

「你今天還沒吃過東西，」我說。

「我不想去那裡。」

「不去那裡。」我同意。「可是要不要找個地方坐坐？」

「我吃不下。」

「好吧。」

「吃了也會吐出來。可是如果你餓了……」

「我不餓。」

「唔，如果你決定要吃點東西，我們可以找個地方。不過我沒胃口。」

我們沉默的走了幾個街區，然後她說，「總是會有人死的。」

「是啊。」

「事情就是這樣。你活得愈久，就會失去愈多人。世界就是如此運作。」

我什麼都沒說。

「接下來幾天我可能會有點瘋瘋癲癲。」

「沒關係。」

「說不定會更久。我對這件事沒有心理準備。」

「的確。」

「我怎麼可能有心理準備呢？我還以為自己會永遠有她作伴。我還以為我們會一起變成古怪的老太婆。她是我朋友中唯一曉得我以前賣過的。我剛剛用錯了時態，對不對？動詞該改成過去式。她現在已經是過去式了，對不？她已經是過去的一部分了，她再也不是現在式或未來式了。我想我得坐下。」

旁邊就有一家拉丁美洲咖啡店。他們有古巴三明治，我不曉得還有其他什麼，因為我們兩個人都沒看菜單。我點了兩杯咖啡，她告訴侍者改給她一杯紅茶。

「她從來不會有一丁點的批判。她會感興趣，但不會入迷，而且她不覺得這樣有什麼不好，也不認為我那些年那樣過日子有什麼不好。還會有誰曉得這些？我生命裡還有誰會曉得？你和丹尼男孩之外，還有誰曉得我當年的事情？還有阿傑。我想不出其他人了。」

「沒有了。」

「你聽我說，好嗎？我都一直在想自己。老天，他凌虐過她啊。她一定嚇得要死。我無法想像，也無法停止去想像。我不認為我能應付得了，寶貝。」

「你現在正在應付。」

「這叫應付嗎？我不曉得。或許是吧。」

我喝了半杯咖啡，她啜了兩口茶，我們出去又往上城走了幾個街區。然後她說她已經可以搭計程車了，於是我設法招了一輛。

回家的路上，她只說了一個詞。「為什麼，」她說，聲調裡沒有問號。聽起來她不像是期盼有答案，而天曉得，我也沒有答案。

∞

她坐在電腦前，花了一小時寫一份給《紐約時報》的付費訃聞，然後印出來拿給我，看我覺得是不是可以。我還沒開始看，她就又拿回去，撕掉。她說，「幹嘛，我瘋了嗎？我不需要登廣告告訴大家她走了。報紙和電視自然會負責宣傳。等到明天這個時候，她認識的每個人都會曉得她發生了什麼事，不認識的其他人也會全曉得了。」

她走到窗邊望出去。我們住十四樓，以前從南邊的窗子可以看到世界貿易中心。當然，現在沒有世貿中心可以看了，但事後幾個月，我常會發現她站在窗邊，凝望著沒有了世貿中心的紐約。

大約六點時，門房打電話上來說阿傑來了。她看到阿傑時哭了出來，他擁住她。「你一定餓了，」她跟阿傑說，然後轉向我。「你也是。你早餐後吃過東西嗎？」

我沒有。

「我們得吃飯，」她宣布。「義大利麵可以嗎？還有沙拉？」

我們說這樣很好。

「我只做過這些。老天，我好無趣。你怎麼受得了我？我他媽向來都只做同樣的菜，唯一不同的就是義大利麵的形狀。也許我該開始煮肉。只因為我決定吃素，不表示你們兩個不能吃肉。」

「你就還是做同樣的義大利麵吧。」

「謝謝，」她說。「我就只做這個了。」

∞

我本來不打算去參加聚會的，但時間到了之後，伊蓮建議我去。我說我待在家裡也一樣。她說，「去吧。阿傑和我可以玩撲克牌。你知道金拉米怎麼玩嗎？」

「當然。」

「那克里比吉呢？」

「嗯，會一點。」

「那不行。賭場呢？你知道賭場這種牌戲怎麼玩嗎？」

「我以前都跟我外婆玩這個。」

「她會讓你贏嗎？」

「開什麼玩笑？她是不惜作弊都非要贏我不可的。」

「我敢說她不必作弊。一定有什麼玩法是你不曉得的。那匹納克爾呢？」

「要三個人才能玩，不是嗎？」

「我講的是雙人匹納克爾，」她說，「那是完全不一樣的牌戲。你不曉得怎麼玩嗎？」

「我連聽都沒聽過。」

「好極了，」她說。「這表示我可以教你。馬修，去參加聚會吧。」

∞

星期三在聖高隆龐教堂有個男性的聚會，那是西二十九街一個小教堂。聚會專門針對四十歲以上的男人，來參加的幾乎全是同性戀男子，雖然並沒有這個規定。當地的人口結構本來就有很多同性戀者。那一帶是喬爾西，大部分的男性人口都是同性戀，就算四十歲以下也一樣。

我可以去平常的聖保羅教堂參加聚會，從我家走五分鐘就到了，但出於某些原因，我不想看到熟面孔，也不想碰到有人問我情況可好。我情況一點也不好，而且不想談。

第九大道上有一路往下城的公車，不過我沒搭，而是叫了計程車，今天倒還可以成為我的計程車日。我到的時候，正在唸序文，也已經收過捐款。我想沒有我捐的一元，他們或許也可以付得起場租，然後我倒了杯咖啡，找位子坐了下來。演講者一身行頭和打扮就像《GQ》雜誌上的廣告，他說了個獨自在四季飯店酒吧喝酒的故事，他在裡頭會試著和另一個沒有伴的男士眉目傳情，然後他會去街對面一個名聲不太好的店裡，希望他的候選人會跟著過來。如果沒有，他就會待在那兒喝到醉。「當時我們都緊緊躲著不敢出櫃，」他說，「肩膀都好像撐著衣架似的。你會以為瓊．克勞馥是我們的媽媽。」〔譯註：已故好萊塢女星瓊．克勞馥素以肩膀寬挺聞名〕

他說完之後，全場輪流發言，而不是舉手自由發表意見。輪到我的時候，我已經說完要講的話了，只不過是在心裡跟自己說罷了。「我名叫馬修，」我說，「我是個酒鬼。很高興聽到各位的發言。我想我今晚只聽就好。」

過了一會兒，一個我認得的聲音說，「我真的很高興今天來這裡。我平常參加的是別的聚會，但今天在這裡看到了幾個熟面孔，而且今天聽到了很多人的故事。我名叫亞比，我是個酒鬼。」他繼續談到最近工作很忙，沒時間參加聚會，然後如何想起戒酒應該是他的第一要務。「如果我守不住這點，那麼我也就守不住所有隨之而來的一切，」他說。

這種話多年來我聽過幾千遍了，不過再多聽一次也無傷。

出門時他趕上我。「我第一次來這裡，」他說，「我原先還根本不曉得這是個特殊興趣的聚會。」

「四十歲以上的男人。」

「我在聚會手冊名單上看到過這點。我不曉得的是，來參加的每個人都是同性戀。」

「也不是每個人。」

「你和我除外，」他說，咧嘴笑了。「我不介意同性戀者，事實上我很享受滿屋子同性戀者的那種能量。只不過沒想到罷了。」

我心想，倒不是說同性戀有什麼錯。

「馬修？我很驚訝你今天晚上沒有發言分享。」

「唔，我不是『沉默者威廉』那樣不愛講話的人，」我說，「不過我不想硬講些什麼。」
「可是你看起來好像有什麼心事想講出來。」
「哦？」
「好像有什麼事情在折磨著你。」他碰碰我的肩膀。「要不要去喝杯咖啡？」
「我在聚會裡已經喝過兩杯。我想這些咖啡已經夠了。」
「那就去吃點什麼吧。」
「我想不要了，亞比。」
「我的第一個輔導員常說，把話藏在心裡這種事，是我們所負擔不起的奢侈。」
「那麼，還好他不在中央情報局做事。」
「我想是吧，不過我的意思是——」
「我懂你的意思。」
他往後退，皺著眉頭，然後捏了下他的上唇，以前我看他做過這個動作。「唔，我沒有惡意，」他說。「我想你今天晚上寧可獨處吧。」
我沒有反駁他。

∞

我又招了輛計程車，車上收音機裡的阿拉伯音樂播得很大聲。我請司機關小聲。他看看我，然後想必我臉上的表情讓他不敢跟我爭執。他關掉了音樂，我如願在一片沉默卻難免有點僵的氣氛中坐到家。

我進門時，匹納克爾牌戲還在進行中。我問誰贏，伊蓮扮了個鬼臉，指指桌子對面。「他發誓說他以前從沒玩過這種牌戲，」她說，「我好傷心，沒想到這個可愛的年輕人竟然會這樣，撒謊面不改色。」

「真的從來沒玩過嘛。」

「不然你怎麼有辦法輕輕鬆鬆就讓我輸得那麼慘？」

「你是個好老師，如此而已。」

「想必是。」她收攏牌。「回家吧。你真是個天使，陪了我一晚上，雖然你沒好心到讓我贏牌。等一下，你餓了嗎？要不要吃餅乾？」

他搖搖頭。

「你確定？我是自己烤的喲，用的名字是『費爾茲太太』。」（譯註：Mrs. Fields，美國最大的連鎖餅乾店）

他還是搖頭，然後她給了他一個擁抱，送他走了。她收起牌，又走到窗邊，再也看不到世貿中心雙塔的那扇窗。她嘆了口氣，轉過身來跟我說。「我剛剛一直在想，她和其他除我之外的朋友。她跟其他人沒那麼熟，但有幾個女人她會一起吃中飯，或在電話裡聊天的。」

「想必是。」

「也許她曾跟其他人提過這個男人。我的意思是，她告訴過我他喝蘇格蘭威士忌、有小鬍子。她可能也跟其他人提過別的什麼小事。」

「如果你把這些小事收集起來，或許可以拼出一個圖像。」

「唔，你不覺得有可能嗎？」

「我知道有可能，」我說，「瑟斯曼也覺得有可能。警察會檢查她的通訊錄或她的旋轉式資料匣這類東西，然後清查上頭列的每一個人。這麼一來，凶手可能也會包括在內。只因為她不肯說他的名字，不表示他沒告訴過她。如果他也給過她電話號碼，那應該就會登記在她的通訊本上。」

「你想警方會用這個辦法逮到他嗎？」

我不認為，但我說有可能。

「好吧，我還想著另外一件事情。她可能回去找她的心理諮商師。幾年前她就停止做心理諮商了，不過偶爾碰到什麼事情，她還是會回去跟諮商師談個幾次。我記得最近曾感覺到她可能又回去了。我不曉得原因是什麼，但我就是有這個感覺。」

「她有可能跟那個心理諮商師談過這個男人的事情嗎？」

「唔，你知道，如果她覺得沒法跟其他人談這件事的話……」

「這就是重點。」

「可是那個心理諮商師會說出去嗎？你跟諮商師講的任何事情，他不是都應該要保密的嗎？」

我說是，但其中有灰色地帶。當病人死了，而警方調查中希望能找到凶手時，對某些醫師來說，這就壓倒了醫生與病人間的保密特權，但也有醫生不這麼想。

「她的心理諮商師叫布麗姬特．杜菲（Brigitte Dufy）。是法國人，跟那個法國畫家哈烏勒．杜菲（Raoul Dufy）同姓，搞不好兩個人還是親戚。我知道摩妮卡問過她，但不記得回答是什麼了。這大概也不重要。她是在紐約長大的，她父親以前在『布列塔尼之夜』當二廚。你記得那個地方嗎？」

「當然。」

「那家餐廳好棒，真不曉得發生了什麼事情，有一天就忽然消失不見了。總之，布麗姬特在這裡長大，口音就像地獄廚房那一帶的愛爾蘭裔。摩妮卡喜歡喊她布麗姬．達菲（Bridget Duffy）。警方或許會在摩妮卡的通訊本子上找到她的名字，但也或許不會有。你知道一般人更新通訊錄的時候，都會懶得抄下那些現在已經不來往的人。因為反正你不會再打電話給他們，幹嘛還費事抄呢？唔，如果她沒再去做諮商的話……」

我說我明天會跟瑟斯曼提這件事。

「想到她已經走了，真的很難受，」她說。「但我會慢慢習慣的。人生就是如此，你會習慣有人死掉。但想到有人這麼對待她還逍遙法外，我無法忍受，而且我也不想習慣。」

「他們會逮到他的。」

「你保證嗎？」

我怎麼能保證這種事呢？然而，我又怎麼能給她否定的答案呢？

「我保證。」

「你能幫得上什麼忙嗎?」

「恐怕我只會礙事而已。不曉得,我會看看我能不能想出什麼辦法。」

「我不期望你能去辦案、逮到凶手。」她說。「只不過,我一直覺得,你是我的英雄,你知道的。一向如此。」

「你最好把希望寄託在蜘蛛人身上。」

「不,我很願意堅守自己的選擇。」

17

他坐在哥倫布大道一家金可連鎖影印店的電腦終端機前，只要花每小時一點點上網費用，就能提供他完全匿名的網際網路管道。他上了雅虎網站，只用了幾分鐘，不花半毛錢就申請到一個帳號，使用者名稱是一個字母與數字毫無意義的拼湊組合。會很難記，但他不必記得，因為以後他再也不會用了。這是個只使用一次的帳號，幾乎確定無法追蹤，不過如果警方要追，他們頂多只能追到這部電腦，對大眾開放，每天有幾打人使用過。

他還記得曾納悶一世紀前怎麼會有人被逮且定罪。但科學不是一手幫助犯罪、另一手又幫助犯罪學家嗎？他曾在哪裡看過一句口號，讓他總覺得是達爾文演化論的完美解釋：如果你做出一個更好的捕鼠器，大自然就會造出一隻更好的老鼠。

這個原理讓他思索了一陣子，然後不情願的回到現實。他點了「寫信」鈕，開始打字：

我寫這封信，是因為我一想到傑佛瑞・威利斯不幸的父母，就深感不安，最近普瑞斯登・艾坡懷特剛因為謀殺傑佛瑞而接受極刑。失去兒子就已經夠難受的了，但若始終未能尋獲他的屍體，那一定更難熬。一般人總不希望自己的血肉長埋在沒有墓碑的墳下，然而，仔細想想，我也不會更喜歡躺在有墓碑的墳下。我想，對於長眠地下的人來說，有無墓碑完全一樣。

然而，我覺得好像應該告訴你，普瑞斯登．艾坡懷特（願大家對他都沒有好回憶！）的鬼魂昨天來找我，他深切懺悔。「你務必要告訴《里奇蒙新聞領袖報》的那些好人們，」他以一種幽靈的聲調說，「我很後悔自己做過的事情，希望能夠悔改，所以我要告訴你該去哪裡找威利斯家男孩的遺體。」

以下就是他說的地點……

他寫下詳盡的指示，鉅細靡遺以文字敘述了一份藏寶地圖，任何人遵照指示都可以找到那個古老的家族墓地，他曾在那裡與小傑佛瑞共度一段歡樂時光，但傑佛瑞本人大概不會太歡樂。他因而又回想起一切，不禁想加上一段傑佛瑞臨終前的精確描述，但這麼一來，就會跟整封信的內容和口吻不一致了。

不過如果寫了一定很好玩。他想到那個謀殺兒童後吃掉的瘋狂食人魔艾柏特．費許。他在殺人並吃掉了一個小女孩葛瑞絲．芭德後，寫了一封信給她的父母描述謀殺的過程，而且證實他們的女兒烹調過後鮮美多汁。不過，他向他們保證，「我沒操她，她死時仍是處女。」

小芭德（譯註：Budd，與bud（蓓蕾）同音）沒有被迫開苞，他心想。這對於老芭德夫婦會是多麼大的安慰！

乍看之下，你一定會以為這封信是惡作劇，任何有理性的人都會這麼以為。不過你們只要派兩個人帶著鏟子過去，就會曉得傑佛瑞的屍骨（他身體的其他部分當然早就腐朽了）是否真有可能埋在那個鬼魂所講的地方。

當你找到屍骨，一定找得到的，你和你的讀者及相關當局就該好好思考。你們相信鬼魂、相信他們會顯靈嗎？或者是有人犯了很嚴重的錯誤呢？

相信你會原諒我不署名。我最近學會了匿名的重要性。這肯定是我們一切傳統的精神基礎。

當然，《里奇蒙新聞領袖報》有網站，他連上去，找到了地方版編輯的電子郵件網址。他把網址填入適當的空格中，坐在那裡幾分鐘，游標歇在「傳送」鍵上。要寄還是不寄，這是個關鍵問題，而且沒有明白的答案。整件與普瑞斯登．艾坡懷特有關的事情已經以最圓滿的方式解決了，照道理說，實在應該讓一切都保持原狀。

另一方面，他覺得寄出這封信好像會比較有趣，攪局一下，看看會發生什麼。這封信一定會掀起一些風波，但如果他沒有動作，那麼除了已經發生的事，就什麼動靜都不會有。

而最重要的就是有趣，不是嗎？

但他對信中的最後一段不太確定。這會打動一些看信的人，讓他們魯莽的往好幾個錯誤的方向亂衝，但這其實只是個私人的玩笑，而且會剝奪他為自己作品署名的機會。他把最後一段反白圈起，按了「刪除」鍵，然後想了一會兒，重寫了這麼一段：

親愛的朋友，就讓我們都回到原來的工作崗位上吧。我會立即放棄這個電子郵件網址，所以很遺憾，你將無法跟我聯絡。我應該偶爾還會用別的電子郵件網址與你聯繫，只不過，唉，新的網址將會像現在這個一樣無法追蹤。可是你可以從我的署名認出我；為您服務是我的榮幸。

艾柏・貝克

他露出那個悲傷的微笑，點了「傳送」鍵。

∞

他挺喜歡紐約的。

他以前住過這裡，住了幾年，如果不是情勢所迫，他會待得更久。當時所有狀況看起來似乎都將轉向厄運，但就像他常說的，態度才是最重要的，而憑他的聰明，也足以將逆境視為機會。他離開紐約，不也是有個機會可以看看全國各地嗎？這不也提供了他許多遊歷冒險，且剛剛在普瑞斯登・艾坡懷特這個了不起的事件中達到最高潮嗎？

他當年離開時，世貿雙塔仍傲然站在曼哈頓尾端。有時他會很好奇，當這個城市遭受到那麼大的衝撞時，若他人在紐約，那會是什麼樣。

那天死了那麼多人，對他個人並沒有造成很大的衝擊。但他好奇的、也是啟發他的，就是背後操縱者那種驚人的權力，那位傀儡戲大師說服他的追隨者駕著飛機衝向建築物。這顯示了一種令人羨慕的操縱才華。

他自己也做過操縱的事情。以前他住在紐約時，他是個操縱大師，雖然被他操縱的人沒做過那麼戲劇化的事情。不過，他的傀儡很聰明，他得利用一種心理學柔道才能成功；他利用這些人的心智力量對抗他們自己，取得了成功。

他邊走邊想著這些事情，然後有點開心的發現自己不知不覺間來到了老地方，一棟位於西七十四街的房子。他曾站在這棟房子外頭很多回，也進去過一次。那次屋裡還有其他三個人，他在這裡殺了其中兩個，就在這棟房子裡，一個用槍，另一個用刀；第三個人則是一個小時後在南邊幾哩處的一棟房子裡做掉的。

當時他以為這棟房子將會是他的獎品，是殺人讓他得到的。他以為那就是他想要的，一棟精緻的褐石洋房，離中央公園才一個街區。

他以為這就是他殺人的原因。

現在他知道有關自己的真相，感覺多麼自由！

他回到這個城市的路上曾想過，這棟房子搞不好都不在了。幾年前，在下城的西十一街上，曾有一排褐石房子中的一棟就這麼消失了。激進學生在那個地方製造炸彈，房子是其中一名學生父母的，還有什麼比炸掉父母的家更能滿足他們不自覺的動機呢？說到底，他們政治的根本目的還會是什麼呢？

他第一次來到紐約時，那棟房子已經重建了。大小跟鄰居相仿的新結構正面有一部分以四十五度角突出，看起來像是被建築師給扭了一把。他知道，這種設計的表面目的是要融合當代和傳統，但他覺得有更深層的解釋，那是一種渴望，要讓毀掉第一棟建築的那種爆發力量表現在後繼者身上。

雖然他不再成天夢想要擁有，但這棟好房子並沒有就此消失，七十四街又沒有炸彈工廠，房子不會無端消失。房子還在那裡，同一個年輕女人也還住在裡面，整棟都是她的，除了最底層那樓開著同樣的高檔古董店，老闆依然是同一個老太婆，現在更老了。

他想到了另一家店，他買下那把拆信刀的店。賣給他的那個女人稱之為裁紙刀（paper knife）。他心想，這個名詞本身有點含糊不清，可以表示是一把用來裁紙的刀子，也可以表示是一把用紙做成的刀子。或其實根本不是什麼刀，就像紙老虎也不是真的老虎一樣。

不管叫什麼，反正現在刀已經離他而去了。啊，刀子沒有消失，就像這棟房子仍然存在，但已經從他的生命中消失了。

這棟房子是他生命中的一部分嗎？它就像在這個不凡城市中的其他眾多事物一樣，仍歸在標為「未完成事務」的項下嗎？

他得好好想想。

8

回家的路上，他在另一棟大得多的建築物對街站了好一會兒，這棟大樓位於五十七街和第九大道的東南角。樓下二十四小時都有門房值班，電梯和大廳裡都有監視攝影機。不過這些玩意兒能造成什麼障礙呢？既然是人類所創造、設置、維護的，當然也就能被人類所破解。

不過還不到時候。

他走回家。有時他覺得自己就像一隻寄居蟹，背著房子四處走，身體長大後就拋棄舊殼。現在適合他的寄居處，也就是他目前的家，是位於五十三街上、第十大道以西一棟出租公寓頂樓的三房式公寓。大樓本身顯示出一些高級化的效果，正面的磚頭外牆重新敷過了灰泥，大廳和樓梯都翻修過，門廳整個重做了。很多戶公寓在舊住戶搬出或死掉、新房客以市場行情租下時，也都整修過。剩下來有房租管制的老住戶沒幾個，其中一位是拉斯寇斯基太太，可能也活不了多久了。她超重五十磅，有糖尿病，同時天氣壞的時候還要飽受關節炎之苦。他步上門前階梯時，她正站在樓梯上方，抽著一種臭烘烘的義大利小雪茄。

「啊，哈囉，」她說。「你叔叔怎麼樣了？」

「我才剛去看過他。」

「但願我也能去，我說真的。這麼多年來看慣的老面孔，現在沒看到還真想念呢。真可惜聖克萊爾醫院不肯收他。我表姐瑪麗啊，願上帝讓她的靈魂安息，她生前就在聖克萊爾，我可以每天去看她，直到她過世為止。」

能住進聖克萊爾一定很不容易。

「那家榮民醫院把他照顧得很好，」他提醒拉斯寇斯基太太。「他們非常細心，而且完全不收費。」

「我還根本不曉得他當過軍人呢。」

「啊，是啊，他非常引以為榮。可是他不喜歡談當年的事情。」

「他一個字都沒提過。那家榮民醫院，是在布朗克斯區，對吧？」

「在國王橋路。」

「我連那是哪裡都不曉得。搭地鐵過去一定要很久。」

「中間要換車，」他說，「終於坐到那一站後，還得走上一大段路。」他不曉得是不是真這樣，他只去過布朗克斯一次，那是好多年前了。「而且去看他真的會很難過。今天他認不得我了。」

「你大老遠跑去，他竟然不認得你。」

「唔，人生總是有苦有甜哪，拉斯寇斯基太太。你知道我叔叔常說的話。『你碰上了只能認命。』」

他爬上樓梯，進了自己那戶公寓，鎖上門。公寓裡破舊又年久失修。他是很樂意雇個人來打掃，但可能會引起鄰居議論，所以他盡量自己來，把地板和牆壁刷乾淨，噴上空氣清淨劑。不過也只能做到這個地步了，整個地方還是有喬・波漢五十年累積下來的臭菸味兒，混雜了喬・波漢本人繚繞不去的氣味，這名獨居老人顯然從來就不重視個人衛生。

不過，在這個連最寒酸的公寓房間都貴死人的城市裡，對免費的公寓也就不能太挑剔了，尤其是一戶離他眾多未完成事務都這麼近的公寓。

當時就在第十大道的一家熟食店，他正停下來買三明治和咖啡，結果聽到了兩個老人在談論可憐的喬・波漢，他現在沒那麼常出門了。一個人說，他老把自己關在家裡，不過按他那個臭脾氣，沒碰到他倒是好一點。

他在電話簿上找到了一位喬・波漢。他撥了上頭的電話號碼，一個沙啞的聲音接的。不，那人說，這裡沒有瑪麗・艾琳・波漢。他是個老男人，自己一個人住。親近的親戚？沒有，一個都沒有。不過姓波漢的人很多，只是他沒聽說過有什麼瑪麗・艾琳。

他隔了一兩天好讓老人忘掉這通電話，然後收拾行李搬出原來住的那個房間，那是賓州車站附近一家收費過高的廉價旅社。他兩手各提了一個行李箱，爬上了西五十三街的門廊，按了標示著「波漢」的電鈴，然後爬到三樓，三樓走廊上站著一名滿臉鬍碴的瘦弱老人，穿著灰色睡衣，身上發出至少一個星期沒洗澡的體臭。

「喬叔叔嗎？我是您的侄子艾爾，大老遠來看您了。」

老人很困惑，不過還是讓他進了門。老人正在抽菸，活像那是氧氣管似的不停吸著，然後在吞吐間猛問問題。那他是誰的兒子？是尼爾的嗎？他以為這個哥哥死了，還以為他這輩子都沒結過婚呢。

老人喘著氣，站不穩了。他臉上有兩個瘤，看起來像是皮膚癌，他的氣色很差，而且臭氣薰天。他抓住波漢，一手圈住他滿是鬍椿的下巴，另一隻手握住他瘦骨嶙峋的肩膀，毫不費力就扭斷了老人的脖子。一項利己的行動也同時是對他人的慈悲善行，這是多麼美好的事啊！

接下來幾天，他讓大樓裡的其他住戶熟悉他這個人，同時把這戶公寓據為已有，他把老人的衣服和各種雜物扔了，甚至把老人本人都設法處理掉。他每天都要搬幾個垃圾袋下樓出門。大掃除，他這麼告訴鄰居。過去幾年我叔叔什麼都不肯丟。他捨不得，你知道。

有些垃圾他就放在人行道邊緣，讓垃圾車來收。其他裝著老人屍體的垃圾袋就不能這麼隨便亂放了。他把屍體搬到浴缸裡，讓各種體液和排泄物流乾，然後用一把從第九大道廚房用品店裡買來的骨鋸切割成小塊。他把喬·波漢的屍塊像店裡的肉似的分片包起來，一次帶一點出門，過了西城高速公路，扔進哈德遜河。就算這些肉會浮起來——其實不可能，肉塊不像整具屍體裡面會因為充氣而浮上水面——他也無法想像有誰能搞清楚那是什麼。而且，就算藉著鑑識科學而發生了奇蹟，查出了那些屍塊是怎麼回事，這隻寄居蟹也早已經擺脫舊殼，也擺脫艾洛伊修斯·波漢這個名字了。

把最後一批喬·波漢的實質殘餘物都處理掉、只剩他永遠繚繞不去的臭味之後，他開始散播消息，說他把叔叔送進了醫院。「我本來想自己照顧他，」他告訴拉斯寇斯基太太，「可是他需要的照顧我沒法做到。昨天晚上我背著他下樓上了計程車，直接到榮民醫院去。計程車費花了好多錢，可是你還能怎麼辦呢？他就只剩我這個親人了。他要我留在這裡，等他出院回家。我本來該去舊金山的，那裡有人找我去工作，可是我不能就這麼丟下他不管。他是我叔叔啊。」

於是一切就是如此。

現在他坐在廚房的餐桌前，桌上有幾百個喬．波漢不小心讓香菸燒過的痕跡。他碰碰上唇，然後皺起眉頭，對自己很懊惱。他心想，養成習慣所花的時間這麼短，但要戒掉卻得花這麼久。他打開電腦，上頭接著喬．波漢的電話線。現在撥接上網的速度太慢了，他很想裝個DSL的線路，但卻根本不必考慮。

噢，或許他在這裡不會住太久了。

18

阿傑說，「這事情你已經想到過了，而且無論如何說不通，但如果我不講出來，老憋著也很難受。」

「好吧。」

「你很可能知道我要說什麼了。」

我們在晨星餐廳。他打電話要我在那邊跟他碰面，於是我放棄了家裡的好咖啡，跑來這裡喝這杯遠遠不及的。

「有可能。」

「反正我還是會說的。好吧，有沒有可能那個大衛．湯普森跟殺害摩妮卡的凶手是同一個人？」

「他們主要的共同點，」我說，「就是你我不曉得他們是誰，也不曉得該怎麼找到他們。」

「還不只這點呢。」

「哦？」

「他們兩個都留著小鬍子。」

「也許他們兩個都是希特勒，當年根本沒死在地下碉堡裡。你算算時間，就會明白他們不是同一個人。湯普森——這或許不是他的名字，不過我們總得有個稱呼。湯普森星期一晚上跟露易絲在一起，從在餐廳碰面開始，直到接近午夜前甩掉我們為止。」

「那又怎樣？」

「可是根據瑟斯曼從門房那邊得到的說法，凶手是在九點半左右，出現在摩妮卡那棟大樓的大廳。」

「那天是星期二，前天晚上，對吧？」

「耶穌啊，你沒說錯。」

「從露易絲家到摩妮卡住的下城，應該花不了多少時間？二十二小時吧？」

我搖搖頭。「他星期一晚上也在那裡，」我說。「去找摩妮卡，她跟伊蓮提過的。」

「那麼，他星期一和星期二都去找她。這點能確定嗎？」

「現在沒辦法打電話問摩妮卡了。不過沒錯，可以確定。」

「可是我們不曉得時間。我們知道星期二他進去和出來的時間，可是不曉得星期一的。」

我想了想，緩緩點頭。

「所以他是在差十五分就十二點時離開露易絲，我們知道他一出門頭一件事情就是拿出手機打了一通電話。」

「打給摩妮卡，說他要過去。可是如果我記得沒錯，伊蓮說過他星期一本來就跟摩妮卡約了要碰面的。」

「他可能在電話裡跟摩妮卡說：『抱歉，蜜糖，不過我弄得有點晚。我會盡快趕過去。』」

「根據摩妮卡的說法，他衣著時髦又體面。大衛．湯普森看起來符合摩妮卡那個時髦又體面的定義嗎？」

「他那天穿了牛仔褲和一件馬球衫，不是嗎？」

「就我個人來說，」我說，「我很難想像湯普森帶著花和一瓶女巫酒出現在珍恩街。」我腦中浮現他走出露易絲那棟大樓的畫面。「他點了根菸，」我記得。「這是露易絲在網路上講明的條件，那時她還沒碰到那傢伙。所以他抽菸，因為如果他不抽，露易絲就根本不會想跟他交往。」

「所以呢？」

「摩妮卡戒菸了，她很討厭聞到菸味。有些人戒菸幾年後似乎就會發展出一種高度敏感性，她就是這樣。如果他抽菸抽得很凶——」

「我們不曉得他抽得凶不凶。也許他只是跟露易絲碰面時會抽一根，好討她歡心。」

「那他走出她住的那棟大樓後又點了一根，是為了要表演嗎？」

「我懂你的意思了。你要打給誰？」

「一個警察，」我說。瑟斯曼給過我們名片，我拿著手機按他的電話號碼。他接了電話後，我報上姓名，說我只是要問一個問題。「有任何跡象顯示摩妮卡．綴斯科爾的公寓裡曾有人抽過菸嗎？」

「為什麼？」

不怪他。如果我們的角色對調，我也會有同樣的反應。不過，如果他不問的話，我會比較高興。

「我正在幫一個朋友查一些事情，」我說。「她跟摩妮卡完全無關，沒有共同點，只不過兩個人都有一個神祕男友。我沒查出太多結果，事實上這傢伙滑溜得很，所以——」

「所以你覺得或許他們是同一個人？」

「不，」我說，「我始終覺得他們是不同的兩個人，不過如果我可以打一個電話完全排除這個可能性——」

「我懂你的意思了。看來你已經確定這個第二號男子是不是抽菸了。」

「我確定他抽。」

「綴斯科爾女士不抽菸嗎？」

「而且她很討厭人家抽菸。」

他說他會再給我回電，然後掛了電話。阿傑問起伊蓮，我說早上我起床去廚房時，她已經出門了，今天她有瑜伽課。我說我覺得她去上課是個好徵兆，因為我很確定她不想去。

他說，碰到這類事情，其中祕訣就是如此。你得持續做下去，而不是想做才去做。我告訴他戒酒也是一樣的。

「昨天晚上，」他說，「她很傷心，不時就哭起來，然後就過去了，你知道，又專心玩起牌來。你知道匹納克爾牌戲怎麼玩嗎？」

「不曉得。」

「唔，可以叫她教你。她教得很好。那種玩法還可以，只需要兩個人和一副紙牌就行了。當然必須是一副可以打匹納克爾的牌，所以你需要兩副撲克牌。普通的撲克牌拿來，二到八點都不要，只留九以上到么點的。」

「真高興你告訴我這些。」

「是喔，哎，現在只有我們兩個人，而且連一副牌都沒有，只能坐在這邊等那通該死的電話。不過我想你不需要聽這些匹納克爾牌戲的廢話。」

「不，沒關係的。」

「問題是，即使她沒事，會玩牌、會開玩笑，但那種東西還是在的，你知道嗎？那種深深的哀傷，好像透進骨髓裡了。」

∞

瑟斯曼說，「我本來以為這問題很容易回答。活在這種科學時代，你可以把生日數字乘以你口袋裡的零錢，得出來的結果輸入電腦，電腦就會告訴你說你早餐吃了什麼。『謀殺案現場的那戶公寓裡有人抽過菸嗎？』這問題有什麼難的？」

「看來沒那麼簡單。」

「首先呢，」他說，「那個狗娘養的有潔癖。我相信我告訴過你他吸了地，還把除了天花板之外的所有表面都擦過。所以不會有任何菸蒂留下，菸灰缸裡也不會有任何菸灰。有件事當初我沒注意，但現在我可以告訴你，那就是她公寓裡沒有菸灰缸，就這樣。所以顯然她不抽菸，常來往的情人也都不抽菸。」

「她是不抽菸，也不跟抽菸的男人交往。」

「不過他可能抽菸，但為了尊重她而不在她家抽。」

「有可能吧，」我說，「可是他把她綁起來、開始凌虐她的時候，我想就不會再管尊重的問題了吧。」

「的確，你說得一點也沒錯。她被綁了起來，嘴上貼了膠帶，接下來他會做的第一件事情就是點根菸。而且很可能就會拿她當菸灰缸，可是我可以告訴你，我們沒發現這樣的痕跡。」

「灼傷的痕跡。」

「他把她傷得很慘。我昨天不想在尊夫人面前講太多，不過這傢伙是個操他媽的禽獸。如果他手上有一根點著的菸，屍體上就一定會有灼傷的痕跡。」

「你自己也不抽菸。」

「嗯，我從來不抽的。」

「你走進犯罪現場時——」

「我也問過自己同樣的問題。我當時有聞到菸味嗎？我沒留意，但有沒有味道呢？我沒法回答。何況我和我的搭檔不是第一個到場的。有兩個巡邏警員接到一一九的通報，先抵達現場。當時她死掉沒多久，所以還沒有屍體進一步腐爛的惡臭，但你知道會是什麼樣。腸子鬆弛了，膀胱也鬆弛了。你馬上知道自己所在之處不是個香水工廠。」

「有些巡邏警員可能會點根菸。」

「照理說不應該的，」他說，「不過總有人會照抽不誤，好掩蓋臭味，而且只因為你站在那裡，旁邊有一具屍體，當時三更半夜的，你又是菸槍，所以你就想抽菸，於是就點了一根。不過我沒留意到菸味，我的搭檔也沒注意到。我也設法請那兩個巡邏警員打電話給我，看他們進門時有沒有注意到菸味，不過如果他們都是菸槍，那可能就沒啥希望了。」

「如果他們說沒聞到，那就是因為太習慣菸味而沒注意。如果他們說聞到了，可能只是撒謊好遮掩他們在犯罪現場抽過菸。」

「你很清楚警察的思路，」他贊同的說。「總而言之，我覺得最有力的論點是他不抽菸，因為他沒把菸往她身上摁熄。現在如果你告訴我你在查的那傢伙是誰，又該怎麼找到他，我們就可以排除他涉案的可能性了。」

「這樣就可以把他排除在外了。」

「沒錯。」

我說這件事有困難。我必須為客戶著想。她希望我暗中調查她的新男朋友，好確定他不是什麼前科犯，或在郊區有個太太，而我的客戶最不希望我做的事情，就是害這位新男友變成一樁謀殺案的嫌犯。

他說，「我還以為你是在替朋友調查事情，現在變成是你的客戶了。你有偵探執照嗎？你是幫律師在工作嗎？如果都不是，你就沒有保密的特權。」

「我從沒說我有。如果我覺得其中有那麼一點點可能的關聯——」

「你一定是這麼覺得，不然也不會提起的。你對這個傢伙有足夠的懷疑，才會打電話給我，而我花了快一個小時幫你查，所以你幹嘛堅持不肯說呢？」

「你說得沒錯，」我說，「可是我沒有任何情報可以給你。他名叫大衛．湯普森，不過這可能不是他的真名。現在我知道的一切都告訴你了。」

「不是一切。你的客戶是誰？」

「不，」我說。「不管有沒有保密的特權，我都不會告訴你客戶的名字。我會去找她談，如果她覺得沒關係，我再把名字告訴你。不過你真的想朝這個方向調查嗎？如果你要去清查每個可能跟女人撒謊的男人……」

「等你跟客戶談過再說吧。」

於是我們就談到這裡，但我一掛斷，就想起一件我老在納悶的事情，於是立刻又打給他。「那通一一九電話，」我說。「你之前說是半夜打來的嗎？」

「唔，不太算是。凌晨四點。很接近半夜，不過我想在布拉格應該就是上午十點或十一點。」

「那通電話是布拉格打來的？」

「有這個可能。沒有顯示來電者，我們清查過地區電話通聯記錄，追到了一支沒有登記的手機。」

「一一九報案電話都有錄音，對吧？」

「啊，那一定的，都有錄音。或者是數位聲音檔？現在什麼都是數位的了。」

甚至連手指和腳趾都是。「有人在凌晨四點打電話報案。你提到過『他』。打電話來的是男人？」

「或許吧。從氣音很難辨認出來。」

「他用氣音講話？除非現在技術改進，否則這就表示沒有辦法用聲紋來查出身分了。」

「據我所知，是這樣沒錯。」

「所以就是他了，凶手自己打電話報案。」

「這是目前的假設，」他說。「用氣音講話是免得被查出身分。搞不好他只是怕講話太大聲會吵醒他老婆，但反正我不認為是這樣。」

「他說了什麼？」

「『有個女人被謀殺了，』另外說了公寓地址和房號。一一九的接線生想拐他待在線上久一點，但他沒上鉤。通常這類電話都是惡作劇，哪個醉鬼想讓警察去白忙一場，或是想吵醒哪個他看不順眼的混蛋。不過還是得去查一下，所以兩個巡邏警察就過去，叫門房按那戶公寓的對講機，看沒人回應，就跟門房拿了鑰匙。結果進去後大吃一驚。」

「他希望屍體被發現，」我說。
「看起來是這樣，對吧？」
「他希望屍體立刻被發現。他清掉了自己涉案的證據，用了吸塵器。如果你是他，難道不會希望屍體愈晚被發現愈好嗎？」
「如果我是他，我他媽就會幫這個世界一個大忙，割斷自己的喉嚨。不過我也跟你有同樣的想法。這個傢伙的做法很矛盾，不太一致。」
「就像馬格利特的畫。」我想起來。
「嗯，是有點。但這個人的矛盾不會在畫中表現出來，不是眼睛看得到的，但那種不一致的性質是一樣的。互相抵觸。」
伊蓮曾稱之為不和諧。
「不曉得，或許你不能期望一個瘋子行事前後一致，不過這個傢伙還要更誇張。大約介於馬格利特和雞尾酒盆裡面的一坨屎之間，昨天我想到這樣的畫面，不過決定還是不要講出來好了。」
「謝謝你跟我分享。」
「是喔。我不懂他為什麼要打電話報案。除非他對自己的成就很自豪，希望有人注意到。」
「而且凌晨四點，好吧，他睡不著，又沒事幹。」
「去猜他的動機可能沒有意義。不過，你怎麼可能不猜呢？我不曉得這是不是足以稱之為模式，但你簡直可以說，這個混蛋很一致的有不一致性。比方凶器。」

「我不懂你的意思。」

「他把其他東西都帶走了，」他說，「卻把大部分凶手會帶走的東西留下。我沒跟你說過嗎？那把刀還插在她胸口。他刺進她的心臟，刀子就留在那裡。」

「耶穌啊。沒有，你昨天沒提這件事。」

「老樣子，可能是出於對尊夫人的尊重。你總是不希望講得太詳細。不過他留下刀子很奇怪，你說是不是？」

「這好像完全讓人想不到。你們有可能追蹤那把刀的來源嗎？」

「唔，我想這就是他沒帶走的原因。我們可以盡量追蹤，但最後只會追回她的公寓。剛剛我說那是把刀子，不過其實比較像匕首，而且是那種祭祀用的。那是個裝飾品，你看了根本不會想到可以拿來當武器，直到你看到凶手拿來怎麼用。我想他一定很喜歡那把刀的樣子，要不是他忘了帶武器，就是以為可以在她家找把菜刀之類的，結果看到她把這把刀放在書桌或茶几上。很漂亮的玩意兒，如果是你的，你會擺在人人看得到的地方。他當然也是這麼做，刀柄就豎在外頭，刀尖埋入她的心臟。」

19

「我想你大概要上樓去了吧，」我說。「你不必去看看你的股票是漲是跌嗎？」

「沒股票了。」

「你破產了嗎？」

「我把股票賣光了，」他說。「每天賣光一次。遊戲就是這麼玩的。」

他跟我解釋。理想上，「當沖客」每天開始和結束時，帳戶裡都沒有股票，只有現金。不管他當天在交易中買了什麼股票，都會在收盤前賣掉。賠錢的部分就承擔下來。不管贏或輸、增或減，他每天早上都從頭開始。我告訴他，可惜人生的其他部分不是如此。

「有一些股票我會長期注意，」他說。「會研究圖表。這裡賺一塊錢，那裡賠一塊錢。每次交易的佣金都一樣，不管你是玩很大或只玩個幾毛錢。每筆交易都是十塊九毛九。你去賭籃球賽的話，就不會有這種事了。」

「你做得還可以嗎？」

他聳聳肩。「這種事要怎麼說呢？有個女人從帝國大廈跳下去，經過第三十四樓的時候，她會說有什麼感想？」

「到目前為止，還好。」

「只有在離地面最後半吋的時候才要擔心。」

「那倒是。」我同意道。

「目前為止還好。我的錢比剛開始玩的時候要多，而且有時候還可以提點錢出來花。」

「這樣玩一定很緊張。」

「也還好。最糟糕的，也不過是那天賠了錢而沒有賺錢。你猜錯了朗訊科技，但猜對的人不會拿著自動手槍來對著你轟。你只不過損失幾塊錢，如此而已。」

「你是說這比去販毒要好。」

「沒得比，大吉利。」他咧嘴笑了，很得意那個押韻。「而且下雨天不必站在街角。這一點差很多。」他叫侍者過來，說他還要一個貝果。然後跟我說。「這個大衛．湯普森，警察想找他嗎？」

「我不認為警方會花多大力氣。瑟斯曼沒詳細講，不過如果我是他，我會在警方內部網路清查一切有留下記錄的名單。我會挑出所有名叫大衛．湯普森的人，設定年齡和膚色符合的，去掉現在正在坐牢的，然後這份名單就等哪天晚上沒啥電視節目可看的時候，再去查查看。」

「你會把露易絲說出來嗎？」

「我猜想他會忘記再問我。我有隱瞞什麼嗎？我們很清楚那是兩個不同的人。」

「自從摩妮卡遇害之後，」他說，「去查大衛．湯普森看比方他有沒有結婚，就好像沒那麼重要了。」

「我知道。我們幹嘛在乎呢？」

「不過對露易絲來說，一切都沒有改變。」

「的確，」我說，「如果他是在耍花樣，那她就應該知道。而如果他沒問題，她也應該知道，這樣她就可以放鬆下來享受這段戀情。我不想放棄湯普森，可是除了等，我也想不出什麼辦法。等下次露易絲跟他約會，我們可以再設法跟蹤他一次。或者管信箱那位女士可以打電話給我，告訴我一個名字。」

「我想過信箱那件事。看起來我們應該把進度加快一點。」

「怎麼加快？」

「比方我們寄封信給他，上頭就寫他給的地址。信寄到以後，她就會打電話給你。」

「如果她記得的話。」

「要是她忘記了，或許你就打個電話去提醒她。甚至去一趟當面提醒她。」

「然後呢？」

「然後她會去查那封信，然後——」他講到一半停住，閉上眼睛，兩手摀住臉。「然後沒有了，」他說。「因為她只能從信封上得知名字，可是名字就是我們寫的。我今天腦袋阿達了，還好沒坐在電腦前。」

8

當沖客搶走帳單，堅持說他今天泡在晨星餐廳省了很多錢。我說他的提議沒那麼糟，這表示他有在想，雖然不是想得很清楚。「而且如果我們只是想寄個炸彈郵包給他，」我補充，「那你的點子就行得通。」

「這樣就解決我們的問題了，」他說，「然後露易絲再去網路上找一個對尼古丁上癮的傢伙。」

我過街回家。伊蓮不在，不過我發現她的健身服在洗衣籃裡，因此猜想她已經回家沖澡換過衣服了。這是幾天來我所做過最精明的推斷，因此深感自豪。我打電話到店裡給她，結果是答錄機接的。我沒留話，正在考慮要十分鐘後再打過去還是直接過去那邊時，門打開了，她走進來。

「我開了店，」她說，「然後四處看看，然後說去死吧。我又鎖了店門，然後回家。」

「於是你就在這裡了。」

「於是我就在這裡了。」她發現我在盯著她，就說，「我氣色壞透了，對吧？老實告訴我。」

「認識你這麼多年了，你氣色從沒壞過。一次都沒有。」

「直到現在。」

「現在也不會。」

「你是想告訴我，我氣色好得不得了嗎？我可不認為。」

「你氣色不錯。」

她走到門廳照鏡子，我跟著去，她兩手的食指放在顴骨上方，朝上推，然後鬆手。「操他媽的地心引力，」她說。「誰要地心引力來著？該死，我還會成為永保青春的女人呢。猜猜怎麼著，我只是跟其他人一樣罷了。」她轉過來面對我。「老天，你聽到我說的嗎？唯一比我嘴邊小細紋更糟糕的，就是從嘴裡講出來的話。我我我，他媽的永遠都是我。誰在乎我看起來是不是顯露了實際年齡？總之我本來就那麼老不是嗎？只不過我不想顯露出老態罷了。」

「這兩天大家都不好受。」我說。

「我想是吧。昨天晚上我沒睡多少，現在我可以躺下，可是到了晚上只會又一整夜沒睡瞪著窗外。你知道嗎，世貿雙塔不會回來了，摩妮卡也不會回來了。」

「的確。」

「這不是做夢。醒來不會一切都沒事。」

「是啊。」

「要花點時間才能平復。我們聽到消息到現在是多久，二十四小時嗎？如果我已經覺得好多了，那我這個人也太可怕了。這需要時間，一般不是這麼說的嗎？」

「一般是這麼說的沒錯。」

「但願我可以吃顆安眠藥，睡上六個月。只不過我醒來感覺還是會一樣，因為我沒有花六個月去應付這件事。反正也還沒有人發明出能讓你睡六個月的安眠藥。」

「是沒聽說過。」

「是有那種永久性的安眠藥，你吃了就永遠不會再醒來了。我現在還不想吃。」

「很好。」

「有時候，」她說，「要了解你以前為什麼喝酒，並不是那麼難。」

「酒能讓一切停止運轉。」

「我承認，我了解那種吸引力。但是推到最後，管他的都去死吧，還有那些我我我都去死吧。你跟瑟斯曼談過了嗎？」

「他們還沒有任何進展。」我說。「或者是他們有進展，但他懶得向我報告。」我告訴她有關阿傑的大膽猜測，我又如何去找瑟斯曼求證，雖然我們沒有人覺得那個猜測有太大的可能性。

「如果他抽菸，」她說，「她一定會跟我提的。她從一開始就不會跟他有任何瓜葛，她甚至不喜歡跟衣服上有菸味的人在一起；但如果他就是很吸引她，讓她願意容忍抽菸的事情，那她也一定會跟我提這件事。『我不能告訴你他的任何事，但他抽菸，你能相信嗎，可是我還是照樣喜歡他。』總之，她一定會找個方式提起的。」

8

「終於，」她說，「他們要重建了。一開始全市的人都可以發表意見，受害者的親屬投了兩次票，最後終於要蓋個新的東西。我很好奇以後站在這裡望出去，新的建築會是什麼樣子。」

當然，她現在正站在窗邊。

「我真希望有什麼事情發生，」她說，此時我的手機響了。

是我給過名片的那個女人，那位信箱女士。她打電話來告訴我，今天早上她收到了一封寄到一二一七號信箱的信。「我把名字抄下來了，」她說。「我想就是你說的那個名字。大衛．湯普森。」

「是這個名字沒錯，」我說。「信是誰寄的？」

「誰寄的？我怎麼知道誰寄的？」

「在信封左上角，」我說，「通常會有一個回信地址。」

「也許吧，我不記得了。」

耶穌啊，真像拔牙。「你可以現在去看一下那個信封嗎？」

「不在了。」

「不在了？」

「他來拿走了。就是你給我看過那張照片上的男人。」

「他來拿走了。」

「那是他的信。他跟我要，我就給他了。你沒說過不能給他的。」

我也沒要求她要記下回信地址。這不是她的錯，而是我的錯，但即使了解這一點，也不能讓我對整件事的感覺好一些。

我問她是否記得有關那個信封的事情。有，她說，那是個長信封，不是一般寄帳單那種比較小的信封。而且上頭的地址是打字或印的，不是手寫的。

「而且他很失望，」她主動說。

「失望？」

「他打開後看了裡面，臉皺了一下。」

因為裡面沒有支票，我心想。這就是為什麼他會去，想去拿他以為我會寄給他的支票，結果卻拿到了別的信，或許是某些發卡銀行不停寄信告訴他說他已經被預先核准了，他當然會覺得喪氣。

我謝了她，她說下回她會記下信封上所有的字。事實上她會影印下來。我沒注意到她店裡有影印機，但現在她一講，我想起櫥窗上有另一張手寫的小海報，說影印一張一毛五。這樣很好，我告訴她，又謝了她，然後掛掉電話。

「他明天或後天會再去，」我告訴伊蓮，「因為他在等那張我說要寄給他的支票。聽起來他好像愈來愈沒有問題了。不管今天的信是什麼，上頭的收件人跟他告訴露易絲的一樣。他也不見得會知道那張掰出來的支票是打哪裡寄來的。他這行可能有很多公司都會拖上很久才付款。他以為等收到支票就會曉得是哪家公司。真可惜她沒注意到回信地址，不過她又不懂讀心術。」

「聽起來那家店裡唯一沒提供的服務，就是讀心術了。」

「差不多。他明天會過去，不過也沒幫助。除非他又有了另外一封信。」

8

我幫她去乾洗店跑了一趟，回家時順路去熟食店買了三明治。我們都不餓，不過還是吃了。然後我們又談到窗外的景觀，日後種種建築以不同的方式出現在視野中會是什麼樣子。我不記得細節了，但這個話題扯到了馬格利特或不和諧或矛盾，總之就是這類的，然後我告訴她昨天瑟斯曼忘了提到的一個嚴重不和諧之處，就是凶器還留在謀殺現場。

她說，「一把匕首。」

「噢，某種裝飾性的刀子。我想瑟斯曼不是什麼刀類專家。」

「他認為凶手是在摩妮卡家看到它的？我去過她家幾百次，從沒看到過什麼匕首。」

「可能不是匕首。有可能是不曉得什麼……」

「拆信刀。」

「是吧，諸如此類的。」

「我在她家也沒看到過拆信刀之類的。」

「唔，如果你看到了會注意嗎？根據——」

她沒讓我講完話。「打給他，」她說。

「打給他？」

「瑟斯曼，馬克．瑟斯曼。打電話給他。」

我花了點時間才終於找到他。她伸出手，我把電話交給她。

她說，「我是伊蓮．史卡德。我很好，謝謝你，不過這不重要。我想請你描述一下那把凶器的樣子。是青銅的嗎？唔，是青銅色的嗎？是不是刀尖鋒利、但刀刃鈍鈍的？你現在就放在眼前嗎？唔，可不可以請你去拿來呢？是，當然很重要。如果不重要，我不會要求你去拿，對不對？對不起，我不該這麼兇的。是，我等著。」

我開口要說話，但她舉起一隻手阻止我。「好的，」她說，「那我描述它的樣子給你聽，可以嗎？我們就可以確定它是不是我以為的那個東西。那是一把青銅拆信刀或裁紙刀，長度十到十二吋。一面有個淺浮雕，描繪兩隻獵犬把一隻鹿圍捕得走投無路的景象。另一面可以找到雕刻者的姓氏以大寫字母印鑄在上頭。是德福瑞斯，D—E—V—R—E—E—S—E。可能要用放大鏡才能看清楚。」

她拿著電話傾聽著。然後她說，「馬克？你待在那裡別走。我見過他，我見過殺她的那個男人。那把凶器是我賣給他的。喔老天。你待在辦公室，我們馬上趕過去。」

20

那把拆信刀裝在一個乾淨的塑膠證物袋裡。瑟斯曼遞給她，我感覺到她很不願意碰，即使是封在塑膠袋內。她雙手小心翼翼的拿著，仔細盯著看，一滴淚滲出眼角，流下她的臉頰。我想她可能自己都沒感覺到。

「是，是那把刀，」她說。「你看到這邊這個小缺口嗎？這就是原來在我店裡的那把。幾乎可以肯定。我不曉得當初他們製造了多少，但這一款我這輩子只見過這麼一把，而且我從沒在任何圖錄上看過這款刀。」她把刀子還給瑟斯曼。「他來過我的店。他站在那兒跟我講過話，他付了我開價的錢，把刀子裝在他口袋裡面走出店門。然後用它殺了我的朋友。」

「那是星期二嗎？」

「就是前天。他很快就用上了，對不？他前天下午從我手上買走，然後當天夜裡就殺了她。我想我要吐了。」

瑟斯曼告訴她洗手間在走廊盡頭，同時另一個警探拿了個垃圾桶過來。還有人去端了一杯水。伊蓮最後判定她不會吐出來，於是喝了口水，然後深呼吸幾次穩住自己。

瑟斯曼問起他是不是用信用卡付款。

她說，「不是，該死。我建議他付現金的話，我可以打折。我說我可以吸收營業稅。我反正都要繳稅的，不值得為了幾塊錢違法，但可以省下信用卡的手續費，所以可以提供一點小折扣。如果不是我大嘴巴——」

「他總之都會付現金的，」我說。「或使用偽造的信用卡。你沒有做錯任何事。」

「我幹嘛非得把那把該死的刀賣給他呢？我幹嘛不告訴他說那是非賣品？」我們沒有回答，但她自己回答了。「我太不理性了，對不？我只是想重來一次，或至少看看能有什麼不同的結局。算了。他來到我店裡，挑了這把刀，而我賣給了他。」

「你賣他多少錢？」

「兩百元。這把刀沒有一般圖錄上的價格，因為圖錄上沒有收這把刀，不過他沒買貴。」

「你記得他用多少面額的鈔票付錢嗎？」

「我想是二十元。我想他數了十張二十元的鈔票給我。」

有個警探推測那些鈔票上可能有指紋。伊蓮記得那天稍後有個顧客來買了一個十二元的小瓷狗，給了她一張百元大鈔，她找掉了幾張二十元。另外她又從收銀機裡拿了幾張二十元去買東西。不過收銀機裡可能還有凶手給她的二十元，上頭可能還有指紋，某些指紋可能是他的，而且——

我覺得希望似乎不大。但有個警探會去查，因為我們現在反正半點希望也沒有。

「他讓我覺得毛骨悚然。」

「你是說現在回想起來嗎？」瑟斯曼問。「或是當時？」

「當時。他有一種說不上來的特質。當時我本來以為他要挑逗我，這類事情一般女人都有經驗的。有時候只是調情而已，有時候則是更認真的試探。」

「那他屬於哪一種？」

「介於中間，或至少我是這麼感覺，但又特別讓人毛骨悚然。不是出於他的任何舉止，只不過是他看我的那種樣子。」她眼神突然一變，打了個寒噤。「他想殺我，」她說。「當時有一會兒，他好像在考慮著什麼，我從他眼中看得出來，我當時以為，你知道，他是在考慮不買了。但其實他手裡拿著那個拆信刀，是在考慮要用來刺我。」

瑟斯曼說她不可能曉得他在想什麼的。

「很好，」她說。「那你就不要寫下來。可是他當時就是這樣想。你以為他只是剛好向某人買下一件拿來當凶器的刀子，而賣給他的剛好就是被害人最要好的朋友嗎？」

「不，我沒這麼說。」

「他追蹤的獵物是你，」我說。

「沒錯，正是如此。」

「你以前見過他嗎？」

「我不認為。有可能見過，他長得，唔，非常平凡不起眼。」

「可是你記得他長得什麼樣子嗎？」

「應該記得吧。你要我跟警方的繪圖專家合作嗎？」

「如果你不介意的話，」瑟斯曼說，然後她看著他的表情好像覺得他有病。介意？她幹嘛要介意？

8

那個繪圖專家是新生代。他從不用鉛筆，只是坐在電腦前面，裡頭裝了專用的軟體程式，相形之下讓素描顯得很過時。他就像以前比較傳統的警方繪圖專家一樣跟她討論，問她眉毛要不要濃一點，下巴的輪廓要不要更明顯一點，然後遵照伊蓮的回答去修改螢幕上的畫面。她就坐在他旁邊回答他的問題，偶爾伸手碰碰螢幕上她覺得不太對勁的地方。我們有兩三個人圍在旁邊看著，從頭到尾都沒開口。

最後她判定這可能是他們所能得到最接近的結果了，他存了檔，印了半打出來，我們人手一張，認真研究了許久。我確定自己認不得這狗娘養的。他看起來像每個人，卻又不像任何人。

有個警察說，「看起來像他的一定有一百萬人。」

「不會是一百萬，」瑟斯曼說，「不過我懂你的意思。」

「他沒有什麼突出的五官特徵，」伊蓮說。「也沒有什麼特別不突出的部分。他眼裡有個什麼，不過我想是那種眼神，電腦怎麼可能畫得出來呢？」

「可是這幅素描像不像他？」

她皺起眉頭。「也不能說不像，」她說。

「那到底是怎麼樣？」

「不曉得。或許我的觀察力不夠強，也許我不想看他。也許我只看到他的小鬍子，而且老盯著那裡，所以沒注意他臉上的其他部分。」

「小鬍子很適合他。我的意思是，你會明白他為什麼要留小鬍子。好讓他的臉看起來不那麼平凡。」

「感謝老天他留了小鬍子，」瑟斯曼說，「因為我們要用這鬍子編成辮子吊死他。你做得非常好，史卡德太太。」

「叫我伊蓮就行了。」她說。

「好吧，伊蓮。你做得很好。這幅素描在你看來可能太粗略了，不過你的觀察力很強，而且我猜想這幅畫比你想的更像他本人。你該看看我們以前的那些嫌犯素描，以前有個傢伙，在布朗克斯的莫里斯公園那一帶犯下了一堆強暴案。我們根據口述畫了三張素描登在報上，排在一起，我敢發誓你會以為那是三個不同的人，還連兄弟都不是。」

「看起來是兄弟啦。」有個警察說。

「我要把你報上去，」瑟斯曼告訴他。「表揚你沒有種族成見。我猜你以為你可以講這種屁話，是因為你是黑人，所以人類都是兄弟。那我換個說法，他們看起來不像同一個家族的人，這樣會好些吧？」

「我說啊，就把他們三個全都逮捕起來，」有個警察說。「這樣總不會有錯了吧？」

21

地鐵「卡納西線」始於第八大道和第十四街交口，往東一路直行，終站就位於卡納西那一帶，是布魯克林區洛克威公園大道和格蘭伍德路交口的洛克威公園大道站。這條路線的正式名稱是L線，沒多久之前稱之為LL線，或稱雙L線。然後某個有權掌管的人（雖然我不認為他有多大的權）決定去掉所有的雙字母。於是GG線變成了G線，LL線就變成了L線。同時AA線變成了K線，因為原來已經有一條A線了，後來K線就完全消失了。我不曉得是誰做這些決定的，也不曉得他如果丟了飯碗的話，能改做什麼謀生。

我不常有機會搭L線地鐵，每次搭我總會想起我父親，他就是搭L線地鐵時死的。當時他站在兩節車廂間的門口，可能是去偷抽菸，結果掉下去，然後車輪碾過他。當時他可能醉了，所以如果真要追究的話，你可以怪罪酒，或香菸。但我小時候發生這件事的時候，當然，我是怪罪那列火車。

L線沿著第十四街東行，然後從東河下方進入布魯克林。最後地鐵會升上地面成為高架鐵路，就像大部分地鐵路線出了曼哈頓之後一樣，不過我們沒待在車上那麼久。我們在布魯克林的第一站就下了車，那是威廉斯堡那一帶的貝佛大道站。我們沿貝佛大道往北走，經過了幾條以號碼排序的街，來到一排迷人三層樓房中的其中一棟。以前這些房子外頭一度塗滿柏油或罩上鋁製外牆板，但近幾年都整修恢復原貌了，伊蓮覺得這些房子看起來很迷人，而且覺得威廉斯堡這一帶充滿魅力。

「我可以住在這裡。」她說。

之前她沒來過這裡。我來過，雖然不是最近，但我不必查通訊本子就可以認出雷和碧提茜住的那一棟。雷一定看到我們走過來了；我們還沒敲門，門就打開了，我們隨著他走進客廳時，他太太碧提茜從廚房端著一盤烤餅乾和一個玻璃壺的咖啡走出來。那是波多黎各咖啡，又黑又濃，而我自從在阿姆斯特丹大道那家雜貨店的櫥窗看到布思特羅咖啡的海報之後，就一直渴望喝這種咖啡。

雷說我們兩個的氣色都好極了，伊蓮問起他們的小孩，然後伊蓮和我吃了塊餅乾，雖然她只咬了一口。雷說，「好吧，我們可以坐在這裡聊幾個小時，不過我想該辦正事了，嗯？」然後伊蓮點點頭，站起來到他三樓的工作室。

我待在樓下又去拿第二塊餅乾，碧提茜說，「廚房裡還有，我是第一次試這個食譜。我想結果非常好，而且做起來簡單得不得了。咖啡還可以吧？」

「比還可以好得太多了。」

「馬修，她還好吧？」

「她最要好的朋友昨天被殺害了。」

「啊，老天，太可怕了。不過在某方面，我還覺得鬆了口氣，你知道，我還擔心她會不會是生病了。」

「她的心事從臉上就看得出來。」

「嗯，還不只是這樣。她整個人好沒精神，好像她的靈氣一片混亂。」

「你看得見人的靈氣嗎？」

「不是真看見，」她說。「比較像是感覺到。我媽也是一樣。不曉得，那種感覺很難解釋。也許這些都是胡說八道。可是失去一個最要好的朋友，而且你剛剛說她是被謀殺的？那會影響她的靈氣，一定的。那種事太可怕了。」

∞

之前我們走出警察局後往右轉，沒走幾步，她就停下來說，「雷。」我們認識名叫雷的有好幾個，包括雷．古魯留在內，他就住在第六分局的轄區，但她不必說出姓，我就知道她講的雷是哪一個。

雷．蓋林戴斯小時候住在東哈林，就在波多黎各和中南美洲移民群聚的艾爾巴瑞歐那一帶，長大後當了警察，後來被發現他很會畫圖，讓他成為警方素描專家後，他才發現自己的真正天職。電腦繪圖軟體沒有搶走他的飯碗，因為警方很樂意訓練他使用電腦，但卻搶走了他繪畫的樂趣。

伊蓮覺得他的能力遠遠不只是一種小技巧或謀生技能而已，她認為雷其實是一個有才華的藝術家，能夠和他的工作對象合作，將他們眼中所見過的東西化為黑白的實體。他們兩個曾合作，畫出一幅她過世已久父親的畫像，她也繼續找他替一些客戶死去的親人畫像，包括一個大屠殺的倖存者，她全家人都死在納粹集中營裡。那對伊蓮是個極佳的心靈滌淨經驗，她說整個過程就等同於一年或兩年的心理諮商。我不曉得其他客戶的感想如何，但沒有人要求退錢。

因為伊蓮把他當回事，雷自己也開始把自己的藝術當回事。伊蓮在店裡陳列他的作品，賣掉了幾件，又找了個社區報《喬爾西柯林頓新聞》登了一篇評論。於是他接到更多工作，再加上碧提茜的鼓勵，他辭掉了紐約市警局的工作，當起藝術家，在家裡弄了個工作室。他們把原來的房子整修過，而且當時威廉斯堡已經成了新興藝術家群居的所在，另外他也接了些商業的委託工作，讓他可以付每個月的房屋貸款。碧提茜是經驗豐富的記帳員，也在附近接了一些工作，替那些更擅長調顏料的藝術家們處理數字問題，收入足需應付日常生活用度，而且這麼一來她就可以在家工作，當一個全職媽媽，還有很多時間烤餅乾。

繪圖軟體非常好，可以讓任何眼力好、受過短期訓練課程的人都能擔任警方的繪圖專家。但雷的本事是那些訓練或電腦程式比不上的，他有辦法讓他畫圖的手成為客戶心靈的延伸。伊蓮不滿意警方電腦所畫出來的結果，而如果要有所改進，我們可以到威廉斯堡。

我正考慮要不要再吃一塊餅乾，然後又告訴自己說我其實並不是想吃，此時雷和伊蓮下樓來。

「把那張警方繪圖專家的畫拿給雷看，」她說，於是我拿出那張圖打開。雷把兩張素描並排在茶几上，伊蓮說，「看到沒？完全不一樣。」

她講得太誇張了，放在一起看，兩張圖看起來像是以不同的觀點看同一個人。我沒見過這傢伙，所以我沒法說哪張比較像。伊蓮見過，而根據她的說法，這兩張根本沒得比。

「雷的這張畫看起來比較不那麼尋常，」我承認，「很難說出這幅畫有什麼不同，但就是有個什麼不一樣。」

「給人的感覺不同，」伊蓮說。「另一張感覺上像是你可以用那種小孩玩具的改良版拼在一起的東西。」

「馬鈴薯先生，」碧提茜說。（譯註：「馬鈴薯先生」（Mr. Potato Head）是美國知名的自己動手做玩具，一九五〇年代剛推出時，只賣塑膠配件如五官、鬍子、帽子、身體、手腳等等，頭為保麗龍製，但建議小朋友可插在真的馬鈴薯或其他蔬果上面。後來「馬鈴薯先生」逐漸衍生出許多親友和新版本、新玩法，也有電子遊戲）

「我以前好喜歡馬鈴薯先生，」伊蓮說。「我不懂為什麼我媽要把馬鈴薯收回去好做晚餐。我哭了起來，我爸就把我抱著坐在他腿上，告訴我總會有新的馬鈴薯。」

「一定會有的。」我說。

「總之我覺得那些話很能安慰我。雷，這幅素描跟他很像。你知道我怎麼看得出來嗎？因為我根本受不了瞪著這幅畫看。我看了就會想吐。」

我的反應比較沒那麼極端，不過看著雷的這幅畫，卻也不會想笑。畫中不單傳達出伊蓮所看到的那張臉，也傳達出伊蓮現在知道他是凶手後而產生的感覺。我猜想，關鍵在於他的眼睛，不管那是什麼，都讓人有種不寒而慄之感。

我說，「看起來很眼熟。」

「或許是因為你之前已經看另一張素描看熟了。」

「或許吧。」

她轉向我。「你是認真的嗎？你認識他嗎？」

「我最多只能說他看起來很眼熟。也許我在街上看過他，或是在地鐵裡。不是看過他就是看過長得像他的人。你在這個城市每天會看見那麼多人，那麼多影像就從眼前掠過。」

「可是你向來很擅長於觀察眼前的事物。」

警察的訓練使然吧，我想。我告訴雷，我們想影印幾張，這附近有地方可以影印嗎？他看了我一眼，拿了圖上樓去，然後帶著一個裝了十二張影本的文書夾下來，還有一張原版的鉛筆素描裝在牛皮紙信封裡。

∞

我們打算告辭時，他把我拉到一旁。「我沒見過她這樣，」他說。「她怕死這個傢伙了。」

我們本來要搭地鐵回家的，L線再換A線，但雷幫我們打電話叫了計程車。住在布魯克林的另一個好處就是你可以打電話叫車，但壞處就是你非得這樣不可，因為這裡的計程車沒那麼常見。我們的司機興高采烈且很愛講話，不過看到我們都沒反應，他就明白我們的意思，於是陷入了一種受傷的沉默。他把車停在凡登大廈前之時，我先下了車，然後四處看一圈，才讓伊蓮下來。值班的門房是老面孔，幾乎從我們搬進來時，他就開始做這份工作了。我問了他，確定他值班時沒有人來找過我們，然後告訴他別讓任何人上去我們公寓。

「除非是阿傑。」伊蓮說。

我於是修改我的指示。但其他人都不行，我說，無論那個人給他任何證件看都不行。那人可能有警徽，我說。他可能穿著警察的藍制服。但這不表示他真的就是警察。

我們上了樓，然後我說，「我剛剛才明白自己是在幹嘛。我就像個將軍，正在做戰前準備。」

「摩利。」她說。

她指的不是別的，而是一個名叫詹姆士・李歐・摩利的人，這傢伙曾謀殺一名義警後，穿上他的制服，帶著他的警徽和警棍，唬過了伊蓮的門房。他是警察，門房怎麼會想到要拒絕讓他上去呢？結果他用刀把伊蓮刺成重傷，那回她差點死掉了。

那是——老天，那是十五年前了，而在那之前，我和伊蓮也已經有十來年沒聯絡，卻因為摩利的威脅而再度重逢。我猜想這表示我們欠他什麼，不過我很高興再也沒有機會報答他，謝天謝地那狗娘養的已經死掉了。

現在我們手上有了個新的，他聰明狡詐得很，會想得出穿著警察制服出現，也會想得出其他辦法。

出了電梯後，我先檢查走廊，然後讓她出來，自己再去檢查公寓裡。我告訴她可以進來了，然後她一進入，我就把門鎖上。

「我想在這件事結束之前，我不能再去店裡了。」

「的確。」

「明天下午有人要來。一個俄羅斯女人，或說不定她是烏克蘭人。其實也沒差。她有幾幅聖像畫想賣，如果不是仿作我可能會買下。或即使是仿作，如果價錢合理，看起來又不錯，我也會買。我可以叫她改來這裡。」

「你可以叫她下個月再來。」

「要花那麼久嗎？」

「你是指抓到這個傢伙？很難講。警方說不定今天晚上就逮到他，也說不定他會躲過好幾個星期。」

「老天。你真覺得讓她來這裡不保險嗎？她不過是個包著頭巾的小個子老太太。」

「這裡的警衛很不錯，」我說，「但他們不是守衛大使館的海軍陸戰隊。如果我們的規則很嚴格，他們或許就會明白這事情很重要。你每破一次例，他們就會對這件事多鬆懈一分。」

她張開嘴想辯，然後又改變心意說我是對的。「如果他真是在糾纏我的話。」她說。

「不然還會是什麼？」

「他真的想殺我。我不會讀心術，不過有些事情你就是會明白。我明白的就是這個。他手上拿著那把拆信刀，而我站在他面前，他心裡就掠過要殺我的念頭。但或許那只是一個機會，你知道嗎？他有武器而我在那裡，他是個喜歡殺女人的瘋子，而且……」

「而且怎樣？」

「而且他為什麼會在那裡？為什麼要去我的店？一定是因為我是摩妮卡的朋友，他一定曉得。可能是從她說的一些話中得知，或是因為跟蹤她而曉得的。」

「或是因為跟蹤你，他就是因此才會設法去認識摩妮卡。」

「你這麼覺得嗎？」

「我覺得兩種說法都有可能。」

「我想是吧。馬修，他不會是為了要買凶器而跑來我店裡。我那裡是個賣時髦藝術品和古董的小店，不賣那些大老粗喜歡的刀刀槍槍。那把拆信刀搞不好是店裡唯一能用來殺人的東西，除非你要用手鉤的掛毯悶死人，或是用那些大理石書擋去砸死人。他走進來是因為他想近距離看我。」

「聽起來有道理。」

「那些聖像畫就不管了。我是猶太人，那些東正教的東西連給我陪葬都不行。不過我實在很不想害她白跑一趟。」

「她住哪裡，就在俄羅斯移民很多的布萊頓海灘那一帶嗎？」

「不，我覺得她就住在我的店附近，不過即使如此，也不應該讓她搬著一堆聖像畫白跑一趟。我店裡有她的電話。」

「我晚點過去拿。」

「你要去嗎？然後我打電話要怎麼跟她說？說本店將暫時停止營業，擇期重新開張。你知道你去的時候可以——」

「我會在櫥窗上貼個布告。」

「我來印，我印得比你好。」

「你是女生嘛。」

「一定是因為這樣。你要打電話給誰？」

「瑟斯曼，」我說。「我要給他一件他不知道自己需要的東西，省得我還要跑一趟。」

∞

我在店裡等的時候，瑟斯曼來了，帶著一個實驗室技術人員。我讓他們進來，那個技術人員給我們兩人各一副手套，然後從各個可能的表面上蒐集指紋，尤其是玻璃的櫃檯頂板。我打開收銀機，拿出三張二十元紙鈔，交給瑟斯曼。他裝袋了，說會寫一張收據給我。我不在乎那六十塊錢，還不如省下那張收據。如果以往的經驗可以借鑑的話，這些紙鈔將永遠鎖在紐約市警局的證物櫃裡。

「你跟我介紹了一堆的那張素描呢？」瑟斯曼問，我拿給他。他說他看不出有多大的差別，我說他並排起來就可以看出其中的差異。

他說，「這張比較有藝術性，這我看得出來。看起來就是人手畫的，不是機器畫的。這也未必就表示跟本人比較像。」

「伊蓮說是比較像。」

「唔，她是比較清楚。她是唯一見過本人的人。你說這誰畫的？」

我稍微跟他介紹雷・蓋林戴斯的狀況，指著一張他所畫的裱框作品。裡面是一個中年男子，坐在椅子上讀書。那是碧提茜的一個叔叔，他在波多黎各桑圖爾賽市的一家療養院過世。這是她記憶中的叔叔，但她告訴雷說如果任何人想買的話，就賣掉沒關係。「我們不需要把全家族的照片掛在牆上，」她曾說。「誰曉得我有多少個表堂兄弟姐妹？」

「這傢伙很不錯，」瑟斯曼說。「這樣一幅畫要多少錢，你曉得嗎？」

「我得問伊蓮。」

「這件事結束之後，」他說。「我可能會有興趣買。這畫你看得愈久，就會發現愈多。我家裡可以放一幅畫。而且畫家以前是警察，對我特別有意義。說不上來為什麼，但反正我就是這樣覺得。他有其他作品嗎？」

「在後頭，可是——」

「不，先別去拿，我問是打算以後來買的。我真的很喜歡這幅。」說完他轉向雷兩個小時前畫的那張素描。「這張也是，」他說，「不過不是用來掛在牆上的。這張我要拿來釘死他。這張我帶著，我會把另一張素描回收，改把這張散發出去。即使沒看到本人，我也知道這張比較像。你知道我怎麼曉得嗎？因為你從這張畫感覺得到這傢伙是個什麼樣的人。」

22

他們走後，我查了伊蓮的預約登記簿。正想抄下費德潤科太太的名字和電話，然後決定乾脆自己打電話給她還比較省事。我告訴她我是幫史卡德太太打給她，她明天沒辦法看那些聖像畫，因為她的店要暫時停止營業，擇期重新開張。

她印給我的那張紙上頭也是這樣寫，我貼在櫥窗內。我在店裡的答錄機錄下了新的訊息：感謝您致電伊蓮．史卡德藝術與古董店。本店暫時停止營業，擇期重新開張。

我拉上大門關好回上城。到了我住的五十七街，我打電話給阿傑說我想跟他談談。他說要下樓來碰面，我說不必，我上樓就行了。我過了街，走進那個舊旅社的大廳。維尼還在那裡工作，據我所知，他當這裡的門房已經有三十年了，他只是朝我點點頭，根本懶得費事打電話通知阿傑。我只知道，他可能還以為我住在這裡。天曉得我之前在上頭那個小房間可真住過不少年了。

「你不必跑來的，」阿傑告訴我。電腦螢幕上是個單人牌戲，他發現我在看，就關掉了。「華爾街四點就收盤了，」他說，「但是我三點之前就把手上的東西全部結清。今天好刺激。」

「哦？」

「我今天早上幾點起床？管他幾點，反正有一支我之前在觀察的股票有了動靜，你知道，跌破了某個價格，我就買了一點。後來股價就回升了。」

「照理說不是跌了之後就會回升嗎？」

「是啊，唔，可是通常不見得。所以這支股票就一直漲一直漲，於是我就趕緊發出了一個停損單，如果跌到某個地步我就賣出，但股票每上漲一些，停損點也會隨之往上加一些，你聽不懂我在講什麼，對吧？」

「大概曉得是什麼意思。」

「結果那支股票就這樣漲了有，不曉得，兩小時吧？然後往下掉了一點，達到我的停損點後，我就沒事了，自動脫身了。他們已經有我的停損單，會幫我賣掉。然後接下來，那支股票當然就轉頭回跌，我就有點好像：那我該怎麼辦？然後我又好像：該再去買一些嗎？」

「你講話像加州來的傻妞兒似的。」

「是嗎？」他皺起眉頭，「不是故意的。我真正做的，就是告訴自己要冷靜，這是好事，因為那支股票一路回跌，收盤時比我一開始買的時候要整整跌了兩點。」

「所以你做得還可以。」

「我做得很好哩。有資格名列『知足的持股人』名單上頭。」

「那支股票是哪一家公司的？」

「不知。股票代碼是NFI，我從來不曉得那公司叫什麼名字。」

「你知道那家公司是做什麼的嗎？」

「不知道。」

「做什麼的有差嗎？」

「如果你持股不超過兩小時，那就沒差。不過我們可以查查看。」他抓起一份報紙，瀏覽著股市行情表。「那公司叫 Novastar。配的股利不錯，一定是不動產投資信託或不動產業主有限合夥公司。要長期持股才會配給你股利，我分不到啦。這誰啊？不是露易絲的男朋友吧？」

「你不覺得很像他嗎？」

「不像我看過的那個人。」

「這是另外一個人，」我說。「就是他殺了摩妮卡。」

∞

我跟他講過最新進度後，兩個人就過街去對面。我覺得我們好像該隨時有至少一個人陪著伊蓮。我不能確定伊蓮是那個凶手的主要目標，他可能殺了摩妮卡就立刻搭上往拉斯維加斯的飛機，不過在警方查出他身分並逮捕他之前，我不會冒任何險。在我看來，這傢伙是最邪惡的組合，活像書報上寫的那種殺人狂，而且思緒縝密又敏銳。你不必妄想他會做出什麼蠢事，也不必期待他的行為合乎邏輯。他就像得了狂犬病的狐狸，你只能期望他亂跑衝到車子前被撞死。

七點左右，我到街角的中國餐館買晚飯。平常我們都打電話請他們外送，但在我們的新制度之下，現在沒有外送這回事兒了。除了我們三個人，任何人都別想上樓去，如果這表示我們得上下多跑幾趟，我想反正也不會死。

我點的菜分量超過我們能吃得下的，我猜想這也是圍城心態下的結果。「看來我是沒什麼機會離開這屋子了。」伊蓮揮動她的筷子說著，我告訴她，她完全都不能離開這屋子。她花了點時間適應這個想法，然後又夾了一塊椰汁牛肉。

我問阿傑有沒有槍。他沒有，我也沒有。幾年前米基．巴魯和我曾跟一票占據了他紐約州蘇利文郡農場的幫派分子有過一場血戰。我們帶了槍過去，把十年加起來該射的子彈在幾分鐘內射光。那一夜之後，我就再也沒有碰過槍。

「如果你有槍，」我說，「曉得該怎麼用嗎？」

「學習曲線應該不會太陡，」他說。「我碰過一些最蠢的笨蛋也用得很好。」

「你呢？」我問伊蓮。「你肯開槍嗎？」

「我肯開槍嗎？」

「如果他上來這裡，」我說，「只有你一個人在，或他撂倒了陪你的人。你有辦法朝他開槍嗎？」

「那就像傻瓜相機，對吧？對準了之後按快門？我會瞄準後開槍的。」

「比方說，他就站在這裡。手上沒武器，嘴巴嘰哩呱啦解釋著，說事情不是他幹的，有個人偷走了他的拆信刀，然後——」

「換句話說，他不是衝著我來的。他會裝出一副紳士模樣。我還是有辦法朝他開槍嗎？我真不懂你怎麼會以為我是什麼害羞的小花。我們現在說的這個王八蛋殺了我的朋友。我肯開槍嗎？如果他現在躺在這個沙發上睡覺，而我手上有槍，我會把他的腦袋給轟得唏巴爛。你要去弄幾把槍來嗎？」

「我會去想辦法。」

「弄三把來，」她說。「我們一人一把。再也不當好好先生了。」

23

刀子真美。

就拿這把來說吧。十又四分之三吋長，是鮑伊型獵刀，類似他留在里奇蒙的那把藍道製美麗刀子。不過眼前這把不是傳奇的藍道先生打造的，而是一個名叫萊因侯德・梅瑟爾的艾達荷州年輕人。他是跟梅瑟爾本人買下這把刀的，當時是在猶他州普洛沃市的一個刀展上，長髮大鬍子的梅瑟爾就坐在他的攤位後頭展示他的創作品，雙手動作溫柔得有如管絃樂團的指揮。

梅瑟爾的每把刀子都美，但他最喜歡這把。它很沉，粗的那端可以用來錘釘子，但平衡感太完美了，因而握在手裡根本不覺得有重量。更甚者，你會覺得它就像是手的一部分。

這把刀的握柄是以兩片半圓的厚板子夾在兩邊，厚板的材質是一種樹脂基的黑膠板Micarta，很受刀匠喜愛，因為他們認為這種材質優於天然材質如木頭、石頭、象牙和oosik。（刀匠也會採用這些天然材質，他見過握柄是花梨木和罕見的熱帶硬木，或是孔雀石、青金石，或是象牙、海象牙、乳齒象牙，以及oosik，這個字乃源於伊努特人的語言，用來稱呼海象陰莖的那條骨頭。誰會曉得居然還有這種玩意兒？他很開心的發現，任何領域只要追根究柢研究，就能得到各種不為人知的知識。）

他相信，像這樣的刀子是工匠技術的最高境界，形狀完全配合功能而設計，而且還散發出美感。刀片延伸經握柄直到刀尾，都是同一片鋼、一體成形，夾在握柄間的那段一般稱為「柄腳」。（誰想得到竟然還有一個專用名詞，還是個可愛的詞。）這把刀的刀片是以大馬士革鋼所製成，意思不是指這種鋼從敘利亞進口——刀片是在此地美國老家製作的——而是指一種可能源於大馬士革的古老製鋼過程，把一塊鋼折疊錘平，再折疊錘平，一次又一次，直到最後刀片幾乎有無數層，完成的刀子上會有著硬木桌面般細緻的紋路。每把大馬士革鋼所製出的刀片都是獨一無二、美麗非凡的，但這個製造過程的目的並不是為了美麗，而是為了增加刀片的強度；每次刀片錘過都會變得更堅實，然後折疊再捶平，就會變得更堅韌也更耐久。其美感乃源自於功能性，誰不想擁有這樣的美？誰不想握之如權杖、揮舞之如指揮棒、如擊劍大師舞弄重劍？誰不會深感榮耀的佩掛在腰帶上，走在街上昂首闊步？

誰不會渴望流暢的將它抽出刀鞘，劃過一道喉嚨？

這把刀他用過兩次，其中一次他還真用來割過一道喉嚨。那回也同時令他感到驚奇，因為好像不必他指揮就發生了，好像是刀子本身採取行動的。

他還清楚記得那回，雖然有時很難記清楚時間順序。事情是發生在科羅拉多州南部，在一個叫做杜朗戈的小鎮。他只是經過，停下來吃晚餐，結果餐廳裡的女侍首先給了他一杯令人舒適的蘇格蘭威士忌加冰塊，然後是一客同樣令人滿足的三分熟牛排，她調情的態度似乎不單是只為了小費。他也調情回去，然後說她看起來有點像一位電影明星，只是他想不起名字。他保證，那名字就在他舌尖了。那就伸出你的舌頭吧，她說，說不定我就能看到了。

他問她什麼時候下班。十點半，她說，然後叫他在停車場遠端的角落等著，因為她不希望有人曉得她的私事。

他一身牛仔打扮，穿著皮靴牛仔褲和一件西部襯衫，上頭是按釦而非一般鈕釦，那把刀於是很自然的就掛在他的腰帶上。他在車上等她，然後跟在她的車後開回到她的拖車屋，他在屋內幹她，兩人都很盡興，然後在她身旁沉沉睡去。一個小時後他醒過來，看到她正熟睡著，帶瀏海的直長金髮披散在枕上，下巴鬆開。她正在打鼾，還有口臭。他始終沒把像她的那個女星名字告訴她——當然根本沒有這麼個女星——現在他覺得她不是太漂亮，不過她是個不錯的炮友。他可以多待幾天，即使只為了看她願不願意玩一些不同的花樣。他沒有特別的目的地，這個小鎮說不定還不錯，可以多盤桓幾天或一星期或一個月。

他伸手去拿長褲，手拂過了刀鞘，彷彿那把刀就做了決定。因為接下來他發現刀子就在他手上，抽出刀鞘的刀片在床頭燈的照射下燦爛光輝。如果她睡前關了燈，如果他沒看到燈光在那美麗的刀片上閃閃發光，如果她不是仰天躺著，蒼白的喉嚨一覽無遺……

她可曾感覺到那把刀？他動作流暢以刀劃過她的喉嚨，一無阻礙，就好像在切溫暖的奶油。她的眼睛張開了，但再也看不到什麼，眼中的生命光芒已經離去。

他穿好衣服離開，陽光升出地平線之時，他已經離杜朗戈鎮一百哩了。他走前稍微清理了一下。之前他射在她裡面，所以也沒有什麼好收拾的，既然他已經提供了很好的DNA樣本，再去擔心毛髮和一些微量物證也沒有意義。祝他們幸運吧，離這個小鎮最接近的科學鑑識實驗室在哪裡？丹佛嗎？他們會歡迎他的DNA，他們可以把這份樣本存在試管裡，放在後頭房間的架子上，對他有什麼損傷呢？除非他們逮捕他，可是他們抓不到他的。

他擦淨了自己的指紋，這樣就夠了。沒有人會曉得他來過杜朗戈，更別說曉得他釣上了那名女侍。任何當夜注意過她的人，只會看到她進了自己的車子開走。沒有人會注意到他也開著車子尾隨在後。

他的晚餐是用現金付帳的，他甚至沒在杜朗戈加油。沒有他去過那個小鎮的痕跡，只除了一個死妞兒陰道裡的幾西西精液。

何況，他有託辭。不是他幹的，是那把刀幹的。

8

他上網看了幾個他訂閱的新聞群組。他很高興看到有一大堆針對普瑞斯登．艾坡懷特的貼文。有幾個新聞群組裡比較熱心的分子已經看到里奇蒙報紙上後續的報導。一個廢棄農場的私人墓地上掘出了人類的骸骨，初步證據強烈顯示的確就是威利斯家的男孩。

大家紛紛推測個不休。是不肯承認自己罪行的艾坡懷特安排某人在他死後替他發言嗎？他是否有共犯——一個理論家稱之為「未被起訴的同謀」——誰參與了他的犯罪？艾坡懷特真是謠傳許久的魔鬼邪教分子嗎？

報紙轉載了一部分他所寄去的電子郵件，也刊出了他的署名，有一個新聞群組的成員很快就注意到了艾柏．貝克。「你們年輕人不曉得這個，」他寫道，「但這是以前英文字母通訊讀音的前兩個字母。Abel Baker Charlie Dog Easy Fox……有人記得其他的嗎？」（譯註：在軍事或航行等語音通訊時，為避免英文字母單音唸出易產生混淆，會有一套特定的唸法，以上英文單字即代表其起首字母）

當然有個人記得，也寫了出來，另外一個人則呼應的寫出現在通行的讀音，從Alpha和Bravo開始。另一組人好奇Alpha Bravo這套讀音到底是什麼時候取代Abel Baker那套的，然後有人提供了時間，引發另外一個人質疑，然後這串討論很快就變成在討論兩組讀音的各自優點，以及這個改變與軍方角色演變的關聯。

他跳出新聞群組，用Google查到《里奇蒙新聞領袖報》的網站。他讀遍了所有關於這個案子的相關報導，包括一篇社論呼籲對全國的死刑做一次檢討；另一篇專欄文章則持相反態度，主張死刑的執行過程應該加速，才能減少判處死刑後、執行死刑前那段「搗蛋期」。

他接著往下看，果然，一名積極的記者已經確定艾坡懷特死前有一名訪客，他死前那幾天曾跟一位阿尼．柏丁森相處了不只幾個小時。他發現，那些記者把他的名Arne給變成英語化的Arnie，可能是光聽到發音就選了一個比較普遍的拼字，不過當然，未來幾天內他們會更正的。柏丁森博士是以知名的耶魯大學心理學家身分出現，他姓名縮寫恰巧跟艾柏．貝克一樣都是AB，這點並沒有被忽略。不用說，新聞群組裡面那幾個最熱心的分子對於這個主題將會有一些看法。

那位記者寫道，他一直試圖聯絡柏丁森博士，卻始終無法成功。他心想，你是注定永遠都不會成功了，不過明天的報紙應該會揭露耶魯大學從來沒有聽過阿尼・柏丁森，或阿諾・柏丁森。

這下可不就有趣了嗎？

8

他想著萊因侯德・梅瑟爾，好奇著這名字是不是跟阿尼・柏丁森一樣都是假名。這名字太好了，不可能會是真名，因為梅瑟爾（Messer）在德文裡意即刀子。梅瑟爾肯定是符合典型有種族歧視的民兵與「亞利安兄弟會」的原型，而如果他的本名是比方卡斯柏特・薰衣草（譯註：Cuthbert Lavender，Cuthbert為聖人名，而薰衣草的紫色有女性化意味），那他好像就非得換個名字不可。

他曾在網際網路上查過梅瑟爾，不過這個人沒有網站，他甚至沒有名片。你可以在商展會場找到我，他說，這表示他過著一種沒有正式記錄的生活。他所買下另一把刀的製造者就不是這樣了，那是個長得像貓頭鷹的小夥子，名叫柴德・詹肯斯。詹肯斯專做折疊刀，他認為這種刀子的製造更具工程學上的挑戰。此外，他慢吞吞的說，每個人都用得上折疊刀。

他從柴德的作品中挑了一把很美的，闔起來將近六吋長、打開來跟梅瑟爾的鮑伊型獵刀差不多長度。不過這不是伸縮刀，也不是彈簧刀。它的機械性和平衡感極佳，一下就能掌握要領，手腕輕輕一揮就能打開，刀片會彈出來並鎖定就位。

他在手中翻轉著刀子，握柄是一種質地異常緻密的熱帶硬木，顏色像胡桃木，紋理很細緻。光滑得像玻璃，而且非常美麗，用久了，他手上分泌的油脂就會使木頭更潤澤，只會增添它的美麗。

當然他擁有它的時間也許沒能那麼久，看不到那樣的結果。他生命中的事物來了又去。我來似水，我去如風。有回他把這句古波斯詩人奧瑪．開儼的詩句寫在一個地下室的牆上，但故意把句末的作者寫成英國世紀末唯美主義的藝術家奧布利．比亞茲萊（Aubrey Beardsley）。大部分的事物不都是來似水、去如風嗎？那陣子他戴著一個有斑駁雜質的粉紅色菱錳礦石環項鍊，希望帶來心思澄明，但後來他卻必須把石環留在那個地下室裡。不過那時他已經吸收了這種礦石的性質，再也用不著那石環了。然後他改戴一個紫水晶，希望能帶來永恆不朽，結果那個紫水晶也早就沒了，他連怎麼捨去的都不記得。但他也已經吸收了紫水晶的性質。

他會永生不朽嗎？噢，真的，誰敢說呢？但看看他已經比那麼多人都要活得久……

他輕揮那把刀，刀片彈出來鎖定就位。刀身很薄，寬度只有那把鮑伊型獵刀的一半，而且這把刀的重量不會超過鮑伊大傢伙的三分之一。刀子有性別嗎？感覺上它們似乎都是男性，都是鋒利的陰莖。不過如果硬要分男女的話，很輕易就看得出梅瑟爾的創作是粗獷的男性，詹肯斯的折疊刀則是優雅的女性。

那個男人史卡德比較難對付，適合用比較強壯的武器。害他得不到七十四街那棟房子的，就是史卡德。他早就不在乎那棟房子了，他知道自己根本從來沒真的想要過，不過那無關緊要。逼他離開紐約的，也是史卡德。他本來做得很成功，他有滿屋子的人愛他、尊敬他，而且沒錯，他們需要他，可是他卻得把他們全部刺死，然後將屍體所在的那棟房子燒毀，沒錯，很令人髮指，犧牲掉那麼多男男女女，但那也同樣無關緊要，因為都是史卡德害得他別無選擇，只能謀殺後閃人，而史卡德將要為此付出代價。

史卡德是頭閹牛，是畜生。應該說是隻大公牛才對，而他要以鬥牛的方式對付他，揮舞著披風逗弄他，然後用那把大馬士革鋼所製的刀，一刀刺死他。

折疊刀則將用來對付那個女人。

這把刀會遠比他留在珍恩街那把精緻的青銅刀要更好用。當然，那真是詩意的一筆，從這個女人手上買了刀，用來殺另一個女人，而那把刀果然達成任務，在那女人身上開了個口子，讓生命逸出，就像打開一個信封般輕鬆順利。但這把詹肯斯製的折疊刀會做更多，而且會做得很優雅。

而她知道了，他很確定她已經知道了。她不知道會怎麼發生或何時發生，只知道他會去找她。她的店櫥窗貼了一張布告，將暫時停止營業，擇期重新開張。她的答錄機裡也是同樣的內容，暫時停止營業，擇期重新開張。

永遠停業了，或許最好這麼說。停業直到另一家店全新開幕。

她既然知情，便會小心提防。因而她會比她的朋友摩妮卡（她真的是簡直太簡單了）更難下手，但她無法永遠逃過。他會找到辦法，而且他有大把時間。

他拿著那把刀，好輕，好優雅，那種輕巧精緻好女性化。他操作扳鉤把刀片收起，然後又輕輕揮開。的確很輕巧，的確很精緻，可是也很強韌。根據製造者詹肯斯的說法，這把刀用來剝除大型動物的皮都很輕鬆。

他有個想法，也許會給她剝皮。活剝她的皮，用膠帶貼牢她的眼瞼不給閉上，然後在她眼前放一面鏡子，讓她眼睜睜看著，而同時她的嘴巴被膠帶封緊喊不出聲。

這副景象讓他很高興，高興得坐立難安起來。他離開喬・波漢的公寓前，把那把刀折起來放在口袋。畢竟，這是個危險的城市。常會有人勸你，沒帶武器不要上街。

我先到葛洛根，那是位於五十街和第十大道間一家堅守本色的老愛爾蘭酒吧。從外表完全看不出幾年前曾有一場大慘案，當時有人朝店後方吧台扔了顆炸彈，外加一把新款的手提輕機槍把室內掃射得火花四濺。不過現在去的客人大半都曉得這檔子事兒，其中某些還可以告訴你當時的傷亡人數。葛洛根重新開張後就吸引了很多客人，地獄廚房這一帶新搬來的高檔居民開始發現這個酒吧，珍愛這家店貨真價實的老式風味，雖然他們的惠顧使得原來吸引人的那種特質因而失色。

這個城市永遠都有大把崇拜黑幫傳奇的人，至少從吉米．沃克一九二〇年代當市長那會兒就是如此，自從HBO的影集《黑道家族》播出後又人數大增，而年輕律師和廣告AE則希望能跟同事吹噓他們前一夜就坐在米基．巴魯旁邊喝威士忌。

然而，今天晚上的顧客沒辦法如此吹噓了，因為葛洛根的老闆不在。我是聽那個口風很緊的酒保說的，新來的這個小夥子是直接從北愛爾蘭的安垂姆郡來到葛洛根，找米基給他個住的地方和一份工作。我懷疑自己不是第一個問起米基的，而我跟其他人得到的答案一樣——他沒進來，至於稍晚會不會來，幹嘛問？誰要找他？

「找他的是馬修．史卡德，」我說的時候壓低聲音，不是因為怕誰聽到，而是要讓櫃檯後那個傢伙印象深刻。他不會因此就多告訴我什麼，不過如果米基人在後頭房間，那個小子可能會不動聲色打內線電話給他。結果沒有，於是我喝完手上那杯可樂就走人。

∞

我可以花一個小時去參加戒酒聚會，可能還會對我有好處，可是我不想去。如果我打算殺時間，寧可去一家酒吧耗。通常這不是個好建議，我也明白為什麼，可是我才不鳥。

我打電話回家，答錄機接了，一如我們之前的安排；伊蓮會過濾電話，知道對方是誰才接。我講了幾句話，她接了，我說我會耽擱一陣子，她說沒關係。

我掛了電話，搭計程車去普根酒吧。

酒吧裡燈光昏暗，這也是吸引丹尼男孩的原因之一，他曾偶爾觀察到這世界最需要的就是一個聲音控制鈕和一個燈光明暗調整鈕，因為該死的地球老是太吵又太亮。我的眼睛逐漸適應了那種黑暗，沒看到丹尼男孩，但看到了他的桌子。普根酒吧和藍調媽媽一樣，伏特加是整瓶賣給他的，而且就給他一個冰桶放在旁邊。我想州政府有條法律禁止這樣，不過到目前為止，還沒有人來取締。

我站在吧台前，叫了一杯蘇打水加冰塊——我暫時不想再喝可樂了——點唱機裡面的歌放完了，換了另一首曲子，我看過去，看到丹尼男孩從洗手間回到他那桌。我忽然發現他看起來變老了，但我判斷一定是因為我的眼睛，因為最近我開始發現我看到的每張臉都變老了，而且不用照鏡子我也曉得自己的臉也不例外。

他沉重的坐下，拿起杯子，像倒啤酒似的傾斜著，然後倒了半杯冰的「首都」（Stolichnaya）俄羅斯伏特加。他舉起杯看著，我想起自己也曾這樣瞪著波本威士忌，同時想起了自己停止再看下去而喝下口的波本滋味。

我的思緒困擾著我，我的行動也困擾著我，因為感覺上好怪，像在窺伺別人。我拿著自己的飲料過去他那桌，拉開椅子，他抬起頭看我。他說，「噢，真是難得，馬修。我幾個月沒看見你，然後忽然一下又有榮幸跟你在一個星期之內相聚兩次。你今天一個人嗎？」

「現在不是了。」

「的確，現在你有個老友作伴了，我也是。」他正要叫女侍過來，然後看到我已經有飲料了。剛剛他沒喝半口伏特加，只是倒出來看著，現在他舉起杯說，「敬老友。」我也舉起我的玻璃杯，啜了口蘇打水，他的伏特加則喝了一半。

他問我怎麼會過來，我說我要殺掉一點時間，於是他笑了，說我們就一起殺時間吧。

「不過我反正早晚要過來一趟的，」我說，然後拿了一張雷畫的素描給他看。

「你前兩天晚上拿給我看過，」他說。「在藍調媽媽。慢著，這是同一個人嗎？」

「不，完全不同的人。」

「我也是這麼想，不過另一個傢伙的樣子我也不是記得那麼清楚。這傢伙看起來很有威脅性。」

「一部分原因可能是因為目擊者把自己感覺到的告訴了畫家。這個傢伙前天晚上在格林威治村謀殺了一個女人。」

「電視上都在播，」他說。「給我一分鐘，我就能想起她的名字。」我自己告訴了他，也說了她是伊蓮最要好的朋友，而且凶器是伊蓮賣給他的。丹尼男孩冰雪聰明，你只要告訴他第一句，他就能曉得整頁在說什麼；於是他說，「我希望你送她上飛機了。」

「有可能會這樣。不曉得。」我把我們採取的預防安全措施細節告訴他，又說我打算去弄把槍給她。他問說伊蓮會不會用槍，我說如果是要近距離射擊某個人的話，那就不必太懂槍。他說，「我這輩子，見過那麼多牛鬼蛇神，我一次都沒開過槍，馬修。我想過如果我手上有把槍會怎麼辦。你知道，我想我辦不到。」

「唔，你年紀還輕，丹尼。」

「那位黃色珍珠也這麼告訴我。就裘蒂，你前幾天晚上見過她。『丹尼，你真是太神奇了！』她的意思是，以我這個年紀。只要他們還一直製造那些藍色小藥丸，我就能繼續讓她覺得神奇。」

「科學真是了不起。」

「是啊。」

我想到個什麼，問起他的健康狀況。已經五年了，他都沒有復發。所以他已經走出森林了（譯註：out of the woods，字面意為走出森林，意指度過難關），對吧？

「走出森林？馬修，從我這裡你現在連一棵樹都看不到了。」

「太好了。」

「我擊敗結腸癌了。這個說法好可笑，你不覺得嗎？就好像我在打拳擊的繩圈裡跟這個病對打，把它給打得狗吃屎似的。結腸癌，倒地不起，數到十都還沒爬起來。老實告訴你，我根本也沒辦法多做什麼。他們幫我開刀又縫合，在我身體裡面塞滿了一堆化學物，搞完之後我還活著，癌症卻死了。『我擊敗結腸癌了。』這說法就好像是你擊敗了一台吃角子老虎，而你不過就是挑對了時間塞硬幣進去罷了。」

「重點是你沒事了。」

「那是好消息，」他說，然後等著我問他，那壞消息是什麼。不過最近我聽過太多壞消息，不想再去主動問了。

看我沒問，他就告訴我了。

「攝護腺癌，」他說，「還有另外一個好消息，因為我的葛里森分級很低。講到葛里森，我唯一想到的就是影集《蜜月中人》裡面演男主角的那個葛里森。『葛里森分級』很低，表示攝護腺癌的癌細胞長得很慢，我可以治療，但會有性無能和大小便失禁的危險；或者我可以不治療照樣活下去，那個醫生說，他幾乎可以確定在攝護腺癌殺死我之前，我就會因為別的原因死掉了。『如果你繼續這樣喝下去，』他說，而且我發誓他說的時候還在微笑，『你的肝臟很可能在攝護腺癌害死你之前就完蛋了。』猜猜我一走出他診所的第一件事是幹嘛。」

「一杯『首都』伏特加。」

「事實上，是一杯『絕對』伏特加，不過你沒猜錯我的想法。我對醫生的指令就是這麼看的。我跟你說，先別替我難過，把這件事放在我一生整個來看。我剛生出來的時候，婦產科醫生就告訴我爸媽，說我大概活不了幾個禮拜了。然後我其實撐不過童年的。『趁現在盡量愛他吧，』那個小兒科醫生告訴他們，『因為你們保不住他太久。天主想把他要回去。』這對我是天大好事，因為我爸媽帶我回家後，把我給寵得要死。結果天主看我看了很久，決定他不那麼想要我了。」

「唔，這點你也不會真怪天主，對吧？」

「我不怪任何人，」他說，「也不怪任何事。我有美好的一生，我猜過了第一個星期之後，任何事物都是多得的紅利。我隨時可以聽音樂，隨我愛喝多少酒，而且我想跟誰打炮就跟誰打炮，我玩膩了小裘蒂就去另外找一個，因為永遠都找得到新的。所以別替我難過。」

我告訴他我連夢都不敢夢。

8

我回到葛洛根酒吧時，米基說我頂多只晚到了幾分鐘。「稍早我們好忙，」他說。「忙到我都得到吧台後頭幫阿康的忙。我不在乎，那是老老實實的掙錢工作，老老實實給顧客倒酒。」

他所做的大部分工作，都不符合大多數人對於「正派工作」的定義。幾年前，媒體泛稱為「西城幫」那個鬆散的愛爾蘭黑幫的全盛時期，米基．巴魯是其中一個小幫派的頭兒，以嚴酷的效率領導他的手下。他是個職業罪犯，後來成了我的好友，對此感到不解的人不只喬．德肯一個而已。我自己也不是真的很了解。

「現在人少了點，」他說，「不過總之還是要比以前忙。下午人還是很少，我得說，那是一個酒吧最美好的時段，顧客都是想安靜喝杯酒的男人。或者是深夜，半個人都沒有，只有兩個老友暢談到天亮。」

「我們也曾擁有過那樣的夜晚。」

「而且我很高興不只一次。我們好一陣子沒有深夜暢談了，不過這不是你今天來的目的，對吧？」

「對，沒錯。」

我把事情告訴他。他見過摩妮卡，但得經過我的提醒。有回我們三個去「愛爾蘭藝術中心」看完一齣愛爾蘭劇作家布萊恩．弗瑞爾的戲之後，我們帶摩妮卡來過這裡一次，而米基則過來跟我們一起坐，摩妮卡曾開玩笑要他辦讀詩會，保證說這樣對葛洛根的生意會有幫助。葉慈的詩最適合，她說，他則附和著慎重的點點頭，然後當眾朗誦葉慈的詩〈決心就義的愛爾蘭飛行員〉，他的才華和聲音中的抑揚頓挫，即使站在都柏林的愛爾蘭國家劇院「修道院劇院」的舞台上，也絕對夠資格。

「她的幽默感很可愛，」他回憶。「而且她喜歡我唸詩。」

「的確。」

「即使是有理由殺人，都已經夠可怕了。啊，殺人這檔子事真的很糟糕。不過其中還是有樂趣的，你知道。」

「我知道。」

「不過永遠不能為了樂趣而殺人。如果我這麼搞，會變成什麼樣？老天在上，我現在這樣就已經夠壞的了。」

我們走進他的辦公室，他打開那個大而陳舊的莫斯勒保險櫃，拿出一排手槍。我挑了兩把點九〇釐米手槍給阿傑和我自己，還有一把點三八左輪手槍給伊蓮。點三八的阻滯力不如九〇手槍，不過我想她操作起來會比較簡單，點三八左輪手槍沒有保險掣混淆，比較不容易卡彈，她只要不斷扣扳機，直到把子彈射完為止。

回到前頭酒吧裡的桌前，槍和兩盒子彈裝在我腳邊的運動包裡，他說歡迎我來跟他拿武器，但他希望我不必用到。

「如果警察明天逮到他，」我說，「我就會原封不動把東西拿來還你。」

「你想，你需要幫手嗎？」

「需要的話我會通知你，但我想應該不用，米基。我打算做的就是把她留在他碰不到的地方。而且我們不會讓她單獨一個人。如果我不在，阿傑會陪她。」

「我隨時都可以替你們輪班。只是跟你說一聲。」

「謝了。」

他又看了一次那張畫像。「這個敗類，」他說，聽起來比詛咒還嚴重。「老天在上，他看起來好眼熟。」

「我也說過同樣的話，還有丹尼男孩也是。對了，我都忘了跟你說，他要跟你問好。」

「那你就不算忘了。那個年輕人怎麼樣了？」

「他很好，不過年輕的那部分我就不曉得了。他跟我們年紀差不多。」

「是嗎？我想一定是，對吧？都是他個子小，讓我以為他會比較年輕。啊，天哪，老兄，我們都老了。」

「可不是嗎？」

「我抱怨所有的顧客，抱怨這些律師和股票交易員想進來這裡和大魔頭喝一杯，但我就是靠這些人的惠顧才能養活自己。我每星期得走到外頭街上去吐口水，才不會忘記犯法的滋味。老天哪，我是一頭牙齒掉光的老獅子，我膽子還真大，敢去恨那些把食物穿過鐵條籠子送來給我的衣食父母呢。」

「送來的是泡在牛奶裡的麵包，」我說，「這樣你才不會咬不動。」

「而你呢，你等著警察去做那些你以前會自己設法去做的事。」

「警方有各種資源啊。」

「那還用說。」

「我連他是誰都不曉得。我根本不曉得該怎麼去找他。」

「你該做的，就是讓她保持安全和健康。」他食指碰碰雷完成的那張素描。「我敢發誓他來過這裡。或他長得像哪個演員嗎？」

「搞不好有一打。」

「你可能看到他卻像沒看到。你的雙眼會略過他，因為他沒有任何突出的地方會吸引你的目光。那個可憐的女人。你剛剛說他讓她死得很慘嗎？」

「不可能太舒服，他凌虐了她。」

「這種人壞到沒有詞兒可以形容他了，」他說，「這個世界承受的苦難還不夠多，還得創造新的嗎？只要老天給我機會，我會馬上殺了他，不過我不會讓他感到痛苦。我會直接殺了他就結了。」

25

我從葛洛根酒吧出來，繞遠路走回家，先往上城方向走第十大道到五十八街，轉東走兩個長街區到第八大道，然後回到五十七街，我沒過街沿北邊人行道走，一路走到第九大道街角。我想我是在尋找他，尋找某個可能潛伏在我家這一帶、留意我那棟大廈入口的人。我看到一個醉鬼在一戶門口小便，看到一個人扶著鋁製助行器痛苦的緩緩走向那家迦勒底熟食店，我看到一個我認得的男人和女人在吵架，以前我已經看他們吵過十幾次了。我看到一大堆跟我一樣的老百姓在等公車、走進往地鐵站的地下道、上下計程車，或徒步要去某個地方，有些人慢條斯理，但大部分是典型的匆忙紐約人。不過我沒看到自己想找的那個人，然後不久就想到，我會注意的正就是像我自己此刻的舉止，而我身上正帶著三把沒登記的手槍和足夠引發一場黑幫火拚的彈藥，這樣鬼鬼祟祟可不是好主意。於是我放棄，回家上了樓。

伊蓮正坐在有扶手的單人大沙發上打盹。阿傑則坐在她的電腦前在弄什麼。我給了他一把九〇手槍和一盒裝滿的彈匣，他檢查了一下，一副以前用過似的。他問我要不要他在這裡過夜，說他可以睡沙發。我讓他回家，接著叫醒伊蓮回床上睡，然後自己過去站在往南的窗邊。

世貿雙塔依然缺席，正如我的前景也愈來愈沒有希望。我繼續看了一會兒，依然沒有改變，然後我就去睡覺了。

∞

我們正在吃早餐時，阿傑打電話過來。我們需要他嗎？因為他可能要出去一下。我告訴他出去沒關係，然後他提醒我他帶著手機。如果我們需要他，只要打給他就行了。

喝了第二杯咖啡之後，我把兩把槍放在廚房餐桌上，一把九〇和一把點三八。伊蓮輪流拿起來，小心翼翼的拿在手上，然後宣布她比較喜歡那把九〇手槍。其實沒那麼重，她說，而且她喜歡這把槍握在手裡的感覺。我說我替她挑了那把左輪，還有為什麼我認為可能比較適合她。她說沒關係，不過好像有點失望。

她逐漸熟悉那把槍之後，失望就減退了。我教她如何裝卸子彈，讓她練習瞄準、不裝子彈開槍。我以前學都是單手開槍，我當警察時都是這樣教你開槍的，但現在每個人都是雙手握槍。我想大概是在網球天后克莉絲．艾芙特向全世界示範雙手反拍並不表示娘娘腔的那段期間，不過我想這跟雙手握槍沒有什麼關聯。我不曉得多一隻手會讓你瞄得更準，但這樣會減低後座力，光是這一點已經足以讓我教伊蓮用雙手握槍了。

我告訴她，要記住的就是不斷開火。後座力或許會讓槍口彈高一些，所以她得再瞄準一次，然後再扣扳機，然後持續這個過程，直到打完子彈為止。如果她第一槍讓他中彈倒地，如果他倒在那裡死了，也沒有理由停下。要是他臉朝上，就朝他胸部再開槍。如果他臉朝下，就朝他的背部開槍，然後再射他的頭。

然後割下他的頭，我心想，然後插在一根杆子上，然後我們要舉著那根杆子招搖過市。

∞

阿傑在十點左右打來，好確定我們沒事。他可能還要一陣子，他說。我告訴他一切都很好。一個小時後他又打電話來，說他馬上回來了，要不要幫我們帶什麼？我告訴他買兩份報紙，於是他帶了《紐約時報》和《郵報》，在接近中午時出現了。

「我知道這件事不急，」他說，「可是我反正沒啥事好幹。所以我就決定去查大衛．湯普森。」

「怎麼查？」

「唔，他正在等你說要寄給他的那張支票，對吧？所以我到阿姆斯特丹大道那邊等著。如果對街有個地方能讓你坐著吃東西、隔著玻璃窗監視，那就太美了，不過沒有，所以我就靠著一棟大樓站在那裡。」

「那一定很快就會覺得很無聊。」伊蓮說。

「腿也會覺得痠，」他承認。「我就開始希望有個方法可以坐下來，可是你自己一個人坐在人行道上，大家就會忍不住要看你。」

「那是很容易引人注意沒錯。」我同意道。

「而且如果你坐下，可能就看不見對街的動靜，尤其是一條像阿姆斯特丹大道那麼寬的馬路。所以呢，我就過了馬路，坐在人行道上，就在那家有信箱服務的雜貨店旁邊。」

「好避免人家注意你。」

他咧嘴笑了。「我戴著這個，」他說，摘下他頭上的卡其布棒球帽，「免得陽光太刺眼。而且因為戴帽子是很好的偽裝。你戴上帽子，摘下來，外型看起來就不一樣了。老傢伙教我的。」

「沒想到你聽進去了。」

「大哥，我對經驗之談向來是洗耳恭聽的耶。不然我怎麼能學習到新知呢？我啊，我就把這帽子放在面前的地上，身上的零錢都丟進去，然後一腳盤著坐在那兒。任何人看到我，都會以為我瘸了腿。」

「那如果他們看到你跑過街擺姿勢呢？」

「那他們就會認為我是個假瘸子。老兄，你以為乞丐很容易討到錢，其實根本不是那麼回事兒。大家就是走過去而已，根本看都不想看你一眼。」

「當沖客可能還比較容易賺到錢。」伊蓮說。

「只不過如果去當乞丐，不會搞一天下來還虧錢。偶爾會有人停下來給你幾毛，還有個傢伙在帽子裡放了一塊錢又拿走零錢。」

「你開玩笑。」

「只拿了一枚兩毛五硬幣，」他說。「說他要投停車計時器。他還給了我七毛五，所以幹嘛要道歉啊？人類有時候真是奇怪。」

伊蓮說，「看到沒？看看你這個早上學到了什麼。」

「這點我早知道了。我學到的是，只要你等對了地方，就能找到你想要的東西。」

「他出現了嗎？」

阿傑點點頭。「來拿他的信。滿懷希望的表情走進去，然後臉臭臭走出來。我看他還在等那張支票，而且萬一任何人有疑問，我可以說他不是素描上那個傢伙。他是從露易絲家那棟大樓走出來的那位先生，就是在街角甩掉我們的那個。」

「你跟蹤他有沒有碰到好運氣？」

「我根本沒試。他開著一輛舊舊的老雪佛蘭Caprice大車來的，停在消防栓旁邊，沒兩分鐘就進去又出來。跳上車開走了。我抄了車牌號碼。這對我們有用處嗎？」

∞

喬·德肯說，「我不是告訴過你了嗎？我現在是普通老百姓，我已經不為紐約市服務了，我退休啦。」

「我敢說監理站還沒把你的名字拿掉。」

「你是說要我假冒警察，」他說。「這樣是犯法的耶。」
「哎，我還沒想到這點哩。」
「是啊，我敢說。你幹嘛不自己去查？你這幾年不曉得犯過多少次法了。」
「你才曉得步驟啊，過去三十年改變很多了。」
「三十年，」他說。「耶穌啊，我想是變了挺多的。三十年前有牌照這玩意兒嗎？」
「有啊，不過牌照老是從馬的身上掉下來。」
「從馬屁股上掉下來，你的意思是。說到馬屁，我還以為你已經快退休了呢。」
「發生了一些事。」
「就像主教跟女演員講的話。把那個操他媽的牌照號碼給我，我幫你想辦法。」
結果沒花多少時間。十五分鐘後他打電話給我說，「下回我們吃晚餐，就由你請客了。而且不會是上回我請你的那種便宜小店。資料你記一下。大衛・喬爾・湯普森，曼哈頓大道一一八號4C。郵遞區號是一〇〇二五。電話——」
「那邊會登記電話？」
「他們搞不好可以告訴你他最喜歡的顏色哩，只要你曉得怎麼問。」他把湯普森的電話和出生日期告訴我，算下來是四十一歲。「而且是射手座，」他補充，「以防萬一伊蓮想替他排個出生圖。一七五公分，七十三公斤，頭髮是褐色，眼珠也是褐色。這些有幫助嗎？」
「你是個王子，喬。」

「退休的王子，」他說。「有養老金的王子。」

8

他告訴露易絲的名字沒錯，地址離他拿信的地方只要走五分鐘。電話號碼的區域號碼是二一二，所以是一般家用電話，不是手機號碼。我撥了那號碼，響了五聲，然後一個機器的聲音告訴我這個電話停話了。

無所謂，大衛．湯普森不重要，但我不禁生出興趣來。如果我有其他事情要忙就好了，但我根本沒事幹。我可以坐在家裡等瑟斯曼打電話來，或出門去做點事情。

我要阿傑過來留守，而且提醒他把槍帶著。他把槍插在後頭皮帶上，外頭鬆垮垮的格子布工作服拉出來蓋上。「紐約真是個險惡的城市哇，」他扮出中西部人的口音。「連乞丐身上都帶槍哩。」

我出門時烏雲密布，等到從地鐵站出來，天空更暗了，我很後悔身上沒帶傘。我搭一號線列車，然後經九十六街，到一〇三街和百老匯大道交口那站。曼哈頓大道是一條位於中央公園西邊隔著一個短街區的南北向街道，從一〇〇街往北延伸到一二五街。我沿著曼哈頓大道走，找到了一一八號。電鈴盤上沒有湯普森的名牌，而4C的電鈴和信箱上都插著一個小小的塑膠牌，上面印的名字是「寇斯塔奇斯」。

我按了電鈴後等了一會兒，然後又按，沒人應門。我按了管理員的電鈴也沒有人應，我正要離開時，通往門廳的門開了，一個聽起來喉嚨有痰的聲音問我要幹嘛。

我告訴了他，他皺眉搔搔腦袋。「大衛．湯普森，」他說。「這裡沒這人。那戶現在住了一對希臘夫婦，搬來快一年了。很友善的好人。之前住在那戶的男人，老實說，我不記得他的名字了。說來好笑，因為我還記得他長什麼樣子。」

我把照片給他看，他毫無猶豫。「就是他，」他說。「搬了，沒說搬去哪兒。現在我想起他的名字了，因為他剛搬走的前兩個星期還有信寄到這裡，我還得退回去給郵差。然後就沒信寄來了，我也就可以忘記他的名字了。」

∞

「他沒付房租，」我告訴阿傑和伊蓮。「房東通知他，他還是拖了兩個月沒繳。要把他趕走照理得花上一陣子，但那個管理員不是照章行事的人。他確定湯普森不在家，然後換了鎖，找個朋友幫他把湯普森所有的東西都搬到街上。他說，那些東西一點接一點逐漸消失。有些經過的人會拿走自己需要的東西，最後清潔隊員會把其他的載走。」

「湯普森從沒出現過嗎？」

「即使他出現過，管理員也沒注意，不過我不確定他會多注意。湯普森可能是在換鎖之前就已經搬走了，也沒費事去通知任何人。」

「可是他東西都沒帶走。」

「可能只留下管理員最後丟掉的那些東西。我們不曉得他之前可能帶走了什麼。」

阿傑說，「接下來要怎麼做，你有計畫了嗎？」

「沒有，」我說。「不算有。」

26

那天星期五，根據《紐約時報》說，那是一年裡最長的一天。這一點我也可以告訴他們，不過我不會談白晝與黑夜的相關比例。時間過得好慢，而且好像比平常還要多。

我們三個人坐在一起，看報紙、看電視，有一會兒阿傑和伊蓮玩凱納斯特牌戲，玩得不太順利，因為他們兩個都不是很熟悉規則。最後阿傑回家，我們上床睡覺，次日起床是星期六，除了天氣什麼都沒變。昨天一直威脅要下的雨現在開始下了，一整天下下停停的。

「我一直想著該打電話給摩妮卡。」伊蓮說。

我則是一直想著該打電話給瑟斯曼，最後打了。他報告了一些進度，不過我覺得好像沒什麼頭緒。他們找到了他買那瓶女巫酒的酒鋪，他是用現金買的，職員對那張素描給予很肯定的指認。假設能讓法庭承認這個證據的話，也不過是情況證據，這類事情雷．古魯留喜歡稱之為「不過是司法天平上頭的一根羽毛」。

瑟斯曼承認這個證據很薄弱。「這表示我們不必再派人到處去查酒鋪了，」他說，「我想這點是加分。你和尊夫人狀況怎麼樣？」

我告訴他我們還好，不過這個案子結掉我們會開心得多。

「我也會，」他說。「我這幾天一直在過濾那些沒有破的案子，想找出只要有一點點符合的舊案。換了你也一定會覺得他以前幹過這類事，不是嗎？」

我沒想過這點，但當然他說得沒錯。摩妮卡的謀殺案布置得太成功了，是精心設計過的，不可能是第一次作案。

「不過沒有一件案子有他的指紋。我不是真的在說指紋，你懂我意思啦。」

「當然，」

「我正在查國家犯罪資訊中心裡面的作案手法時，打了個電話給聯邦調查局一個外勤探員，他是我認識的探員中少數還像個人的。因為我想到我們要抓的這個人搞不好是別地方來的，所以紐約沒破的案子檔案裡根本查不到他，可是他可能會符合威斯康辛州奧許科希市或印第安納州寇科摩市的案子。」

「也許他就像閃電，從不會兩次劈中同一個地方。」

「那他也就會像閃電一樣難抓，因為沒有人能看出他的作案模式。除非每宗謀殺案都像橡皮圖章，相似到讓聯邦調查局的電腦都一定會注意到。否則，你知道，他只是巡迴全國，這裡殺一個、那裡殺一個，所以從沒有全面性的追捕，因為沒有人曉得這是一個人所製造出來的犯罪潮。」

「幾年前不是有個人就像這樣嗎？結果是個開貨櫃拖車的司機？」

「我想起來了。不過無論如何，我無法想像我們要逮的這個人坐在拖車頭的方向盤後面。」

「是啊。」

「也許他已經完成了紐約的配額，」他說，「現在要帶著他個人專屬的歡樂前往德州的艾爾帕索。這樣我們就逮不到他，但他就再也不會來煩我們，然後你太太的店就可以開門賣我那張畫了。我真的很喜歡那畫，你知道。」

「你去逮到這個狗娘養的，她會把畫送給你。」

「到時候我會欣然接受，」他說。「但如果他走了，我們再也聽不到他的消息呢？此時此刻我只能說，那樣的話我也沒有意見。」

∞

我掛斷電話時覺得好像漏了什麼事情，他講的有個什麼我應該注意到的。我們家的答錄機也可以當錄音機，可是我從沒用過錄音功能，所以也沒查閱過使用手冊看看該怎麼用。我從沒想過要錄音，但現在我忽然覺得如果錄下這段對話就好了，那我就可以重聽一遍，解開疑惑。前幾天他講過的話裡也有個什麼，當時我沒留意，後來才想起來，想打去問他什麼意思又太晚了。該死那到底是什麼事？

我的記憶力一向很好，想記的事情向來都記得住。就像伊蓮偷偷相信年齡不會損及她的外貌，我也一直告訴自己，我的記憶力是不會因為年老而受到侵蝕的。我想是自大讓我們以為會得到不同的待遇，宇宙會給予我們特權。她的確是，上帝明鑑，看起來比她實際年齡年輕許多，也依然是我見過最美的女人。我的記憶力也還是相當好。

但偶爾就會發生一些事情，提醒我記憶力已經不如以前那麼好了。我這麼告訴伊蓮，她說，「這倒是讓我想到，摩妮卡老在擔心的事情之一，就是老年癡呆症。她家族有出過病例，所以她很害怕老來也會得到。」她的臉皺了一下。「她要我答應不會讓她那樣活著。她有活下去的意志，但碰到老年癡呆症就沒用了，尤其是到了末期，因為你根本是行屍走肉。你完全健康，只是完全沒了心智。

「所以我答應她，我會設法讓她脫離那種淒慘的狀況。我想是讓她吃安眠藥吧。我們沒談過細節，天曉得碰到那種事情我會怎麼做，但總之我就是答應了她。

「然後她說，『對，就是這樣，那可就幫了我大忙了。因為我會變成這樣，糊裡糊塗，眼睛茫然亂看，嘴角掛著口水，然後你就會站在那裡說：老天，我來想一想。我該幫摩妮卡做點什麼事情，可是我想破頭也不曉得那該是什麼事情。』」

∞

星期天早上，阿傑一早就帶著一包燻鮭魚和貝果和奶油乳酪過來。我們一起吃早餐，我很快吃完，出門搭車到格林威治村參加十一點在派瑞街的聚會。這個聚會通常會有很多老人參加，我在那裡也常會碰到一些老朋友。

我離家時正下著雨，到了聚會地點時已經停了，但十二點半聚會結束時出來，雨又開始下了起來。我回家路上買了週日版的《紐約時報》，回家三個人分著看。那真是一幅寧靜家庭的完美畫面，只不過伊蓮不時會沉入深深哀傷的思緒中，而且當然，會想到正有個人想殺她。

我拿了體育版，正在看一篇有關高爾夫球的報導，其實我對高爾夫球一點興趣都沒有，此時她說，「我想你應該看這篇。」

「我嗎？」

「對。說不定你看過了。講的是有個人在里奇蒙殺了三個男孩，這個月稍早他被處決了。」

「我看過了。」

「今天的嗎？」

「昨天的，或可能是星期五的。」閒著沒事可做的時候，時間好像很容易搞混。「我會注意到，是因為他處決之前那幾天，我剛好碰到有兩次談話都有人提起這個案子。後來有人通風報信，告訴他們那個失蹤男孩在哪裡，是不是那篇？」

「今天報上有更多相關消息。」

「然後大家就很激動說他們處決了一個無辜的人。」我說。「這招以前有人試過，你知道。比方我被判處死刑了，因為一樁我肯定犯下的謀殺而等著被處決。我呢，我把一些犯罪細節偷偷告訴你，然後你假裝良心非常不安去坦白，把那些警方沒公布、而且只有真凶才會知道的細節說出來。說是另有其人的真正凶手告訴你的。這是老套遊戲了啦，玩得好的話，也許會掀起一些話題，有時候還會讓處決暫時延後。不過不可能因此取消，這回也不例外。」

「這個案子好像不太是這麼回事。」

「因為那個傢伙被打了毒針之後，犯罪細節才曝了光。而且通風報信的不是一封無法追蹤來源的電子郵件嗎？會讓你想不透那個報信的人幹嘛還費事，他已經隱瞞消息太久，救不了他的兄弟了，反正這招是沒用了。」

「也許他是在處決之前寄出郵件的，」阿傑提議，「不過卻網路塞車不曉得卡在哪裡了。有時候某些網路服務公司慢得跟郵局一樣。」

「你知道，」伊蓮說，「今天報上有很多進一步消息。你看一下這篇操他媽的文章會死嗎？」

「也許不會，」我說。「在哪裡？」

「算了。對不起，我不是故意那麼兇的。」

「我能不能看一下那篇文章？」

「搞不好這報導一點也不有趣。」

「伊蓮——」

阿傑轉著眼珠站起來，走到她旁邊，拿走了她手上的報紙，然後走過來交給我。「有家人真好，」他說，「即使是一個你們稱之為不正常的家庭。」

我開始閱讀那篇文章。

看了一兩段之後，我說，「我明白你的意思了。」

「好詭異，不是嗎？」

「而且很複雜，」我說。「我先看完再說。」

一名《里奇蒙新聞領袖報》的記者想到要去找處決普瑞斯登．艾坡懷特的格林維爾監獄當局。典獄長記得有一位名叫阿尼．柏丁森的耶魯大學心理學教授去過幾次。柏丁森的姓名縮寫跟那個顯然是用假名寫電子郵件通風報信的人一樣，這可能純粹是巧合，也可能不是。

這些消息我本來就曉得，昨天或之前在報上都登過了——只除了柏丁森的名，之前的報導都寫錯了說是阿諾。但新的消息是，這位記者已經確定耶魯大學從來沒有這麼一位柏丁森，不論是阿尼或阿諾都沒有，他不是耶魯的教職員，也不像他履歷表上所宣稱的曾在耶魯獲得博士學位。這促使那位記者又去夏洛特維爾的維吉尼亞大學查詢，柏丁森曾表示他大學學業是在那裡完成的，結果維吉尼亞大學根本連他曾入學的記錄都沒有，更別說是畢業了。

「太奇怪了，」我說。「你看到這個柏丁森還出席了處決嗎？而且是艾坡懷特邀請他去的？」

「很厲害吧？我們曾被邀請去參加過的場合，最了不起的也只是莫札特音樂會的贊助人晚宴而已。」

「至少他們會給你們一件T恤，」阿傑插嘴說。「我敢說柏丁森就沒有T恤好拿。」

「上頭印著：『我的朋友剛被打了致命毒針』，」伊蓮說，「『而我只拿到這件操他媽的T恤』。」

我說，「很難猜透這是怎麼回事。這個柏丁森好像找不到了。他在那一帶待了好幾天，天天都去牢房裡看艾坡懷特，但當地沒有一家汽車旅館記得他。他們有這個人的圖片。」

「哪裡？我沒看到。」

「不是在報上。每個進入格林維爾監獄的人都會經過保全攝影機。他們現在沒有照片，但馬上就會有，只要把所有錄影帶調出來就能找到。當然，如果柏丁森聰明得可以偽造證件好進入艾坡懷特的牢房，那麼他或許不會讓保全攝影機拍到他清楚的影像。他們可能會發現錄影帶上他用手遮著臉，或他的臉正好轉開。明天報上也許會登出來，因為這個報導會引起全國性的關注。」

「原因不難想像。」

「根據那個典獄長的說法，柏丁森告訴艾坡懷特說他相信他是無辜的說詞。當然我們不曉得他是不是真這麼告訴艾坡懷特的，因為只有艾坡懷特才會曉得，而現在他沒法講話了。不過他說他是打算這麼講的。但同時他又告訴典獄長說他是為了要研究而騙艾坡懷特的，他覺得艾坡懷特很明顯是有罪。你想這個狗娘養的是在想什麼？」

「我想往後幾天會有更多消息揭露。」

「我搞不懂，如果他本來就認得艾坡懷特，為什麼不循一般管道去拜訪他？死刑犯可以見朋友的啊。如果他根本不認識艾坡懷特，那為什麼要去見他？」

伊蓮提議說這個人可能是個志趣相投的同好，某種掠食性變童癖的地下網路。

「去提供幫助，安慰一個落難的同志，」我說，「而且保持匿名。他答應典獄長說他會設法查出那個失蹤的男孩埋在哪裡。顯然他的確查到了，但他沒告訴典獄長，反而等了幾天才把消息通報給這家里奇蒙的報社。我不懂。」

「也許艾坡懷特告訴了他，但要他發誓保密直到他死。也許艾坡懷特希望到死前都能宣稱自己是無辜的。」

「這一切都未免太迂迴了，」我說。「艾坡懷特不過是個性變態謀殺犯，可是阿尼．柏丁森，也就是艾柏．貝克，卻不是這麼回事。你不禁會好奇，接下來他還有什麼花招。」

27

他必須承認，它很像，像得令人不安。報紙和電視上都出現了，那是他的臉部素描，眼睛專注瞪著前方，好像照片裡的人瞪著相機鏡頭似的。但這不是照片，一定是由警方的繪圖專家和目擊證人合作所畫出來的。

可是什麼目擊證人？當然不會是珍恩街那棟大樓的門房。那門房簡直睜不開眼睛，更別說能有好眼力了。而他離開那棟大樓時值班的另一個門房，則只是勉強瞥了他一眼。他的職責是有人進來時要檢查，而不是離開時檢查。

那麼會是誰？

啊，當然了。店裡那個女人。伊蓮·史卡德，藝術與古董經紀商。那個偵探的老婆，已過世的摩妮卡的好友。

沒錯，他一定要剝她的皮。從她的手和腳開始剝，然後一路剝下其他好部位。

∞

不過首先要解決那幅畫的問題。要是任何路人都可能瞥他一眼就想要報警，那他就無法順利四處行動，不能去做他必須做的事。要是他同時還要扮演獵物角色的話，又怎能全神貫注於捕獵呢？

他面前放著一張素描，是從今天早上的《每日新聞》上撕下來的。那對眼睛多麼炯炯有神！他這才明白自己的眼睛散發出何等的力量和意志。當然，這種熾熱的雙眼是逐漸發展出來的，是他個人演化的一種過程。一般不是說眼睛是靈魂之窗嗎？當然，靈魂是虛構的東西，但若改稱為心靈或本質，意思就不難明白了。他的眼睛反映出他是個什麼樣的人，而他的力量逐漸壯大之時，他的眼神也隨之改變。

他在浴室鏡子裡研究自己的臉，已故的喬・波漢偶爾記得刮鬍子時，一定也曾在這面鏡中看到自己。沒錯，他的眼睛真的就像那張畫像裡一樣熾熱。

這讓他覺得很高興。

他也很高興的注意到那張畫像裡的小鬍子有多麼醒目。那是最明顯的特徵，會吸引人們的目光，不經意看到的人只會記得小鬍子，忘了那張臉的其他特徵。

而他再也不需要小鬍子了。

沒了小鬍子會有幫助，但他不確定這樣就夠了。這個城市有八百萬人，很難說其中會不會有個人照樣看清了小鬍子底下那張臉。

因此，他的任務就是要改變自己的外型，讓自己看起來比較不像那張素描。長期以來，他不就很習慣於重新創造自己嗎？他的一生不就是不斷重新創造的過程嗎？

事情簡單得很，他心想，只要剃光頭髮就行了。幾年前他剃過一次，目的只是實驗看看而已，他開心且不無驚訝的發現自己的頭形很好看，沒有那些該遮起來的突起或坑坑疤疤。剃光頭髮會立刻帶來激烈的轉變，但他知道這個主意不好。剃光頭的人會讓人一覽無遺。光光的腦袋會吸引別人的目光，而且看的人會不禁想著，如果那個頭上還有頭髮的話，不知會是什麼樣。

不行，他的目的是要避免吸引目光。他希望看起來跟他的畫像不一樣，但還是跟其他人很協調。他希望能融入人群，而不是顯得突出，他希望自己非常普通，平凡無奇，毫不起眼。

他已經去過雜貨店，現在他把買來的東西攤在浴室的架子上。他脫光上身的衣服，開始工作。

首先是髮際線。他很幸運擁有滿頭的頭髮，而且的確就跟畫像上一樣濃密。一般人的目光會被光頭所吸引，卻絕不會對前額漸禿的腦袋多看一眼。他先利用小剪刀清理，然後用剃刀，操作熟練精準得有如整容醫師，仔細的剃出了一道新的髮際線，比他原來的後退了一吋半，在太陽穴兩旁後退得更明顯。完成的結果，就是男性禿髮的標準範例，只除了頭頂的頭髮並未稀疏。可是要在頭頂弄出一塊地中海，唉，靠自己實在是不太可能辦到。

保持簡單，他告訴自己。

真是個好句子。保持簡單，輕鬆去做，先做第一要務。他最近老跟一堆笨蛋混在一起，那些人他再也不想看到了，不過他的確喜歡那些人講的某些警語，而當他偶爾對那些人講出一兩句他自己的警語時，他們似乎也都很喜歡那些句子。

你碰上了只能認命，他有回曾這麼說，然後看著那些傀儡的頭贊同的上下擺動著。

他保持簡單，把自己的髮際線處理完畢。接下來是眉毛，要處理得用上小剪刀和拔毛器。

他自己的眉毛一點也不粗濃，不過還是有點顯眼。修剪並拔除可以讓眉毛不再那麼顯著，而且大幅改變了他眼睛的整個外觀。在比較細、比較稀疏的眉毛底下望出去，他的目光不知怎的變得柔和些，也比較不那麼懾人了。

接下來就是染髮。他原來的中度褐色頭髮有著令人視而不見的優點；在亞洲或北歐或許會引人注目，但在美國卻十分尋常。這是個不要改變的好理由，但再三考慮後，他遵照染髮劑盒子上的指示，把頭髮染得稍微暗一點。他知道不能染成黑色——即使是天生的黑髮，看起來也還是像染的——而且他挑的顏色幾乎就像他原來的髮色一樣平庸，但肯定是不一樣的顏色。

他的眉毛就不染了，這樣看起來還更不起眼。

他的新髮際線露出了一塊未經日曬的皮膚，因此比其他部分的皮膚要白。其實沒差多少，但還是看得出來，就像戴久了戒指或手錶所造成的效果一樣。他還是考慮了一下，然後用了一點褐色的防曬乳塗在那塊蒼白的區域，其他在臉上也塗了些。他天生膚色就淡，也曬不黑，所以臉上塗點顏色會讓他看起來更像一般人。

最後，一副眼鏡。

不要太陽眼鏡。雖然太陽眼鏡可以遮住眼睛，把臉蓋掉一些，但缺點就是看起來像是在遮掩什麼的樣子。相對的，戴上一副普通眼鏡後，隱藏雙眼並改變臉型的效果幾乎一樣好，但看起來卻不會有刻意遮掩的感覺。

他的視力好得不得了，兩眼都不只一點零，而且雖然他已經到了該有老花眼的年紀，看近處卻沒有任何影響。連閱讀時都不需要戴眼鏡。

他想配一副真正的眼鏡，不是舞台道具或那種藥房裡賣的有現成度數的便宜眼鏡。昨天他到一家「眼鏡巧匠」連鎖店去，讓店裡的驗光師檢查他的眼睛。他假裝看不清圖表下方幾行的字，讓驗光師替他配一副能「改善」視力的眼鏡。他戴上新眼鏡後並沒有看得更清楚，但也不會變差太多，而且他想這副眼鏡不會害他頭痛。

何況他只有出門時才會戴。

戴上了眼鏡，他站在浴室的鏡子前，眼光前後凝視著，從他鏡中的反影轉到那張素描，再回到鏡中。

啊，就算他自己的母親也認不出他來。

但這種事情他不願意去想，現在不想，從來不想，他很快就把思緒拋到腦後。沒有人會認出他來，這才是重點。無論是《每日新聞》的讀者，還是電視新聞節目《五點現場》的觀眾。以那些警察慣有的笨拙模樣，絕不會多看他一眼。馬修．史卡德也不會認出他來，直到那把梅瑟爾製造的鮑伊型獵刀插進他肚裡，把他給開腸破肚，一路從肛門到嘴巴都切開來。至於伊蓮……

沒錯，他一定要剝她的皮。

∞

當然，問題出在這棟大樓的其他住戶，也就是喬．波漢的鄰居們，他們之前見過他——沒有小鬍子，他在這裡從不戴鬍子的；但他們看過他滿頭濃密且顏色較淺的頭髮，看過他比較白的皮膚，看過他完整的眉毛和他沒戴眼鏡的眼睛。其中有幾個人肯定不只瞥過他一眼而已，或許某些只是在樓梯上曾擦身而過罷了，但有幾次他和拉斯寇斯基太太多聊了兩句，還跟其他一兩個在白天碰過面。

所以最好能避開他們，最好能盡量降低他出入這棟大樓的次數。更審慎的做法，可能是得放棄這個地方，另找別的住處。不過不能再去住廉價旅館了。警方第一個就會去查那類地方。

或許他還是可以待在這裡。時間對他有利，警方找了幾天徒勞無功之後，自然會降低警覺，也失去了原來的熱度。媒體會懶得再登他的照片，而一般大眾則會被新的影像和新的恐怖事件給轟炸，逐漸忘記了他的長相。

這種事需要時間，你只能隨遇而安。

∞

但他等到天黑了才離開這棟大樓，等到拉斯寇斯基太太肯定離開了在前門階梯的樂趣，回去舒舒服服的看電視。然後他把那把詹肯斯製造的折疊刀放在口袋，下樓出門，走入夜色中。

在另一家位於東城的金可連鎖影印店，他上網去看他訂閱的一個新聞群組。他瀏覽新的貼文，其中幾篇看完全文，然後自己貼了一篇新的討論主題。

他寫道：

那些自稱或一般所謂的專家，那些犯罪學家和心理學家和新聞記者，認為我們這些為樂趣而殺人的是被迫，基本上是自己完全無法主控的強迫性行為。無疑的，去相信一個人「必須」殺人而非他就是「喜愛」殺人，是比較於心能安的。

那些專家告訴我們，我們殺人是根據曆法，我們的行為是由月亮的圓缺所支配。事實上我們已故的弟兄普瑞斯登‧艾坡懷特解決他的年輕朋友，就是以一個月為間隔週期。當然如果一個人想建立一個模式，吸引大眾注意有個連續殺人狂的運作，難道不會故意等上一個月再幹下一樁嗎？但似乎沒有人考慮到這個可能性。

可以確定，我們有些人是受強迫作用的影響而去殺人，但也有些人並不是。必要時我們可以等，無論月亮如何引起我們血液中的潮浪。而且只要時機得當，我們可以立刻行動，無需任何內在的刺激。

我們比你們所願意相信的要更危險，也更不可預測。

他看了一遍，考慮著要不要署名，最後決定不必。然後他點下了「傳送」鍵。

∞

回到公寓，他想著自己剛剛貼的那篇文章。他所必須做的，他知道，就是給自己時間。讓史卡德夫婦放鬆警戒的時間，讓警方失去興趣的時間，讓一般大眾忘記的時間。

但稍早，走在這個城市中，他曾抬頭看了月亮一眼，印證了他自己血液中早已經告訴他的事實：再過一天，頂多兩天，就是月圓之夜。

他不是機器人，他不會只因刺激就做出反應。他不是命運隨機製造的產物，他要決定自己的宿命，開創自己的命運。

然而他怎能辯駁說滿月對他毫無影響？

滿月把海水吸向天空。沒有人能否認月亮是潮水的源頭。那又怎能否認月亮也吸引著人類血管中的血液？

杜朗戈那一晚是月圓之夜嗎？除了那盞床頭燈的光芒之外，月光可曾照耀那道喉嚨，吸引那把鮑伊型獵刀劃過去？

他寧可認為是如此。

明天，他知道，那道引力將會達到最強。那是無法抗拒的嗎？不，當然不是。他的意志將會比潮水更強，比月亮更強。

但月亮可能會影響他匆促行事，去冒不必要的險。解決史卡德夫婦的事情拖得愈久，就愈能確保他的成功。所以他得壓抑因為月亮所引起的衝動嗎？他非得把這股衝動撇開，或許直到下一次滿月，甚至更久嗎？

他在跟病人進行心理諮商輔導時，常常會強調脫離二元思維的重要性。小心非黑即白的二選一陷阱，他會勸告他們。如果你認真尋找，往往會發現第三個選擇。

對他來說，第三個選擇，也就是唯一真正的選擇，其實很明顯。他唯一要做的，就是解除壓力。

∞

星期一傍晚，在下班後的尖峰時間，他擠上了往南的E線地鐵列車。當列車駛離五十街車站時，他抽出口袋裡的刀，手腕熟練輕輕一揮，彈開刀子。周圍其他乘客的身體擋住了他的動作，沒有人看得到他將刀滑進緊挨著他那個女人的兩根肋骨之間。

當刀身觸到心臟時，他感覺得到那股氣吸到一半突然中止。那一刻她似乎在他的刀尖跳舞，然後舞蹈中止。他感覺到生命離她而去，而他將之吸入，連同她的香氣。

列車駛入時代廣場站。門開了，他跟著許多人一起下車，他在那個女人有足夠空間可以倒下之前，就已經站在月台上。等到大家清出足夠的空間想救她，他已經上了樓梯。在任何人有一丁點懷疑到她已經死了之前，他早已經回到地面的街道上了。

∞

好啦。

太容易了。因為月圓了，或只是因為他喜歡去做能帶給他喜悅的事情，所以他覺得自己需要殺個人。但他不會讓這種需要逼迫自己計畫，或讓自己暴露於不必要的風險之中。他找到了一個簡單而無風險的行事方法，而且進行得非常成功。

現在他可以等待。現在他可以等著好時機，躲在喬・波漢舒適的公寓裡，繼續跟他的新聞群組聯繫，在網際網路上閒逛，閱讀有關艾坡懷特的精采報導（那些報導很快就變成了有關柏丁森的報導）在里奇蒙逐一披露。

你可以帶著一把湯匙或一個桶子走向海洋，他以前常告訴他的病人，大海不在乎少那麼一點水。一個很實用的意象，這個道理放諸四海皆準。他一直很喜歡。

的確，帶著一把湯匙或一個桶子。或是一把刀。

28

「我知道你太太的店暫時關閉，將擇期恢復營業，」瑟斯曼說。「直到這一切結束，我想是這個意思。」

「我希望很快就會結束。」

「她還是一直待在家裡嗎？」

「她待在家裡，」我說。「就這樣。」

「因為我有個想法。」

「哦？」

「她每天待在家裡，一定沒什麼意思。我不曉得她在那個小店是怎麼做生意的，可是如果不開門，就什麼生意都不能做了。」

「我大概知道你會推到哪裡去了。」

「唔，我想你猜得沒錯。我們可以保護她，你知道。我會派兩個人在她後頭的辦公室，然後再派兩個人開著小貨車停在她店門前，我會在她店裡都裝上竊聽器。他不可能靠近她的。」

「不行，」我說。

「你為什麼不花兩分鐘考慮一下呢？我們眼前有個採取預應式立場的機會。這不是比坐等事情發生要來得好嗎？」

「讓警察去上大學，」我說，「他出來就會講『預應式』這種高深名詞了。」

「預應式又有什麼不對了？我們有個機會不必愣坐在這裡把大拇指插在屁眼裡。你比較喜歡這個說法嗎？」

「我不喜歡的，」我說，「是拿我老婆去當獻祭的羔羊。」

我們又繼續說了幾句，到最後兩個人的嗓門都有點大。我掛掉電話時，伊蓮問我獻祭的羔羊這角色是怎麼回事。我告訴她別管了。

「他們希望我去開店嗎？」

「這是個爛點子。瑟斯曼喜歡這個主意是因為這樣他才有事做。」

「那一定就是預應式那個說法的由來了。」

「他可以在這裡那裡布置人，每個人身上都配著無線對講機。他可以當將軍，他可以去當電影導演。不過冒險的人是你，而且不會有用，因為這個傢伙不是笨蛋。」

「所以你認為這招沒用？」

「等上一百萬年也沒用。你以為他會大搖大擺的走進店裡嗎？他們可以派兩個警察躲在電力公司的工程車裡，看起來好像在修地下纜線，還可以派一個人打扮成乞丐拿紙杯討錢——」

「就像阿傑，用他的棒球帽。」

「——然後派兩個警察躲在店後頭的辦公室，一個在地下室，另一個在屋頂，盡量派人沒關係。那傢伙一眼就可以看到這些人，然後就會躲得遠遠的。」

「就算是這樣吧。也不會有人因此吃虧，而且至少我可以去那邊有事情做，而不是坐在這裡好像一件Wedgwood的瓷器，精緻得不敢拿來用。我去的話，能有什麼壞處呢？」

「他們把你放在那裡，」我說，「他們在釣鉤上放了誘餌，可是他不肯咬。」

「他們在釣鉤上放一隻羊？算了。所以他不肯咬。這就表示不值得去試嗎？」

「如果這表示他們失去了優勢，那就值得去試。」我說。「他們一直準備等著對方上鉤，但結果都沒事，他們就會開始覺得反正不會有事情發生。然後他們就會鬆懈，警覺性降低。然後他就坐在那邊等待觀察，最後他終於採取行動時，等有人發現都已經太遲了。」

「你真覺得會這樣。」

「對。」

「喔。」

「而且你不會光是每天站在櫃檯後面六七個小時而已。你得從家裡過去店裡，然後再回來。他們會派個警察護送你，你覺得那個凶手不會發現嗎？他不會找出辦法下手嗎？」

「我明白你的意思了，」她說。「你提防太久，就會開始鬆懈。不過同樣的事情不也會在我們這裡發生嗎？我已經快被悶出幽居症來了。我們的公寓很寬敞，所以我不只有四面牆可以看，不過我同樣已經非常厭倦了。我很好，我在客廳做瑜伽，可是我不曉得自己還能撐得了多久。」

「我們一天撐過一次就行了。」

「就像戒酒一樣，一天戒一次嗎？」

「就像熬過任何事情一樣。即使是坐牢的人也是這麼想的。你一天撐過去一次，總會等到出獄的那天。」

「我知道你說得沒錯，」她說。她沉默了一會兒，然後她說。「假設是你的話呢？」

「假設什麼是我？」

「假設你也名列在那個王八蛋的狗屎名單上。而且我們怎麼曉得沒有你？也許他不只想殺我，你想到過這一點嗎？」

「如果他對我採取行動，我希望他不會帶一瓶女巫酒來給我。」

「我是說真的。」

「不過我想帶花送我沒問題，但是不要女巫酒。」

8

過了一會兒她說，「你一直在冒險。你曾讓自己去當誘餌。那回那個哥倫比亞人拿著大砍刀朝你衝過來的事情怎麼說？」

「那是二十多年前了。那時候我比較年輕，也比較鹵莽。」

「之後你還是在冒險。你和米基去他農場找那些傢伙那回——」
「那時我們別無選擇，親愛的。」
「我知道。」
「那時不能把警方扯進來，我們又根本沒辦法躲起來等著事情結束。情況不一樣的。」
她點點頭，然後說，「最近我常想到我被刺殺那回。那一定很痛，你不覺得嗎？可是好可笑，我唯一記得的痛是在手術之後，等著復原的那時。那次我差點死掉了，對不對？」
「就差那麼一點點了。」
「醫生必須切除我的脾臟。」
「沒錯，」我說，「不過任何認識你的人都會覺得很難以相信，你脾氣這麼好。」
「多謝你喔。他也是想殺我。先殺我，接下來就是你。我想這回也是一樣。」
「為什麼你這麼覺得？」
「我只是有種感覺。他可能也不會太在意順序。我會待在家裡，我會被關在這裡很多天，可是你必須出門。」
「所以你的意思是什麼？」
「噢，你一定要小心。我不曉得如果你出了什麼事，我該怎麼辦。」
「如果我失去你，」我說，「我就真的不想再繼續了。」
「別說這種話。」

「我不是說我會自殺。只是不想再活下去了。到了某個年紀，人生就變得很殘忍，你老是去參加別人的葬禮，等著哪天輪到自己。你的身體和心智都開始消退，頂多只能期望身心能力同時報廢。如果有你陪著我，我就能應付得了這一切，可是沒有你，噢，我就不曉得有什麼意義了。所以我明白二十四小時待在室內真的很痛苦，但無論如何還是忍下去，好嗎？就算是遷就我吧。」

「好吧。」她說。

∞

剛過中午，我接到了一通電話。是阿姆斯特丹大道那家雜貨店的女人。一二一七號又來了，想拿信，結果沒有他的信，於是她靈機一動。你名字告訴我，她說，我去查查看有沒有你的信放錯信箱了。

「於是他告訴我，他的名字是大衛．湯普森。」

我謝了她，留意著不要讓她聽出我兩天前就知道這件事了。總之她幫我們確認，也還是很有用的，這也告訴我們大衛．湯普森不單是他駕照上的名字，也同時是用來收信件的名字。

這一切都讓他看起來愈來愈沒問題了。另一方面，他因為付不出房租被趕出公寓，如果他現在住在奇普氏灣，那又何必在上西城租一個信箱呢？

我有個直覺，然後不到一個小時，我的電話又響了，結果是他，我其實並不意外。

「我是大衛・湯普森，」他說。「我一直沒收到那張支票。」

「我知道，」我說，「真的很抱歉。你不會相信這裡發生了什麼事。」

「哦？」

「這樣吧，」我說，「你的支票就在我手上，我想親自交給你。另外我還有別的工作想找你，一個比較大的案子，我想當面跟你談談。我保證這回不會等那麼久才拿到酬勞了。」

他頓了一下，然後說我最好再給他一次地址。這個可憐的混蛋根本不曉得我是誰，又不想讓我發現他不知道。

「不，你別過來，」我說。「我這裡亂得像個動物園似的。五十七街和第九大道路口有家晨星餐廳，在西北角。半個小時之後怎麼樣？你一定認得出我，我會是店裡唯一穿西裝打領帶的人。」

他說他會去那兒找我。我到臥室裡挑出了一套西裝和一條領帶。

∞

他自己也穿西裝打領帶出現。我猜想他認為必須穿得一副來開會的樣子。他看到我，但不認得，然後又繼續掃視餐廳，想找其他穿西裝的人。

我說，「大衛嗎？」

他循聲轉向我，裝出一副終於認出我來的樣子。「真不懂我剛才怎麼會沒看到你。」他說著走過來跟我握手。他的手很乾爽，握得很堅定。他談了些有關天氣或交通的事情，然後我適當的接腔，示意他坐。我已經叫來了咖啡，侍者此時過來等他點。湯普森說他要紅茶，因為咖啡總會讓他想抽菸。

他看起來整齊又乾淨。他的西裝燙過，襯衫也沒有皺紋，鬍子刮得很乾淨。他的頭髮有點蓬亂，不過現在本來就不流行梳得太整齊，而且他的小鬍子也修剪得恰到好處。

「一開始我要先跟你道歉，」我說。「我編了個藉口讓你來這裡。你覺得我不眼熟是有理由的。因為我們沒見過面。我沒給過你任何工作，我也沒有支票要給你。」

「我不懂。」

「嗯，你當然不懂。我名叫馬修．史卡德，以前當過警察。我認得的一個女人在網路上認識你。她以前有過不好的經驗，於是她決定採取一個步驟，碰到有興趣的人，她會搞清楚對方的來歷，好確定他們沒有對自己的身分撒謊。」

「露易絲。」他說。

「她對你的來歷不放心，」我說。「你的名字太大眾化了，很難調查，可是你所透露的一些狀況又有疑點。我想我知道這一切是怎麼回事了。」

「這段談話讓我很尷尬。」

「你可以離開。我不能硬把你留下。不過你不妨聽聽我要說的話，看我說的是對還是錯。或者你就告訴我去死，隨你便。」

29

「他有過一段很艱難的時期，」我說。「他本來有工作，有女朋友，然後幾乎是同時一起失去，他很難接受。於是他每天睡十五個小時以上，其他時間就看電視。沮喪這種狀況是會自我痊癒的，一般來說，你早晚會找到方法走出來，除非你還沒走出來就自殺了。他設法避免走上自殺那條路，但等到他浮出水面時，他也已經破產了，房租三個月沒繳，他知道被趕出公寓只是遲早的問題。他把筆記型電腦和一些衣服放在車上，時間剛好來得及，因為兩天後他回去看，發現自己的所有東西都堆在人行道邊。於是他轉身離開了。」

我想我的確可以在電話裡告訴她，但感覺上她應該當面聽到這些。所以我打電話到她辦公室，跟她約了五點半碰面，在她辦公室附近的一家小餐館碰面。

「他不是一窮二白，」我說，「不過他的信用卡已經刷到極限，手上現金也很少。他打電話給這一行所有認識的人，想接案子做，有幾個人也給了他工作。不過接案子的酬勞常常會拖很久才付，有時候一等就是幾個月。那顯然是這一行的常態。」

「是每一行的常態。」她說。

「他找過房子，」我說，「可是他看中的地方月租都要兩千元以上。即使是在布魯克林或皇后區，他看過的房子都至少要一千元，這表示光是要搬進門，他就得準備好一個月的房租和一兩個月的押金。」

「而且他還需要家具。」

「房租是最致命的。就算他設法弄到了這麼多錢，每個月光是為了付房租急破頭也夠瞧的了，因為短期內他的未來並不樂觀，而且他也沒有存款好讓他度過這段難關。所以他決定什麼房租去他的吧。他就住在車子裡算了。」

「你開玩笑。我根本不曉得他有車。」

「車子很舊很破，他停在路邊就行了，這是好事，因為他也負擔不起車庫。那是一輛雪佛蘭Caprice車款，老式四門大房車，後座很寬敞。」

「他就睡在後座嗎？」

「他說其實沒那麼不舒服。他在找公寓期間就睡在車上，後來他逐漸習慣，也明白自己不可能負擔得起租房子了。所以他就繼續這樣過日子，唯一的問題就是要確定他永遠都有合法的停車位。如果車子被拖吊，他就得帶著幾百元去拖吊場取車，他付不起那個代價。」

「可是他看起來不像住在車上的人。他會刮鬍子、梳頭髮，他穿的衣服都很乾淨，身上的味道也很香……」

「他是一個健身房的會員。那是個不錯的健身房，會員費每個月要一百多元，但比租一戶公寓要少得多。他每天早上去，舉舉重，或在跑步機上頭花點時間，然後沖澡、刮鬍子、換上帶去的衣服。他所有衣服都放在後車廂，要洗的時候就去投幣自助洗衣店。」

「那工作呢？他真的是廣告文案撰稿人嗎？」

「沒錯，跟他說的一模一樣。他有筆記型電腦，平常藏在車子的前座下頭，以防萬一有人打破窗戶偷東西的時候給摸走。他要上網的時候，就去一家有無線上網服務的咖啡店。我不太清楚那是什麼。」

「我知道怎麼弄的。我的筆記型電腦裡有一張無線上網的卡，可是從沒用過。老天，我是天生就會去挑這種人還是怎麼著？我找到了夢想中的男人，結果他居然住在他的車上。」

「他未婚，」我說，「也沒有另外交女朋友過著雙重生活。」

「那當然不可能。聽起來他連單一生活都應付不來了。」

「他現在盡量讓收支相抵。要多賺錢很困難，不過他勉強還打得平，而且不耍骯髒手段。他很勇敢，我得說我喜歡他。」

「我自己也喜歡他呀。或至少我喜歡他假裝的那個人。」

「假裝的部分很困擾他，」我告訴露易絲。「我們的談話很尷尬——」

「我想像得到。」

「可是全部說出來後，他好像鬆了口氣。他想告訴你，卻不知該怎麼開口。」

「『親愛的，說來可巧，我是個流浪漢。』」

「這個嘛，他並不打算這輩子永遠都要住在車上。他希望能找到一份全職工作，或者自由撰稿的接案更有進展，好東山再起，重新站起來。總之，他不確定你有多喜歡他，或你們兩人是否可能持續下去。如果沒希望，那又幹嘛和盤托出，白讓自己丟臉呢。」

「我們出去吃晚餐的時候，」她說，「我建議要各付各的，他都不肯。」

「就像我剛剛說過的，他不是一窮二白。只不過錢不多罷了。」

「而且沒有住處。你知道，他可以在我家過夜的。他可以偶爾睡在一張真正的床上。」

「我猜想他是基於自尊不肯這麼做。」

「耶穌啊，」她說，手指敲打著桌面。「他會打電話給我，我不曉得自己到底該跟他說什麼。」

「我不認為他會打給你。」

「他要甩掉我嗎？為什麼？」

「他會等你打給他，」我說。「如果你不打，唔，他會以為這就表示你不想再跟他交往了。」

「啊，」她說，然後想了想。「這樣對我就比較簡單了，不是嗎？省得我們還要有一段艱難的對話。」她又想了想。「只不過或許有點不堪。我知道那種等電話的滋味，不曉得對方到底會不會打來。或許我打電話做個了斷會比較好。」

我說一切都看她。她想知道她還得付我多少錢，我告訴她原來那筆聘雇費夠了。事實上，我說著伸手拿了帳單，剩下的還夠付這兩杯咖啡錢。

「我很高興你查清楚了，」她說，「雖然我不是那麼喜歡你所發現的事情。我知道有什麼不對勁。不可能真有那麼完美的人，還留著可愛的小鬍子。何況他還抽菸。」

「小鬍子。」我說。

「怎麼？別跟我說他剃掉了。」

「不，」我說。「你剛好提醒我一件事，如此而已。」

∞

我沒等到回家。我找了個比較聽不到嘈雜市聲的門口，用手機打電話給瑟斯曼。

他說，「你考慮之後，改變心意了。」

「不，不可能，」我說。「是另外一件完全不同的事，你前幾天提到過一件事，我一直想問你。」

「現在你有機會啦。我說了什麼？」

「肯定是跟他的小鬍子有關。我們談到了一個話題，你說了類似他留小鬍子是好事，因為你要用那些鬍子編一根繩子把他給吊死。」

「我說過這種話？」

「諸如此類的，反正是。」

「我看都得怪布魯克林學院，」他說。「害我講話時如果不講『預應式』這種字眼，就會耍起花腔了。所以呢？」

「你當時那些話是什麼意思？」

「啊，那件事查出來的時候你不是在場嗎？也或許不在吧。他用吸塵器還是不能完全滅跡。我們發現了三根小毛髮，不是女人的。一根在她旁邊的床單上，另外兩根在陰毛裡，請原諒我用這個說法。」

「那些毛髮是小鬍子。」

「實驗室的技術人員是這麼告訴我的。總之是臉部的毛髮，而且足夠做DNA分析了。如果沒找到他，這些證據也沒用，但只要能逮到他，那三根鬍子就是寶了。檢察官最喜歡的，就是手上有這種結結實實的物證。」

∞

我走了一個街區又打電話給瑟斯曼。我想他有來電者顯示的裝置，而且我的電話沒有設定拒絕顯示，因為他一接電話就說，「又怎麼了？」

「關於那個小鬍子的，」我說。

「所以呢？」

「有個什麼告訴我，他鬍子刮得很乾淨。」

「你說真的？你是怎麼推出來的？他吃點心的時候不曉得掉了兩根鬍鬚啊。就算他把鬍子給刮掉了，驗DNA不必取他的鬍子當樣本，他身上每個細胞都行。」

「他沒有刮掉，」他說。「因為他不必刮。他只需要用一點溶劑把鬍子撕下來就行了。」

有那麼一會兒，我還以為電話斷線了。然後他說，「你是說那個小鬍子是假的。」

「我的意思正是如此。」

「所以他留下那幾根鬍子並不是意外。他是故意放在那裡，好讓我們找到的。」

「對。」

「耶穌啊，真是複雜。」

「你我都曉得他做事是有計畫的。」

「而且是個徹頭徹尾的奸詐混蛋。但這樣實在說不通，馬修。提供另一個人的DNA並不會讓我們從此步上光明坦途，我們也不可能故意去栽贓別人。我的意思是，他知道我們有目擊證人，是受害者的朋友，把凶器賣給他的人。如果我們逮到他，也不會因為DNA不符就放了他。」

「但他的律師在法庭上就有花樣可以玩了。」我說。

「他的律師會問：『你們是不是曾在犯罪現場發現了男性臉部的毛髮？而且你們拿來跟被告的DNA比對的結果，是不是不符合？』

「『那麼是不是有可能，在我的當事人回家之後，另一個男人拜訪了被害者的公寓，你怎麼能排除另一個男人要為她的死亡負責任的可能性呢？』」

「是啊，聽起來很像是他律師會說的話。」瑟斯曼說。「可是他是心理變態殺人狂，會操他媽費這麼多苦心嗎？好吧，你接下來兩三個小時會在家嗎？」

「不管在不在，我都會帶著手機。」

「很好。我要去找實驗室的人談一談，然後我再跟你商量。」

∞

電話鈴響時，我正好走到門口。「他們什麼都不必做，」他說。「我只是去問問題而已。那三根毛髮他們發現是男性臉部的毛髮，跟我之前說的一樣。臉部毛髮就跟頭髮一樣，長到一定的長度後會掉，這時候毛囊組就會再生出新的頭髮。」

「然後呢？」

「然後那三根頭髮不是掉下來的。它們是切斷的，可能是剪刀剪的。有時候這種事情是因為你拿把剪刀修剪你的小鬍子，剪完後沒有梳過，有些剪下來的就會黏在鬍子裡，稍後才會掉下來。這就是為什麼他們檢查後發現那三根鬍子是被切斷的，卻並沒有起疑心。」

「很合理。」

「事情的確可能是這樣，我也沒辦法證明不是。可是我知道不是這麼回事，因為我們的愛乾淨先生如果剪過小鬍子，就一定會梳理的。」

「對。」

「他一定梳過她的胯下，否則就是他剃掉了自己的陰毛，有些犯罪者會這樣，免得留下的證據暴露身分。老兄，我敢說影集《CSI犯罪現場》播出時，監獄裡的每台電視機都在收看，我敢說那些操他媽的傢伙乖乖坐在電視機前面記筆記。總之，我們在她身上沒找到任何掉下的陰毛。所以他的小鬍子是假的。」

「肯定是。」

「而且他一直都戴著。他跟她碰面時，去你太太的店裡時都戴上了。順便跟你講一聲，你就忘掉我稍早說要她回去開店的事情吧。這個小操蛋太精了。」

「我也是這麼想。」

「我不曉得是不是該把給電視和報紙的那張素描換掉。換掉可能會讓他曉得我們看穿他的伎倆了。此外，到現在他可能已經留了滿臉的大鬍子了。」

「如果他能找到人賣給他大鬍子的話。」

「我正打算往這個方向去查。賣戲劇道具的店，因為那個小鬍子一定是他買來的。馬修，這件事我得謝你。我根本沒想到那可能是假鬍子。我平常不會這樣想事情的。也許你們以前的罪犯要詐得多，嗯？」

「肯定是，」我說。「那傢伙是師法古人。」

8

阿傑在用電腦，伊蓮在看雜誌，不過他們都停下來聽有關大衛・湯普森的事。伊蓮很擔心露易絲要跟他分手的事情。「所以他沒有地方住，那又怎樣？」

「我想讓她煩心的是他沒告訴她。」

「就像泡疹，」她說，「有必要知道的人你才會說。何況，他的確告訴過她，說他家太小不能帶人去。他只是沒說清楚到底有多小。」

「他說他住在奇普氏灣。」

「噢，也許他喜歡把車停在那裡，也許那邊車位很多。我想她應該在新澤西州的蒙克來爾買一棟房子，好讓他把車停在她車道上。」

「你就是喜歡有個快樂的結局。」

「嗯，你說得沒錯。」

阿傑想起我們企圖跟蹤他那個晚上，湯普森一出了露易絲那棟大樓，曾停下來打一通短短的電話。

「我們之前猜他是打給一個女人，」我說。「猜得沒錯。他是打給露易絲，告訴她說這一夜很愉快。然後他就上路，沿西端大道往北走到八十八街，因為他的車就停在那裡。他上了車之後，唔，就這樣甩掉我們了，雖然他根本不曉得我們在跟蹤他。」

「他就上了車，沒發動引擎或幹嘛的。」

「他幹嘛離開？他有個好好的停車位，可以停到第二天早上七點。」（譯註：紐約因為洗街所需而有輪邊

停車制度：每星期一、三、五街左、星期二、四街右均因為洗街而不能停車，每天早上七點換邊）

伊蓮說，「真是個理想中的男人。他們跟你做完愛之後，只想上自己的車睡覺。」

「至少他有輛車，」阿傑說。「他們可以開車去兜風。」

「他可以帶她去戶外電影院，可以開車進去看的那種。」她說。「不曉得現在還有沒有這種電影院了。或者他可以把車找個地方停下來，引誘她到後座。」

「然後他就會睡著。」

「只是出於習慣而已，」她同意。「哈，這個好玩。」

然後我告訴他們有關摩妮卡的凶手留下的小鬍子，以及瑟斯曼和我的推論，他們於是變得嚴肅了起來。我問伊蓮會不會覺得那個小鬍子看起來很假，她說不會，如果很假的話，她之前一定會說的。

「可是你不會想到會有人戴著假的小鬍子，」她說。「某種人的髮際線，你只要多看一眼就可以看得出典型的假髮痕跡。即使如此，就像我們前幾天才談到過，如果是頂好假髮，你就看不出來，假的小鬍子應該比較不容易看出來，因為沒有人會注意。」

我忽然想到什麼，問起那張素描在哪裡。

「桌上就有，一大疊呢。」

「我指的是原版那張。」

「啊，」她說。「等一下，我想我知道放在哪兒。」

「能不能帶一塊橡皮擦過來？」

「橡皮擦？你想要——啊，我明白了。沒問題。」

她帶著雷畫的那張素描和一塊專用的軟橡皮擦回來，她說，「讓我來擦，可以嗎？你希望把小鬍子擦掉，但其他部分不要動到，對不對？」

「對。」

「那我來擦，因為我的手做細部工作會比你的手巧。」

「寫字印字也比我巧。」

「沒錯，只因為我是女生。這就是為什麼我打棒球不會傳球。」

「也搞不懂內野高飛球規則。」

「可是如果我是女同性戀，我就會傳球。不過我還是不會懂內野高飛球規則。」她往前湊，吹掉了軟橡皮的碎屑。「好啦！你覺得怎麼樣？」

「耶穌基督啊。」我說。

「怎麼了？你還好吧？」

「我很好。」

「你臉色可不好。看起來好像生病了。怎麼了？」

「我想我認識他，」我說。「我想他是亞比。」

8

他的名字是亞比，我認識他有多久了？不曉得。一兩個月？他剛到紐約，但他已經戒酒好像有十年了。他會去參加聖保羅教堂和爐邊團體的戒酒聚會，而且前幾天晚上他才出現在喬爾西一個男同性戀的戒酒聚會上。我在那邊碰到他，當時覺得很奇怪。那天他的態度有些怪異，他想講話，想逗我講話，可是我那天只想一個人清靜。

「他在偷偷跟蹤窺伺你。」

我簡直坐不住了。我站了起來，邊走邊在屋裡兜圈子。

我說，「這實在沒道理。老天在上，他已經參加戒酒無名會十年了。」

「你怎麼知道？」

「因為他是這麼說的，幹嘛要撒這種謊呢？就像小鬍子，你根本不會仔細看。」我皺起眉。「我才是他真正的目標，對吧？我本來以為是摩妮卡，然後是你，或順序倒過來，但其實一定是我。他跟著我到戒酒無名會，然後開始參加聚會。我不懂他是怎麼認識摩妮卡的。」

「她常常來我們家。生前的時候。」

「然後他設法認識了她，大概不會太難。然後讓她以為他的種種必須保密，這樣摩妮卡就不能告訴我們有關他的事情了。她為他買過蘇格蘭威士忌對不對？」

「對。」

「然後他買了一瓶義大利什麼鬼的給她。」

「女巫酒。」

「沒錯，女巫酒。他來參加戒酒聚會，說他十年沒喝酒，符合參加聚會的資格，然後他去摩妮卡家，喝一點蘇格蘭威士忌。為什麼不能喝呢，他根本就不是酒鬼。」

我拿起電話，查了號碼撥過去。電話響了很多聲，我都要掛上了，比爾接了起來。我說，「比爾，我是馬修。你還好吧？你是亞比的輔導員，對不對？你最近聚會上有碰到過他嗎？唔，我為什麼問，我希望你保密，但我有理由懷疑他牽涉到一些嚴重的事情。其實是非常非常嚴重。我想他可能是在設計什麼，可能他根本沒有戒酒。嚴重的不是這部分，那件事我現在還不想講。嗯，那就有趣了。他姓什麼，你會不會剛好曉得？呃，你知道他住哪裡嗎？我明白了，是，當然了，比爾。我會的，謝了。」

我掛了電話後說，「比爾已經好幾天沒看到他了，不知道他姓什麼，也不曉得他住在哪裡。有回比爾聞到他身上有威士忌的味道，可是什麼都沒說，不過亞比一定感覺到什麼，因為他就先主動說他在餐廳裡怎麼樣被一杯酒潑到，把他氣得要死，走到哪裡都聞到自己身上那種甩不掉的酒味兒。不過回想起來，比爾感覺那可能是撒謊，酒味是從他氣息裡透出來的，不是從他衣服上。」

「寶貝，你要不要喝杯紅茶？或吃點東西？你整個人——」

「我太激動了，可是我不激動才怪。比爾是他的輔導員，可是亞比從沒把自己姓什麼告訴他。」

「挑亞比這個名字真奇怪。亞伯拉罕的簡稱吧，我想是。」

「你以為是這樣，可是如果你喊他亞伯拉罕，他會糾正你。或者我想到了，如果你簡稱他亞伯，他也會糾正你。戒酒無名會的人都很客氣，都操他媽的接受他的說法。他可以自稱是多樂若絲，每個人也都不會有意見。」

「叫多樂若絲這名字有什麼不對？」

阿傑問他有沒有任何縮寫姓，比方我們在聚會裡常自稱是馬修．S或比爾．W。

我說，「沒有，他就叫亞比而已。」然後我停下腳步，我猜我的眼睛睜大，嘴巴張開了，因為阿傑瞪著我，伊蓮則抓住了我的手臂，問我怎麼了。

「操他媽真聰明，」我說。「他媽的太精了。亞比，懂了沒？只有亞比（Abie）。這名字本身就是兩個字母的縮寫。A一點、B一點。AB。」

「我不懂——」

「A他媽的B。就像艾柏．貝克（Abel Baker），或阿尼．柏丁森（Arne Bodinson）。」

「你不會以為——」

「或是雅頓．布理爾（Arden Brill）。」我說。「或是亞當．布萊特（Adam Breit），或是他寫在牆上那名字是什麼？奧布利．比亞茲萊（Aubrey Beardsley）。永遠都是AB。啊，耶穌啊，是他。」

30

「你知道，」艾拉．溫渥斯說，「過去幾年來，我不曉得有多少次曾想到那個狗娘養的。每次我都逼自己改想別的事情，因為我不希望他占據我的腦袋空間。我希望那一章結束。」

艾拉．溫渥斯還在二十六分局。幾年前他也在那裡時，那個用過好幾個名字、但縮寫都一樣的男子在他轄區的克萊蒙特街伏擊了一個名叫莉雅．柏克曼的年輕女子。當時她的兩個室友也在公寓裡，但他設法進去又出來，而且出於預謀將莉雅溺死在浴缸裡面，都沒有人注意到他來過。莉雅是阿傑的朋友，當時就讀於哥倫比亞大學，她同時也是另一名年輕女子克莉絲汀．賀蘭德的表妹，克莉絲汀的父母被兩個顯然是正在入門行劫中的人殘忍謀殺。AB——莉雅所知道的他叫雅頓．布理爾（Arden Brill），是個英語博士候選人；克莉絲汀所知道的他名叫亞當．布萊特（Adam Breit），是個跳脫傳統的心理諮商師——AB殺了那次入門劫案的共犯和另外一個年輕人。稍早，他還殺了一個住在中央公園西道的公寓屋主，然後自己搬進去，聲稱他是轉租了這戶公寓。過了一陣子他勒死了一名韓國按摩店的馬殺雞女郎，掐住她的脖子後，屍體留在那裡。最後，他用刀刺死五個人，這五人合資買下了布魯克林區布許維克那一帶一棟房子，正在重新整修，他們的屍體被鹽酸毀損，然後凶手本人也死在地下室，被他自己放的火給燒死了。

我希望那一章結束，溫渥斯這麼說，原因不難理解。

瑟斯曼說，「地下室的那具屍體，你沒有辦法確認身分嗎？」

「沒有辦法百分之百確定。他戴著一個項鍊墜子，是塊粉紅色的石頭，確定是賀蘭德家劫案中失竊的。他身旁有一把刀，我們因此才能跟樓上的五條命案聯繫起來。那具屍體很好，被燒焦了，你只能說那可能是他。我們可以採到DNA，但卻沒有可供比對的東西。如果他不是這麼個操他媽的大騙子，這麼個愛耍花招的小甜甜，應該就是他沒問題了。」

「所以你們把案子結掉了嗎？」

「我沒有理由不結掉。就算我出自任何直覺，認為他設計了整件事後消失了，噢，那我們又該去哪裡抓他呢？發出一個全國性的通告，留意某個到處殺人的機靈男子？我沒辦法證明他沒死，我從沒見過他，也沒看過他的照片。我連他外貌的精確描述都不曉得。可是我知道就是這個人沒錯。」

「因為姓名的縮寫。」

「這一點確定就是他，不是嗎？這就是他蠢的地方，永遠使用相同的姓名縮寫，當成他的註冊商標。他就用這個縮寫給作品簽名。唯一比他腦袋大的，就是他的自我。你知道，我們當初結案的時候，我知道有可能他還活著。但那表示他已經離開了我們的管轄區，不是我們的問題了。」

「你當時也這麼說過。」

那就是我和瑟斯曼講電話時曾覺得不對勁的事情。也許他已經完成了紐約的配額，也許他正在往德州艾爾帕索的路上。若是如此，他就再也不會來煩我們了。當時我曾感受到不對勁，卻沒有當場把握住。

「我本來以為，最糟糕的狀況是，他成了其他人的煩惱。」溫渥斯想過之後說。「我根本從沒想到，他可能會回來。」

∞

是我打電話邀瑟斯曼和溫渥斯兩個人來我家的，然後我們聚在客廳裡。桌上有一個玻璃壺的咖啡，還有一小壺鮮奶油，和一小碟人工代糖的糖包，粉紅色和藍色都有。我猜想粉紅色是給女嬰，藍色給男嬰。桌上還有一盤餅乾，但沒有人碰那盤餅乾，也沒有人加鮮奶油或糖，不過溫渥斯已經喝了兩杯咖啡了。

我還可以邀請其他警察來參加這個聚會。有布魯克林的艾德·艾佛森，他是當初負責調查康尼島大道那樁顯然是謀殺加自殺的案子。那是AB先生布置的，讓現場看起來好像是傑森·畢爾曼先殺了卡爾·伊凡科，然後再自殺，很有效率的結掉了賀蘭德夫婦的謀殺案。另外有丹·史林，一開始賀蘭德夫婦命案是他的案子，直到北區重案組接管。我還可以想到其他幾個重案組和二十六分局的警察，還有布什維克那個案子的火場鑑識人員，不過我連他們的名字都想不太起來，更別說要聯絡他們了。

溫渥斯說，「已經多久了？四年嗎？不難猜測這四年他都在做什麼打發日子。」

「在殺人。」

「我們所知道的已經殺了四個人，」溫渥斯說。「不，應該是五個。」

「除了摩妮卡還有誰？」伊蓮想知道。

「你的朋友是一個。加上維吉尼亞州那三個男孩，除非在場有誰不認為我們要找的這傢伙和艾柏·貝克跟阿尼·柏丁格是同一個人。」

「柏丁森。」

「我認錯。是同一個人，對吧？」

「一定是。」

瑟斯曼同意，但不明白為什麼這表示他殺了里奇蒙那三個男孩。不利於普瑞斯登·艾坡懷特的證據不是鐵證如山嗎？

「證據，」溫渥斯說，「似乎是這個傢伙的專長。如果我沒記錯，里奇蒙的那幾樁命案都是用同一把刀。刀子也找到了，是證據的一部分。我們要找的這傢伙好像確實是很喜歡刀。」

「他勒死了那個韓國馬殺雞女郎，」我提醒他。「另外用槍殺了畢爾曼和伊凡科和拜恩·賀蘭德。」

「你不認為他殺了里奇蒙那三個男孩嗎？」

「我很確定是他殺的，」我說，「我也同意他喜歡用刀，但他不會自我設限。」

伊蓮說，「那三個男孩不是被猥褻了嗎？我指的是性侵害。」

「那又怎樣？」

「我以為他是異性戀者，如此而已。『查姆利沒有同性戀傾向。』你記得那個笑話吧？」

溫渥斯說，「有關查姆利雞姦一頭大象的，對不對？『公象還是母象？』『幹嘛問？老兄，是母象。查姆利沒有同性戀傾向。』」

「可是那三個男孩是好幾年前被殺害的，」瑟斯曼說。「維吉尼亞州的上訴過程比其他大部分的州都要快，很快就定讞了，不過即使如此，他也一定是好幾年前就計畫好的。」

「他很有耐心，馬克。而且他可能找到其他方式打發時間。每年都有很多人被殺害，而且很多殺人案沒有破。此外我們也不必只考慮沒破的案子。我的意思是，里奇蒙的那些謀殺案，那裡的警察把這三個殺人案歸到已破案項下。結案了，對吧？就像他幾年前在這裡犯下的命案，我們也把案子給結了。」

「不曉得，」瑟斯曼說。「那現在我們該怎麼辦，打電話給里奇蒙嗎？」

∞

他們反覆考慮這一點。一方面，里奇蒙的謀殺案就像一罐蠕蟲；而另一方面，罐子已經打開了。不論怎麼做，主要重點在於我們得抓到這狗娘養的。要是我們把里奇蒙和聯邦調查局扯進來，會增加逮到他的機會，還是會陷入「人多壞事」的困境中？

中間出現了一段沉默，此時伊蓮說，「你說是五個。」

「五個什麼？」

「你說他殺了五個人，」她告訴溫渥斯。「摩妮卡一個，還有里奇蒙的三個男孩。加起來是四個，那第五個是誰？」

「艾坡蓋特，不過他不姓這個。我一分鐘前才說過，他姓什麼來著？」

「艾坡懷特。」

「沒錯。艾坡懷特被維吉尼亞州政府打了毒針，我們的朋友還在那裡親眼看到處決，他就是讓艾坡懷特躺上推床的始作俑者。他不會因為這個案子被起訴，反正還有太多其他案子可以吊死他，但你不覺得他就像打進艾坡懷特體內的那些化學品一樣，也是讓艾坡懷特致死的原因嗎？你不認為這就叫謀殺嗎？」

∞

如果里奇蒙警方和聯邦調查局加入，整件事一夜之間就會成為媒體鬧劇。

「我感覺現在我們有個很大的優勢，」瑟斯曼說。「我們知道他是誰，也知道他的來歷，可是他不曉得我們知道了。如果把這些事情公布，那就全完了。」

「不曉得，」溫渥斯說。「總之，我們到底有多少優勢？首先，他可能會假設我們已經知道了。他沒有刻意隱瞞是他幹的，他持續用同樣的姓名縮寫，並不是因為他有一套鑄了ＡＢ字母的袖釦捨不得丟。在某種程度上，他是希望全世界都曉得是他幹的。」

「等於是在說：『來抓我吧，免得我殺更多人。』」

「不，我不是說他想被抓到。他是盡一切可能避免被抓到，但有意無意間，他肯定很想讓我們搞清楚我們抓不到的人是誰。」

「如果我們公布這件事，他會怎麼做？」

「我知道上回他是怎麼做的，」溫渥斯說。「他殺了五個人，然後就消失了。算上他抓來頂替位置那個被燒焦的倒楣鬼，就是六個人了。我們不見得會讓他展開另一場大屠殺，但我敢打賭，如果我們一公布，他就會決定閃人。」

「所以我們該怎麼做？除了暗地裡調動更多人馬調查，把更多殺人事件納入這個案子裡，我們要怎麼找到他？」

「首先，我們要認真保護馬修和伊蓮。其次我們要出去找他。他一定有個地方可以住。馬修，你剛剛說他參加戒酒聚會有多久了？」

「至少一個月。」

「所以他住在某個地方，曉得會是哪裡嗎？」

「就在這一帶，」阿傑說。「假設離這棟公寓很近、離聚會的地方很近，而且離伊蓮的店很近。」

「比方就在西五十幾街，」瑟斯曼說，「從第八大道到哈德遜河。換句話說，就是中城北區分局的轄區。那個局裡我們認識誰？」

我聽著他們提出好幾個名字。其中一個名字是喬．德肯，我告訴他們德肯退休了。他們商量細節，討論該如何執行。這個區域有很多論房出租的旅社和出租公寓，他們覺得應該好好清查。

我說，「我不認為他會住在旅社裡。」

「是嗎？」

阿傑說，「又是個睡在車上的傢伙嗎？」

他們不曉得他在講什麼，我也懶得多作解釋。「他會找個公寓住，」我說。「他如果能在這個城市找到一戶公寓，那他就是個天才。」

「他未必要找空屋，」我說，然後提醒他們，當初他在中央公園西路的鄰居們都以為他是向一個休假一年去法國的古生物學家轉租公寓的。「這樣轉租的成本很低，而且沒有期限，」我說。「他只需要殺了那個古生物學家，把他的屍體丟到哈德遜河就行了。」

「你覺得他會再如法炮製一次？」

「這樣比較便宜，」我說，「而且殺人對他來說也不勉強。」

「的確，」瑟斯曼說。「他好像愈來愈喜歡殺人了，不是嗎？」

8

兩個警察離去後，伊蓮和阿傑和我坐在那裡，沒什麼話可說。沒有人想吃東西。我打開電視，漫無目標的轉台逛了幾分鐘，然後又關掉。我坐在那兒陷入了一種奇異的冥想中，試圖計算據我們所知ＡＢ殺了幾個人。我老是算著算著就糊塗了，然後從頭開始算。

幾個月前，棒球季剛開始的時候，有天下午我試圖要想起我小時候有哪些大聯盟球隊，想得快發瘋，當時兩個聯盟各有八支球隊，沒有分區也沒有季後賽，更別說有大型電子計分看板和指定打擊。我沒用紙筆記下，只是在腦子裡回想，可是沒有一般想像中那麼容易。國家聯盟的八支球隊我都想起來了，但美國聯盟我只想出了七支球隊，剩下的那支球隊好像怎麼也想不起來。後來我就忘掉了整件事，兩天後洋基隊在主場迎戰底特律，那就是我的答案，於是我又生出另一個問題。我怎麼可能把底特律老虎隊給忘了？

當時這個國家很不一樣，大聯盟球隊最西邊的城市是聖路易，最南邊的是華府。當然，芝加哥有兩支球隊，不過波士頓和費城，還有沒錯，聖路易，也都有兩支球隊。紐約有三支球隊。

伊蓮問我在想什麼。「棒球。」我說。

「看看電視上有沒有球賽轉播，」伊蓮建議。「來吧，至少有點事情可以做。我去弄些爆米花來吃。」

洋基隊正在巴爾的摩打客場球賽，對手金鶯隊的前身曾是聖路易棕人隊。大都會隊正在主場跟來訪的勇士隊打三連戰，我從小到大看過勇士隊從波士頓搬到密爾瓦基又搬到亞特蘭大。但棒球規則還是四壞球保送、三好球出局，依然是三人出局就結束一局，每場球賽打九局。而如果現在的打擊者比以前要強，那麼，現在的投手球速也就比以前更快。我們三個人坐在沙發上吃爆米花，看著球場上的年輕人打著古老的比賽。

31

他坐在那家小餐館裡。他的位置靠窗，可以坐在這裡吃早餐，同時看著對角線的那棟大樓。史卡德住在那裡，史卡德和他漂亮的太太伊蓮，另外還有個年輕黑人似乎常跟他們在一起。自從他回到紐約，他就常看到史卡德跟那個年輕人一道，有時候是走在街上，有時候是在這家小餐館一起吃飯。

現在伊蓮好像都不離開那棟大樓了。史卡德進進出出，那個黑人也進進出出，可是他再也看不到史卡德和那個黑人一起行動了。這一點很難確定，他並不是一天二十四小時都盯著那棟大樓的出入口，不過他覺得這兩個男人似乎至少會有其中之一待在大樓裡。史卡德一定會等到那個黑人進去陪著她，自己才會離開。

這表示他們在守護她。讓她留在家裡，沒有人能接近，而且如果他設法進了那棟大樓，那兩個男人會在她身旁保護她。

那如果他離開呢？

這個念頭很吸引他。他想考慮一下。他付了帳，離開那個小餐館，一路走去。

∞

他可以就這麼消失。他一向就是這麼做，早晚都會消失。他離開原來的生活，就像蛇褪皮一般。他去到另一個地方，變成另外一個人。

然後過自己的生活。

這回也要如此嗎？他原來是計畫要解決掉他和史卡德先生與史卡德太太的事情才走的。假設他丟下這些未完成的事務，就這麼消失呢？他可以往南或往西走，他可以去任何地方，帶著他顏色更深的頭髮和修過的新髮際線和他的眼鏡，沒有人會認得他。

而史卡德夫婦可以留在這裡，等不到事情結束的跡象。他們會仍然保持警戒，史卡德太太仍然不敢離開那棟大樓，而史卡德先生則仍然害怕讓她落單，他們夫婦仍被恐懼牢牢鎖住，而他，那個恐懼的源頭，卻已經無處可尋了。離開，消失，不告而別，但不知情的史卡德夫婦仍無法放鬆，無法恢復正常的生活。

他的最大優勢就是耐心。自從史卡德逼他離開這個城市之後，多年來這件未完成事務都沒有解決。這件事從未啃噬他，從未折磨他的心靈。那不過是待辦事項之一，等到時機成熟時，早晚要解決的。

假設他把這件事情再度擱置，假設他再離開幾年，等著史卡德夫婦回復到正常生活，等著時光流逝。然而他們會一再不經意也不情願的想到他，一次次深感困擾。他們曉得他還在，曉得他可能會回來。但隨著每個月過去，這份威脅都會降低一些，最後他們會完全放鬆下來。

然後他會回來。啊，等他重返這個城市時，口袋裡面不會有這把刀了。他會出於某些原因，將刀子留在某個地方。但他會有另一把刀，說不定他會更喜歡新的那把。

等到時機成熟時，他會有機會使用那把刀。

可是離開之前，他要做一些事情。免得他們太快就忘記他。

32

馬克・瑟斯曼打來時，上午已經過了一大半。我看到皇后區發生的那樁尖峰時間地鐵刺殺案新聞了嗎？受害者是男性，十六歲，稍早曾跟兩個十來歲的男孩在地鐵月台上推擠。這樁殺人案被認為是起因於那件推擠糾紛，雖然沒有人看到殺人的經過；其他乘客的身體擠著，使得那個男孩的身體一直保持直立，直到列車開到一站，下車的人夠多，才讓屍體倒下。

「他們認為這個案子跟幫派恩怨有關，」他說，「可是我想過，然後我想到兩天前在曼哈頓被殺害的那個女人。相距好幾哩，不過是同一線列車，兩回都是用刀刺，而且都沒人看到發生的經過。因為發生在兩個不同的行政區，有兩組不同的法醫，所以誰會立刻想到兩者有關呢？你懂我意思吧？」

他去找了相關的人談過，正等著他們比對記錄向他回報。「我想聽到的是，」他說，「兩把不同的凶刀、兩種不同的傷口，兩者之間的一切完全不同。但你知道我覺得會是怎樣。」

他說等他得到回報，會馬上通知我。約一個小時後，電話鈴響起，我還以為是他，結果不是。是米基・巴魯。

「你給我看過的那張素描，」他說。「我不是跟你說很眼熟嗎？我拚命想這人是誰，結果昨天半夜我才想到。」

「你在葛洛根酒吧看過他？」

「不是。我好幾年見過他，而且才看了一眼。你記得那回你叫我去西七十四街那棟房子守著嗎？當時你覺得住在裡頭那個女孩可能有危險。」

「克莉絲汀・賀蘭德。」

「很有禮貌的年輕小姐。他來敲門，就是你素描上那個人。當然我根本不曉得他是誰，我打開門叫他滾蛋，他就滾蛋了。我當時幾乎沒看清楚他長什麼樣子，不過我的記憶力很不錯，對吧？是同一個人。」

「啊，老天，」我說。「我根本還沒想到她。真搞不懂我是怎麼回事。好吧，我得掛掉電話好通知警方去保護她。假設她沒事，假設他還沒去拜訪她。基督啊，要是他去找過她，要是他已經殺了她——」

「沒有人能碰她一根寒毛。」

「你怎麼知道？」

「我怎麼知道？為什麼，我這會兒不就隔著桌子坐在她對面嗎？」

∞

「他昨天半夜就開車趕過去了，」我告訴伊蓮，「可是擔心太晚，就沒去敲她的門。他把車停在對街，好好盯著。到了今天早上，他覺得時間不會太冒失了，就按了她家門鈴。他很驚訝她還記得他。」

「有誰能忘得了米基嗎？」

「我也問了他這個問題。他說有些人但願能忘記他。」

「我相信。」

「那棟房子裝了防盜警鈴，還有一套很好的鎖，而且她有米基陪她。我不曉得之前我怎麼沒想到要擔心她，不過現在不必了。他殺了她父母，你知道。」

「我知道。」

「她還住在那裡。只有一個人，住在那個大房子裡。」

「現在她有米基作伴了。」

「他們在玩克里比吉牌戲，」我說。「四年前他過去保護她的時候，他們就玩過克里比吉了。」

我拿起電話打給艾拉．溫渥斯，把大部分的情況告訴他，不過我想我沒提到他們正在玩克里比吉牌戲。「真不懂我們怎麼會忘了她，」我說，「不過她現在沒事了。這下他進不了她屋子了，如果他真進去了，那上帝保佑他吧。不過呢，去監視她的房子可能也不壞。」

「因為他可能會出現，」他說。「我跟我們隊長談過了，我們要重開莉雅．柏克曼的案子。我或許可以調兩個便衣坐在車裡，監視那個街區。」

我放下電話，下回鈴聲響起時，是瑟斯曼。化驗室的證據還很初步，還不能打包票，不過每一項證據都顯示皇后區那個十來歲男孩和曼哈頓那個女人都是以同樣方式被殺害——從後方插入一刀，從兩根肋骨間刺入心臟。兩件命案所使用的凶器極端類似，或許是同一件凶器。

「目前呢，」他說，「我打算就到此為止。我連往上呈報都不想了，更別說去跟誰提這事情。因為如果媒體曉得了，那我們只好求老天保佑了。你願意想像一下讓尖峰時間地下鐵的每個乘客都提防著背後嗎？」

「他們會希望有金屬探測器。」我說。

「設在每個收票口。把你的銅板從口袋裡掏出來，放在盤子裡，接下來才能刷你的捷運卡。是喔，沒錯。我們得趕緊逮到這個王八蛋，就這樣。因為這事情你只能暫時瞞這麼久。如果他再幹一次，又幹掉一個尖峰時間的通勤乘客，有些媒體天才自己就能捉摸出來了。這會登上每份報紙的頭版、成為每節電視新聞的頭條報導，這會讓街道上的人開始恐慌，還有街道下頭也一樣。」

∞

那天晚上我坐在椅子上看書，伊蓮一臉憂心的走過來，問我是不是還好。顯然我已經放下書、瞪著空中有五或十分鐘了。我自己都沒發現。

我說，「我恨自己什麼都不能做。我恨等著事情發生，而且期望事情發生時自己能有恰當的反應。我恨覺得自己無助又沒用又使不上力。」

「而且覺得自己老了。」

「沒錯，」我說。「我知道該做的我都做了，其他我無能為力。這些我都知道，我也會繼續做下去。但我不喜歡那種感覺。」

∞

次日早晨的感覺好了點。瑟斯曼打電話來，我聽得出他的口氣不同了。「我們找到他了。」他說，我還沒反應過來，他就自行更正。「應該說，是找到他現在住的地方。就在五十三街西端那邊。有個女人認出了那張素描，說他就是那個好心的年輕人，來照顧他的喬叔叔，把他送去了布朗克斯的榮民醫院。只不過榮民醫院的人從沒聽過喬·波漢，我猜想再也不會有人見到那個可憐的老喬了。」

「我想我們在找的那個傢伙不在家。」

「沒錯，」他說，「不過他的筆記型電腦在。裡頭有密碼保護，不過我們找了個人來，他破解的速度比高中小鬼弄開上鎖的汽車還要快。不過我們不必破解，就曉得那是我們要找的那個傢伙的筆記型電腦，因為喬不是那種會上網的人。事實上，你根本看不出喬住過那裡，因為他的東西都不見了。剩下的東西似乎全都是屬於那台筆記型電腦的主人，還有一件很可疑的東西，是一把又大又重的刀子。我們在談的這會兒，他們就已經在比對看那是不是地鐵刺殺案的凶刀了。我在街上派了十幾個人監視，等著他回來用他的筆記型電腦，或他的刀子。」

33

有時他覺得世上似乎真有守護天使存在，而他就有一個。以比較理性的眼光來看，他覺得守護天使這個概念基本上是一種隱喻，一個方便的方式，將自己心靈、精神上對於某些無形事物的感知能力予以擬人化。

多年前，他在紐約的最後期間，當史卡德帶著一幫警察守在他位於中央公園西路的公寓時，他就躲開了。他當時搭了計程車，正在回家的路上，正打算要走進那個擠滿了警察、等著他出現的門廳，而有個什麼警告他，有個什麼讓他提前下了計程車，徒步走完剩下的路，小心翼翼的，提防著任何危險的跡象。

回想起來，他始終無法精確指出是什麼讓他警覺的。他還記得當時並沒有遠方傳來的警笛呼嘯，而他搭的計程車駛近目的地時，那一帶看起來並沒有任何改變。但無論你選擇哪個稱呼，守護天使、更高的自我、高層次的網路安全協定ＥＳＰ，都無可否認有個什麼在警告他，而他也沉著的遵循那個警告而行動。

當時有個什麼令他轉身遠離那戶中央公園西路的公寓，去他平常停放的車庫取車，直接開到布魯克林。他沒花多少時間就到了那兒，也沒花多少時間就把該做的事情做完，讓麥瑟羅街那棟房子陷入一片火海，然後完全離開這個城市。

一切都因為他聽得到那個心靈深處的提示，不讓邏輯思考凌駕那個傾訴的聲音。

而現在他又再度體驗到那種感覺，那種同類型的警告。他感覺到頸後的緊繃感，感覺到手掌的微微刺痛。他第一次注意到那種感覺時，正在第九大道往南走，才剛經過伊蓮的店，而他的第一個想法是有人在觀察他，有人正在監視他。

他停下來，看著一家餐廳櫥窗裡的菜單，左看看右看看，設法不動聲色的觀察四周。他沒看到任何人，而且周圍的狀況也不符合他此刻的那種感覺。沒有人在監視他。

有什麼在等著他，這就是他此刻的感覺。他還記得四年前的那種感覺，記得他突然叫計程車停下，跟司機說剩下的路他用走的好了。

他還記得當時在中央公園西路往前幾個街區，等待著他的是什麼。

這會兒他走到五十三街，右轉，往西走。他就像在玩遊戲的小孩一樣，藉著其他人不斷告訴你「愈來愈接近了」或「愈來愈遠了」而改變方向。他愈來愈接近了，而且他感覺到接近了，前方有敵意存在的感覺愈來愈強烈。

終於他走得夠近，足以看見他們了。就在他居住的那個街區。沒有穿藍色制服的人，但不必再看第二眼，他就曉得那些人是警察。有輛汽車前面的蓋子掀開，盯著裡頭引擎室的那兩個男人也可能穿著藍色制服。另外有個推著嬰兒車的女人，對街道上的動靜比對推車裡的嬰孩——是個假娃娃，他很確定——還要關心。兩名男子在喬・波漢那棟大樓隔壁戶的台階上，喝著紙袋裡的鋁罐裝飲料。警察，每一個都是。

回去拿筆記型電腦的代價太高了。就算他可以設法闖過那票警察面前，現在回去也根本沒用了。他們早就拿到了電腦，還有他所有的東西。

那個筆記型電腦裡有什麼？密碼可以保護一陣子，但如果你製造出更好的捕鼠器，就肯定會有人製造出更好的老鼠，這個原則不但適用於他的捕鼠器，也適用於其他人的。他們會花一個小時或一天或一星期破解他的密碼，然後他們會發現什麼？

有關普瑞斯登．艾坡懷特的檔案在裡面嗎？他覺得一定在。

沒差。艾坡懷特，那可憐蟲，他早就上天堂了，如果檔案被發現能恢復他的名譽，噢，他當初提供消息給里奇蒙的報社就已經是在做同樣的事情了。這是個零和宇宙，不是嗎？任何艾坡懷特名譽的得，就必須以整個維吉尼亞州刑事司法系統的名譽損失做為代價。

那個筆記型電腦就讓他們拿走吧。他隨時都可以再弄一個。同時，也永遠都會有金可連鎖影印店。

他還損失了什麼？幾件衣服，幾篇文章。一把刮鬍刀，一把牙刷，一把梳子。

還有，當然，那把美麗的刀。那把萊因侯德．梅瑟爾的鮑伊刀，刀片是大馬士革鋼，製作如此精巧，平衡感如此完美。

他一手滑入口袋，裡面放著柴德．詹肯斯所製的折疊刀，摸起來光滑而冰涼。他忍不住拿出來，輕揮一下打開，現在動作已經熟極而流。他用大拇指測試刀刃，感覺它的銳利。

然後他有點不情願的操作扳鉤，把刀子收起，放回口袋。

∞

去那棟房子嗎？

他之前想到過，位於西七十四街的那棟房子。將那棟房子拿來當做下一個臨時居處，他覺得似乎是某種因果循環，而且對他這隻寄居蟹來說，那裡也是個比喬．波漢寒傖的出租公寓更大、更舒適的殼。畢竟，那本來就該是他的房子，早在他還以為一棟房子是自己想要的那時候。

為什麼他竟然還曾幻想——現在似乎很可笑——要娶克莉絲汀．賀蘭德，幫助她平撫失去父母的悲傷。克莉絲汀很漂亮，可以拿來當一陣子有趣的伴侶。他可能會說服她，比方為了心理治療所需而在客廳裡做愛，就在他曾殺掉她母親和父親的同一個地點。

然後，當然，當趣味性逐漸消褪，那個悲痛難抑的小可憐會自殺——要安排太容易了——而房子將會是他的，免費且完全屬於他。

要不是因為馬修．史卡德。

他搖搖頭，驅走那股思緒。往事，他提醒自己，之所以稱為「往事」是有原因的——一切俱往矣，已經結束且完畢了。有人把往事稱之為另一個國家，若是如此，那麼這個國家不宜定居，或甚至不宜待太久。他關心的是眼前的此時此地。

而這個「此時此地」包括那棟賀蘭德的房子嗎？

她還住在裡面。這點他知道，不只是因為他在電話簿上查過。他也見過了她，離開房子走到街角叫計程車，模樣一如他記憶中那般。她現在幾歲了？二十五、二十六？肯定是二十來歲中段，而且還是很可愛。

以前他曾有進入她房子的鑰匙，而且知道防盜警鈴的密碼。鎖和密碼早都換過了。但應該還是有辦法進入那棟房子。

如果他就直接去按門鈴呢？

她會來應門。夜裡她可能會有所警戒，但在下午三四點時，噢，她會開門看看誰來了。

如果她認出他呢？

克莉絲汀，他會說，見到你真好！在她還來不及反應之前，在她想到自己見到此人沒理由高興之前，噢，他已經進去了，不是嗎？接下來她想什麼或感覺什麼或試圖想做什麼，就不再重要了。

等他收拾了她，這房子可以隨他愛住多久就住多久。寄居蟹將會有個絕佳的新殼。

∞

就在他轉過街角來到她街區的那一刻，他覺得有異，心裡第一個衝動就是轉身溜掉，但這回抓住他的感覺有點不太一樣，他決定湊近一點看。他很小心，謹慎的觀察且設法不要讓自己被看到，但他沒有逃跑或退縮，還不到時候。

在哥倫布大道轉角一家韓國人開的超市裡，他買了三條白麵包和兩捲衛生紙。他們給他的購物袋都裝得滿溢出來，但卻輕得很。他出了店門才想到，又回去買了一把花，用綠色的紙包起來。他一手把那袋雜貨捧在胸前，另一隻手抓著那把花，扮出一副尋常且無辜的模樣，同時擋住自己的臉，免得任何朝他這個方向望的人看到。

他朝她家的方向走去，刻意讓移動的腳步顯得不勝重荷。他得以掃視每一輛路邊停的車，檢查每一棟建築前方的階梯和門口。他沒看到任何人有一丁點的可疑，沒有人可能會是盯梢的警察。

為什麼他的守護天使會警告他？

他判定，那是稍早。人的心靈會有這類反應，碰到熟悉的狀況時會召喚某種感覺的回憶。而當警報結果是虛驚一場，結果不也還是同樣有用嗎？因為現在他可以去按她的門鈴，她可能從窺視孔看到的他，都會被他手上的袋子和花擋住。這一點在他原來的計畫裡是個漏洞，她的前門上可能有窺視孔，讓她在開門前就先認出他來。但現在她得先開門才曉得自己的訪客是誰，而哪個女人會不肯替捧著一把花上門的男人開門呢？

太完美了。

他走過了她那棟房子，來到另一頭的街角，這會兒他轉身再度往前走。他只差兩棟建築了，正打算從人行道走向她的前門，此時有個什麼讓他停在原地。他花了幾秒鐘在腦袋中演練一遍，按門鈴，雜貨袋和花就這麼拿著，等著門打開，然後他會用力頂開門，硬擠進去，扔下所有東西，立刻朝她打，盡全身最大力氣擊向她的胸部或腹部，讓她無法反應或喊叫，直到有機會把門在身後關上。

於是他站在那裡，看著這一切清晰有如實際發生一般，此時一輛車開過來，流暢駛入對街消防栓前面、正對著克莉絲汀房子的一個停車位。

兩個男人，他立刻知道他們是警察。

駕駛人熄掉引擎。他的乘客下了車，走到街中央，一隻手舉在眼睛上頭擋陽光，好看清門牌號碼。沒錯，他轉身回到車上，搖下車窗好清楚盯著克莉絲汀．賀蘭德的房子。

想想他還以為那個清晰的警告只是個殘餘的回音，還打算置之不理！不管來源是什麼，那個警告不但告訴他警察的實際存在（他們到這時才出現），更告訴他有確實的危險。

他邁著原先那種刻意裝出來的蹣跚步子，臉被花束遮住，手上的沉重負擔確保他看來無辜，他一路走到轉角，警察看不見了。他又走了一個街區，把兩手的東西都扔進了一個垃圾桶，然後加緊步伐。

8

如果警方去監視賀蘭德的房子，就表示他們知道他是誰了。

或至少，他們懷疑有這個可能。懷疑幾年前他沒死於布魯克林那場火災中，懷疑地下室的那具屍體是別人的，懷疑當初他殺了那些人又脫身，後來再度行凶。

這個想法讓他感到興奮。他知道這點很矛盾，他喜歡匿名，但同時又渴望被認出來。一切似乎很清楚，他是個天才，雖然不是諾貝爾獎委員會所考慮的那些領域。然而，他也有想要被肯定成就的人性慾望——還有一種關鍵的敏感度，能讓他警覺到這種肯定所帶來的危險性。

他再度自問，或許這是該消失的時候了。他有身上穿的這套衣服，皮夾裡面還有錢，外加一張自動提款卡，可以讓他提領這個國家另一頭某家銀行帳戶裡的幾千元。他不記得當初用來開戶的名字，也不記得那家銀行在哪裡、叫什麼，可是有什麼關係？他有這張卡，又曉得個人識別密碼，這樣就夠了。

此外他還有什麼？銳利的心靈，堅強的意志，以及直覺的提醒。

還有，當然，他口袋裡的那把刀子。

這些足以帶他到任何想去的地方。那麼，他該離開嗎？

34

那通電話是剛過五點幾分鐘後打來的。我讓答錄機接了，聽完了我們自己請對方留話的短訊後，一段長長的沉默，讓我以為來電者可能已經掛電話了。

然後他說，「喂，馬修・S。我是亞比。」

伊蓮和我都在客廳裡，她臉上一副認得這個聲音的表情。當然，他去她店裡買那把青銅拆信刀時，她的確是聽過他的聲音。

我拿起電話。我說，「喂，」搞不懂我幹嘛要跟他說話。

「我一直想聯絡我的輔導員，」他說。「希望能從他的堅強、希望，和他的經驗中得到幫助。可是他沒接電話，所以我想我就改打給你。」

「是。」

「也許你可以告訴我不要喝酒，去參加聚會。這可能可以幫助我嚴守不喝酒的原則。」

「你想做什麼？」

「怎麼了，我只想談談而已。你或許想讓我繼續在線上，好追蹤這通電話。」

我們沒有安裝追蹤電話的設備。現在這個時代要追蹤電話並不難，但這個案子似乎沒有必要。

我們已經曉得他打給比爾好幾次電話，也清查過比爾的電話通聯記錄，已經知道亞比的電話都是來自無法追蹤的行動電話。如果他打給我，也會用同一支手機，所以幹嘛費事裝設備去追蹤？

「我替你省點麻煩吧，」他說，「我這會兒在賓州車站打公用電話，大約七分鐘後我就上了火車。我決定該是我消失的時候了。」

「我希望你留下。」

「哦？你祈禱時要小心喔，朋友。」

「因為我的祈禱可能成真嗎？」

「一般是這麼說的。或者你想告訴我，說你可以幫我，只要我去自首，你就會讓警方幫我？」

「不，」我說，「我不想告訴你這些。」

「哦？」

「我不想幫你，我希望你被殺掉。」

「這個可就新鮮了，」他說，「我非離開這個舞台不可了，你不覺得嗎？跟你說話真好，不過我得去趕火車了。另外還有一件事，你能不能打個電話給我的輔導員呢？是比爾，他們喊他『沉默者威廉』的那個老傢伙。他現在比平常更沉默了，如果你去幫我確認一下，我會覺得好過些。」

他收線了。我放下電話，看著伊蓮。

她說，「我好想丟掉這個答錄機，重新買一個。或至少用噴霧消毒劑把這個答錄機徹底噴一下。」

「我懂你的意思。」

「也許我該把整戶公寓都噴一噴，在那個聲音有機會迴盪在這些牆壁間之後，整個地方都該消毒。」

「全紐約市都該消毒。」

「整個地球都該消毒。你要打給誰？」

「比爾。」我說。電話響了又響。我掛掉重撥，還是一樣沒人接。

「喔，耶穌啊。」我說。

∞

警方在比爾的公寓發現他，胸部刺了好幾刀致死。他的雙手和前臂都有防禦性的傷痕，表示他曾抵抗凶手。

瑟斯曼清查了電話通聯記錄，結果我們接到的那通電話的確是賓州車站的公用電話打來的。我不知道這表示什麼。

「我們在五十三街發現的東西之一，」他說，「就是一個手機充電器。要我猜的話，我猜他的電池用光了。所以他要打電話給你，就得花兩毛五銅板找公用電話。」

「他是從賓州車站打來的，」我說，「他也說他是從賓州車站打來的。」

「所以呢？」

「所以他要確定我曉得這點。不但告訴了我，還知道電話通聯記錄可以確認他的說法。」

「他希望我們以為他離開紐約了。」

「或許。或者他真的離開紐約了，但希望我們以為不是如此。」

「所以告訴我們他要走。」

「對。」

伊蓮引述了一首歌的歌名。「〈你明知道我這輩子都是騙子，當我說我愛你的時候，你怎能相信？〉」

「現在都沒有這種歌了，」瑟斯曼說，「那我們總結一下，好吧？我們現在能確定的，就是他要嘛就是離開了紐約，要嘛就是沒離開。是這樣對吧？」

∞

結果我去了聖保羅教堂的戒酒聚會。我哪裡都不想去，但得有人去告訴他們比爾的事，而我覺得實在應該由我來講。我到得有點晚，演講已經結束，但一般分享討論還在進行，我必須去扮演報噩耗的角色。

除了我們失去了一個長期的會員這個事實之外，我必須讓每個人曉得他們可能有危險，但可能會有多麼危險卻完全無法肯定猜測。亞比——我在聚會裡面這麼稱呼他，因為大家所認識的他就是這個名字——忽然間從一個冷靜理性的人變成殺人狂。就像我不確定他是真離開了紐約還是假裝離開而已，我也無法判斷他殺了他的輔導員這件事，是他針對紐約戒酒無名會的一人戰爭的開場序曲，或只是向我傳遞一個私人訊息。我覺得自己好像該死的政府似的，把警戒層次從黃色警戒提升到橙色警戒。現在起不只要「小心」，我說著，而是要開始「更加小心」。如果到了必須「特別小心」的時候，放心我們會通知你們的。

會後我沒有去火焰餐廳。伊蓮沒有獨自在家，阿傑陪著她，但我還是急著想回家。

走了兩個街區，我一直感覺到有人在監視我。我四周看看，卻沒看到什麼異常。

35

那個混蛋在提防。

你可以從他的步伐看得出來，從他不斷東張西望看得出來。也許他可以感覺到有人在監視他、跟蹤他。也許那只顯示了他焦慮的程度。

而且他也帶了槍。你看不到槍，但你完全知道槍在哪裡——插在他右後方的腰帶上。他的運動衫套在他的寬鬆長褲上頭，下襬很長，足以蓋住槍，可是當你觀察他，就能準確無誤的確定槍的位置，因為他的右手老護著那裡，準備時機一到就要拔出槍來。

他會夠快嗎？這個人已經六十歲中段了，不可能有十來歲小夥子的靈敏反應。他很緊張不安，他心中無疑設想著要迅速拔槍，但假設你猛然攻擊他，假設你手上拿著刀奮力從後頭撲過去。他要花多久時間才能聽到接近的腳步聲？他會多快轉身，多敏捷的以左手把衣服下襬拉到一旁、右手同時拔出槍來？

街上還有其他人，不過你可以忘掉他們。等到他們搞清眼前發生了什麼事，一切已經結束，當他倒在人行道上流血之時，你已經繞過街角了。

你可以辦得到。要不要試試看？

不，時機未到。

8

或許他之前該買張車票。比方一張紐約往華府特急列車的訂位票。用他們認得的名字訂，雅頓·布理爾或亞當·布萊特或阿尼·柏丁森。

可是他們會去查售票記錄嗎？如果查到了，會認為這個購票行為很重要嗎？

或許是浪費時間，也是浪費錢。

說到這個，他倒是有錢可以浪費。他的皮夾裡面有筆新入袋的現金，承蒙已故的「沉默者威廉」贊助，他畢竟沒有那麼沉默。老比爾交出了他的提款卡和個人識別密碼，因為他明白若要挽救自己的生命，除此之外別無他途。當然，這樣其實也不能挽救他的生命，他也不會妄想，但有人把你壓在地板上，不斷拿刀往你身上戳的時候，的確很難清晰思考。

問出個人識別密碼之後，他刺入了最後一刀。然後他把刀抽出來，之後沒多久他就從比爾的帳戶裡面提了五百元出來。加上比爾放在襪子抽屜裡的現金，大幅改善了他的財務狀況。

錢不是問題。

但他需要一個地方待。他想睡覺，而且也該洗個澡了。

而且他得找個方法靠近史卡德夫婦。

一抹微笑浮上他的雙唇，就是他曾在維吉尼亞州對著車上照後鏡練習過的那個謹慎的淺笑。兩隻鳥，他心想。而他知道要在哪裡找一顆石頭了。

8

那個男人的名字是湯姆・塞爾文，身高有一八〇左右，體重肯定超過一百一十公斤。胖雖胖，但他看起來腳步靈活，肯定是個好舞者，雖然這裡沒有機會見證。在這個燈光黯淡的五十八街酒吧裡，雖然點唱機裡有很多爵士樂曲和流行歌，但卻並沒有舞池。

「艾登，」湯姆・塞爾文說。「艾登。就像邁爾斯・史坦迪許的那個好友嗎？」

這個說法不錯。「事實上，」他說，「如果我不提家母是『美國革命之女會』的會員，她一定不會原諒我——」

「我完全可以想像。」

「噢，她找了一個系譜學者查出了從約翰・艾登和普麗希拉・穆蘭以來的直系後裔——」他怎麼有辦法想起這些名字的？「——一路傳到她身上，然後到我。她本來想給我取名為約翰・艾登・畢爾斯，可是家父的名字就是約翰，而且他覺得家裡有一個約翰就夠了。」（譯註：John Alden，他與好友、鄰居邁爾斯・史坦迪許均為一六二〇年搭乘「五月花號」到達北美的英格蘭殖民者。艾登與普麗希拉・穆蘭的婚姻日後成為文人筆下虛構的浪漫故事靈感來源，美國名詩人朗法羅曾有詩作〈邁爾斯・史坦迪許的求婚〉描寫艾登代史坦迪許向穆蘭

求婚，而穆蘭卻中意艾登而結成良緣〕

「我會忘記所有關於約翰跟廁所的文字遊戲。」〔譯註：約翰常用來當做廁所的婉轉稱呼〕

「因為你是紳士，那麼我也不會談任何偷窺者（peeping Thomas）和多疑者（doubting Thomas）的聯想。」

「很公平。」

「於是家母就去掉約翰，把我取名為艾登。」

「艾登．畢爾斯。」

他彎下頭，略帶一點點誇張。「正是敝人。」他說。

「我之前注意過你，你知道。」

「真的？」

「你以前也來過葛瑞柴爾達酒吧。我看你走進來過兩三次，點了杯單一麥芽蘇格蘭威士忌，或許就是你今天晚上喝的這個牌子──」

「或許不是。我不是那麼忠誠的人。我一直在尋找更好的，你知道。」

「啊，那當然。」

「我在尋找的過程中，樂意嘗試不同的滋味，可能有人會這麼說吧。」

「誰有機會說呢？你走進來，點一杯酒，慢慢喝完，然後離開，沒跟任何人講過話。」

「我從沒想到有人會注意我。」

「啊，拜託。像你這麼有吸引力的男人？你當然感覺得到別人在看你，包括我在內。不過你好像從來不是來找伴的。」

他沉默了一會兒。然後他說：「我家裡有個人。」

「我懂了。」

「不過我今天不想回家。」

「那你想去哪裡呢，艾登？」

「現在呢，」他說，「我想留在這裡。就在這個舒適的氣氛裡，和一個風度翩翩又有吸引力的紳士談話。」

「你真好心。」

「這是事實。唯一的問題是——」

「啊，我希望沒有問題。」

「就是快到打烊時間了。」

塞爾文看看他的錶，是昂貴的圖諾錶，錶身很薄，面盤很大。「的確是，」他同意道。「這裡打烊之後，你想去哪裡？」然後，見他猶豫著，「你的曾曾曾曾曾祖母說過什麼來著？『你何不為自己說話呢，艾登？』」（譯註：典出朗法羅詩作〈邁爾斯．史坦迪許的求婚〉中穆蘭向代友求婚的艾登所說的話）

他原先低著頭。此時他抬起眼睛，毫無保留的直視著湯姆．塞爾文。「我想去你家。」他說。

8

大廳的服務員櫃檯位於左邊。他早就曉得了，所以走進大樓時，他故意走在塞爾文的右邊，讓那個大塊頭擋住服務員的視線。他們兩個人互相問好。（「晚安，塞爾文先生。」「美好的夜晚，喬治。我看到山米今天晚上又打一支了。」）

在電梯裡，塞爾文按了9，門關上時嘆了口氣。「山米．索沙，」他解釋道，「他和喬治在多明尼加共和國是同鄉，雖然那地方可能沒大到可以稱之為鄉。比鄉更小是什麼？」

「小村子（hamlet）嗎？」（譯註：莎劇《哈姆雷特》也是這個字）

「或許吧。說另一齣莎劇《科利奧蘭納斯》可能更恰當。你看棒球嗎？」

「不看。」

「我也不看，不過我會設法搞清山米．索沙的表現，這樣跟喬治才有話講。他是小熊隊的，我指的是索沙，不是喬治。小熊隊在芝加哥，他們的主場球場以前沒有燈，現在有了。到了。」

那戶公寓有個天花板挑高的房間，或許有三十平方呎大，還有一個凹入的小廚房。除了那張大號的雙人床，上面枕頭堆得高高的之外，其餘陳設都很古典。牆上有一幅很大的抽象油畫，裱著簡單的黑框，另一面牆上有許多版畫和素描。他判定，這是個很舒適的房間，比起喬．波漢的公寓真是改善太多了，真可惜他不會在這裡待太久。

「我有蘇格蘭威士忌。」塞爾文說。

「或許晚點喝吧。」

「啊。有人不想等了呢。」

「有人連話都不想講了。」他說，開始脫衣服。他的主人抬起一邊的眉毛，然後解開自己襯衫的鈕釦，脫掉，又脫下了長褲。他的衣服遮掩了一些肥肉；一旦裸體，他全身的重量便無所遁形了。

「我一向很不好意思脫衣服，」湯姆．塞爾文說。「你可以想像我有多討厭體育課。這幾年我才明白，有些人並不在乎像畫家魯本斯筆下那樣豐腴的體型。顯然你也是其中之一，不是嗎？我的意思是，難怪你不想浪費時間喝酒或聊一聊。你都準備好了，不是嗎？更別說你天生那話兒那麼大。談到準備，那邊的抽屜裡有橡膠玩意兒。左邊有大號的。不過來吧，我來幫你戴上，我有這個榮幸嗎？」

塞爾文幫他戴上保險套之前，先提供了一段巧妙的口交。然後跪在床邊，前臂壓在床墊上，巨大的臀部一覽無遺。這幅景象毫無吸引力，塞爾文身上毫無成為性對象的魅力，然而他發現自己熱切的想占有這個男人。

不過，首先他把那把刀從褲口袋裡面掏出來，悄悄拿在手裡。然後他按照計畫，讓塞爾文達到高潮，但憋住了自己的。

塞爾文的呼吸恢復正常，然後他正要爬起來，但一隻手按在他肩上，讓他保持原來的姿勢。

「老天，」他說，「你還是好硬。你還沒射，對吧？那就來吧，沒問題。我希望你也爽到。」

「沒辦法。」

「是生理上的問題嗎？要吃顆藥還是什麼？因為如果有什麼我能做的。」

「我不想讓自己射，」他說。「我要留著給住在十四樓的一個女人。」

有一段暫停，很有趣的暫停，最後塞爾文開口要說話，但永遠沒有機會了。他雙手移動，刀子也跟著動，血從割開的喉嚨大量湧出。塞爾文的身體弓起捲縮，拚命東扭西扭，血濺得到處都是。

幸好，浴室的設備非常好，沖澡真是舒適極了。之後還有沙發，沒被血噴濺到，即使不如那張大號雙人床那麼舒服，但也夠令人滿意了。

他很輕易就入睡了，睡得很沉，而且當然沒有人打擾。

8

鬧鐘六點吵醒了他。他睡了四個小時，想再多睡一兩個小時。不過清晨是最好的時機。

假設他在這裡多待二十四小時呢？好像不太可能有誰來找塞爾文，但另一方面，他的屍體會讓這個地方愈來愈不舒服。這裡的空調設備沒問題，但空氣中仍充滿了濃重的肉體腐爛和血的腥甜氣味，再過二十四小時——

不，根本不必考慮。而且他必須待著，因為他一旦離開，就再也進不來了。之前他得有塞爾文相伴才能進入凡登大廈，但塞爾文幾個小時前就不再是那個快活的同伴了。

該走了。

他根本不打算清理，以除掉他來過的痕跡。現在警方一定已經從喬·波漢位於五十三街的公寓採到他全套的指紋了。對於各種表面，他向來避免不必要的碰觸，但他的指紋布滿了那台筆記型電腦和放電腦的桌子，而這真造成了什麼差別嗎？警方有了他的指紋，而且現在他們也可以從他沖澡後用過的毛巾取得他的DNA，這表示如果他們抓到他，就可以確認是他幹的了。

他們總之是會確認的。有太多人看過他，可以從一排人之中指認出他來。如果警方逮到他，如果他們在威斯康辛州或懷俄明州逮到他酒醉駕車，只消一個尋常的指紋檢查，就能終止他的殺人生涯，甚至終止他的生命。

但他絕對不會喝醉，開車前也從來不會喝酒。

所以不會是這樣被逮。可能會是其他方式，早晚的事情，不過都在遙遠的未來——或是不久的未來，但無論如何不會是現在。而總之，現在，就是此刻的時間，只有現在才算數。而當這一切都過去，說真的，你會遇上什麼？

你會隨遇而安。

∞

這棟建築的兩旁各有一個樓梯間，但搭電梯似乎比較簡單。電梯來到九樓時是空的，他唯一擔心的就是電梯門在十四樓打開時，可能有哪個認得他的人——史卡德、伊蓮、那個年輕黑人、幾個警察——正在門外等電梯。但現在很早，還不到七點，也大幅減低撞見誰的可能性。

而且他沒有太多時間可以擔心，因為他還沒有機會把整件事情想太多，電梯就到達目的地了。他前一晚和塞爾文上樓時，曾注意到電梯裡裝了保全攝影機，而且是由大廳裡的服務員監看著（如果那個傢伙肯費事去看的話）。這會兒他站的姿勢盡量不讓攝影機拍到太多，而且確定讓身體擋住他拿在身側的刀子。

但當然十四樓沒有人在等電梯，整個走廊也的確都是空的。他走到十四G的門前，看一眼名牌，好確定那的確是史卡德的公寓。

如果他有鑰匙——

但是，可惜呀，他沒有。而任何他想得到的進門辦法，都可能會驅使公寓裡的男主人帶著一把槍來到門口，或讓門照樣鎖著，去打一一九就行了。

那麼，就按照原來計畫吧。

他走過長長的走廊，來到後方的樓梯。離樓梯間那扇門幾碼之處，有另一扇門，裡頭是個小房間，有個通往垃圾壓縮機的滑槽和兩個資源回收箱。還有個供搬運工清理垃圾箱的服務電梯。

樓梯間可能會有保全攝影機，不過好像不太可能每樓都有一個。垃圾室這裡沒有攝影機，不過可能會有住戶提著垃圾進來，屆時他要如何解釋自己為什麼在這裡？

他突然想像一整排住戶，一個個老太太提著裝滿垃圾的購物袋，而他別無選擇，只能一個接一個刺死他們，肢解後把屍體一塊塊扔進垃圾壓縮機的滑槽，拚命要趕在下一個人出現之前把手頭這個清理完畢。

他決定改去樓梯間。裡頭看不見任何攝影機，而如果他看不見攝影機，那攝影機又怎麼看得見他？

他把門撐開一兩吋，足以讓他看清楚十四G的門口，但不會暴露他的行蹤。

現在他只需要耐心等待了。而耐心正是他一向不缺的。

36

我睡得很不穩，一直在做一個喝酒的夢。醒來時完全記不得細節了，但第一個擔心的就是那無論如何不單是個夢，而是我真的喝了酒。

伊蓮還在睡，我安靜的下了床，免得吵醒她。我們兩邊的床頭桌上各放了一把手槍——我這邊是九〇手槍，她那邊是點三八的。淋浴時，我試圖想像出某種「一起禱告的家庭不會散」的適合畫面，卻徒勞無功。回到臥室時，床是空的，她的床頭桌亦然。

我穿好衣服到廚房。她不在裡頭，但已經煮了咖啡，那把點三八手槍這會兒放在咖啡壺旁邊的流理台上。我四處走一圈找她，聽到淋浴的聲音就回到廚房。我給自己倒了咖啡，又烤了個鬆餅，等到我喝第二杯時，她也來到廚房。她穿了一件有繫帶的絲睡袍，是前兩年聖誕節我送給她的。那是我買得比較成功的禮物之一。她還沒化妝，素淨的臉看起來像個小女孩。

她問我要不要吃蛋，我想了一下決定不要。她打開電視看本地新聞，沒有任何一則新聞吸引我的注意力。我們兩個有興趣的主題其實只有一個。

我說，「他可能已經離開紐約了。」

「不，他就在城裡。」

「如果他還在紐約，那也不會太久了。警方已經有他的指紋了。」

「那可真是幫了大忙。『注意——請大家留意有以下指紋的男子……』」

「重點是警方已經逼近他。如果他昨天沒搭上火車，他今天就別想搭得上了。他們會在賓州車站找他。還有大中央車站，還有長途巴士總站和機場。」

「他可能有車，」她說，「也可能殺掉某個人，開走他的車。」

「有可能。」

「他還在城裡。我感覺得到。」

要不是我這些年來也學到了要相信自己的第六感，可能早就拋開這些關於直覺的說法了。而且這回我格外難以跟她爭辯，因為我其實是同意她的看法。我不像她那麼肯定，但我也不認為那個傢伙離開紐約了。

而且昨天晚上參加過戒酒聚會之後，回家路上我不是感覺到他在監視我嗎？或許有，也或許沒有。或許焦慮便足以解釋我為什麼會有那種感覺。天曉得我的確是夠焦慮了，足以搞得我疑神疑鬼。

我說，「我想你可能是對的。但是不管對或錯，我們的行動都得當成他就在紐約。」

「意思就是我得待在家裡。」

「恐怕是得這樣了。」

「我不打算跟你爭。我經歷了這輩子最可怕的幽居症經驗，可是我也怕死。現在要我離開這棟公寓只怕是很困難。」

「很好。」

「我希望這不會造成永久性的空曠恐懼症。我有回聽說有個男人，是編科幻雜誌的，他不肯離開他住的公寓大樓。」

「是怕外星人嗎？」

「天曉得他是在怕什麼。天曉得這事情到底真的假的，這故事是一個恩客告訴我的，他曾替這個傢伙寫小說，我想還一起打過撲克牌。這些都無所謂。重點是那人一開始是不肯離開格林威治村，老是找藉口不去十四街以北或堅尼路以南。接下來他就不肯離開那個街區，然後他就不肯離開那棟大樓了。」

「然後更惡化嗎？」

「惡化得滿嚴重的。他不肯離開那戶公寓，然後是不肯離開他的臥室，最後他根本不下床了。除了去浴室之外。我想他總會下床去浴室吧。」

「希望如此。」

「他編的雜誌裡面，人們可以在月亮和木星上漫步，可是他居然不肯離開他的床。最後穿白衣服的人來把他給帶走，我想他再也沒機會回來了。」

「我想這種事不會發生在你身上的。」

「或許吧。但我敢打賭有很多人都是這樣，從來不出門。你不必住在紐約，也可以讓各式各樣的東西送貨到家。」

「談到這個，」我說，「你知道他們想叫我們訂閱送到家的《紐約時報》嗎？」

「廣告詞是『現在不必多花錢，就可以在最短時間內看到。』」

「我從來沒搞懂訴求是什麼，」我說，「可是如果我們得繼續這樣關在家裡，也許我就該去訂報了。」

「你要去哪裡？喔，去買報紙嗎？你要不要幫我買……」

我等著，可是她那個句子始終沒說完。「幫你買什麼？」

「算了，」她說，「一定有個什麼是我想要的，可是我想不起來是什麼。」

我給了她一個吻。她抱著我比平常抱得要久一點點，然後放手。

37

他完全上緊發條，全神貫注，他聽到了那個鎖轉動。有好幾戶公寓比十四G更接近，但他知道剛剛聽到的沒錯，他想都沒想就手腕輕輕一揮，打開了那把折疊刀。發出的聲音跟開鎖的音量差不多，但他知道不會有人聽到，因為沒有人在注意聽。

那扇門開了。史卡德？伊蓮？

是史卡德，一臉陰沉，他把門拉了關上，然後東西張望了一下，好確定整個走廊是空的。就算他看到了樓梯間的門和門框之間有個小縫，也沒留意。

他轉身，走向電梯，伸出一隻手指戳了按鈕。他穿著短袖運動衫和寬鬆的暗色長褲。腳上是帆布涼鞋。

他身上帶了槍嗎？他的襯衫紮進去了，這表示他把槍留在家裡。

該現在動手解決他嗎？他現在手上沒武器，只能赤手空拳對付這把刀子。而且他也完全沒料到。

不過他會聽到有人走近，聽到了復仇者衝過走廊奔向他。他會轉身提防，會大聲喊叫求援。嘈雜聲和叫聲一定會驚動伊蓮。

不過……

電梯來了，替他下了決定。史卡德走進去，門關上了，輕快的帶走他上。

∞

他傾聽那扇關著的門一會兒。然後舉起拳頭擂擊。

她的聲音：「什麼事？」

他注意到那個代名詞——她問「什麼」，而不是「誰」。很好。

他又捶門，另一隻手掩著嘴好讓聲音模糊。他把嗓子壓低到接近史卡德的音調，然後以充滿迫切的口吻說：「讓我進去，他在這棟大樓裡，他唬過了門房。讓我進去！」

她說著什麼，他聽不清，但無所謂了，因為鎖開始轉開。門才開啟的那一刻，他就猛力撲過去撞開，門撞倒她的肩膀，撞得她一陣搖晃。

他把門摔上，轉身面對她。她像穿著高跟鞋的醉鬼踉蹌後退。退到牆邊無可退了，她試著穩住自己，臉上就跟恐怖片一模一樣，充滿驚駭，他把刀子舉起，好讓她看到。

啊，接下來一定會很美妙……

她伸手到絲袍口袋，掏出一把槍。她雙手握住，指向他。

「把槍放下，」他說，聲音充滿權威。「小傻瓜，趕緊把那玩意放下。」

她顫抖著，搖晃得好厲害。他充滿信心的朝她邁了一步，溫柔的對她說話，叫她把槍放下，說她唯一的機會就是好好合作。這一招會奏效，他知道會奏效的，然後——

她扣下了扳機。

他還沒聽到槍聲，就感覺到那顆子彈的衝擊力。那一槍射中了他的左肩高處，他立刻知道射進了他的肩骨。一定會痛，無疑的他最後會感覺到，但現在還沒開始痛。

他衝向她。那把槍正指著天花板，一定是被後座力給震得抬起來，於是她把槍壓低，又指著他。可是她太快開火了，子彈毫髮無傷的飛過他頭頂，她還沒能穩住自己開第三槍時，他已經抓住她了。他的左手臂垂在身側，派不上用場。他用右手抓住她的手腕猛力搖晃，直到槍掉在地板上，然後他抬起手，反手用力往她的臉掃去。

他又給了她一拳，捶在她的肚子上，她彎下身，他一把推得她趴在地上。她摸索著要找那一把槍，可是他先搶到抓了起來，然後直起身用槍指著她。

她雙膝跪地趴在地上，抬頭瞪著他。她的袍子垂開了，他看得到她的乳房。她的雙眼直直瞪著槍口。很奇怪，因為此刻她眼中一無畏懼。他很好奇她的驚駭到哪裡去了。

不管去了哪裡，反正很快就會回來了。

「再過一會兒，」他溫和的說，「你就會希望我扣下扳機。」

如果他的雙手都能用，要把旋轉槍膛弄開會更容易。不過他設法弄開了，傾斜槍身讓裡面剩下的子彈撒落在地毯上。他朝那些子彈一踢，踢得它們急急四散，有如甲蟲在房間裡四下亂竄。

「現在沒有子彈礙事兒了，」他說，「我們可以好好享受。起來，伊蓮。快，站起來！」

她仍然沒有動靜，直到他抬腳朝她的肋骨用力踢了一記。然後她站起來，光是看著她的臉、審視她臉上表情所透露的思緒，就已經夠美妙了。她正在試圖想出辦法，好救自己一命，但想不出來，她開始明白自己的情勢有多麼絕望。

而一切才剛開始！啊，他就要好好享受了。他要讓這一刻持續得愈久愈好。

「脫掉那件袍子，伊蓮。」

她執拗的站在那裡。他伸出那把刀，他一路退到牆邊。

現在他的肩膀開始悸動起來。還是不痛，而那股悸動有如在傷口區域的強烈脈搏。他也沒流血，只有傷口上極小的一丁點血，他納悶著是不是那顆子彈射入的同時，也把傷口給燒灼密合了。

有可能傷口自動痊癒了嗎？他聽說過這種事情，但一直以為不過是漫畫裡的幻想。然而，有個什麼保護他不受痛苦，甚至有個什麼讓他不會流血。

那個紫水晶他戴了好幾個月。也許是紫水晶奏效了，或許他已經吸收了其中的精華。也許他的確是不死的。

他伸出那把刀，她無處可逃，無計可施。她解開絲袍的繫帶，讓袍子從她的肩頭滑落。

啊，太美妙了，真是太美妙了。

8

她躺在客廳的地板上。他赤裸著，脫光了衣服，他在她上面，稍早之前他跟那個肥玻璃那場沒達到高潮真是對的，因為現在他可以使出所有精力，他硬如岩石又巨大無比，他進入她，一路深深到底，他壓著她的乳房，手拿刀抵住她的脖子。他可以就這麼到永遠，緩緩的插著她，被她的肉穴緊緊吸住，永遠處於極端激情卻又能夠完全控制局面，可以就這麼一路到永恆。

而當他在她裡面移動時，他跟她說話。他告訴她自己打算對她做些什麼，他要如何割她的肉，飲她的血，他要如何像挖蜜瓜球般似的挖出她的眼珠，如何割下她的乳頭，如何把她活活剝皮。他的聲音和藹親切，近乎溫柔。可是她可曾注意聽？她都聽進去了嗎？

他用刀尖在她肩膀上劃了道一吋長的口子。左肩。她射中了他的左肩，造成了一個不痛但麻痺的傷口，而他只是刺穿她的皮膚，劃出一道白線，然後血滲出來變成紅色。

他把嘴湊到那道口子上，品嚐著她的血。

然後門轟然衝開。

38

我有可能聽到過什麼嗎？

我不認為可能。有兩聲槍響，其中一發或兩發響起時，我正在往大廳的下降電梯中。但我似乎不可能聽到，或即使聽到也不會太留意。

我正要出門買報紙。電梯到了大廳，走幾步路到街角的報攤，再走幾步路回來。我連槍都懶得帶在身上。我想過要帶，可是想到時我已經站在門口了，而槍放在臥室的床頭桌上，回去拿好像很蠢，不是嗎？

或許我們有心電感應，她和我，我心中有個什麼可以感覺到她遭受了攻擊。我不曉得這些事情是怎麼運作的，或是否有運作。但當電梯來到大廳時，我感覺到有什麼不對了。

我得回去，我心想。

先去買報紙，我告訴自己，免得你像個白癡似的衝回公寓，結果發現她正翹著腳在看電視。

不，去他的報紙吧。

我回到電梯。裡頭還有其他人，而且電梯慢吞吞的，途中在三樓或四樓又停了一次。愈靠近我就愈覺得那種迫切感增強，等到我在十四樓出電梯時，就完全確知他已經在裡頭了。我不曉得她是否還活著，很怕他有足夠的時間殺她，但我知道他在裡頭，我沒有時間可浪費了。

我出電梯時，鑰匙已經拿在手上，然後我衝過走廊，將鑰匙插入鎖中，猛推開門。

有張椅子被翻倒了，地板上四處散落著脫下來的衣服，她躺在地板上，他在她身上，我看到時他正從她身上起身，站了起來，她還躺在那裡，一動也不動。

有一道血從她肩膀流到乳房上，我無法判斷她是死是活，也沒法花時間仔細看了，因為他在那裡，面對著我，他手上拿著一把刀，刀尖有血，她的血。

「馬修，」他說，「這下子真是天意，可不是嗎？等到你我把我們之間的事情做個了斷——」他把刀子左右揮來揮去，像催眠師拿著護身符在受催眠的對象眼前晃動。「——伊蓮和我就可以慢慢來。如果能讓你眼睜睜看著我殺掉她一定很妙，可是你不能什麼都要，對吧？你碰上了只能認命，馬修。千萬別忘了這點。」

那麼她還活著。他的小小演講中，我只聽進了這點。她還活著。我還來得及。如果我能殺了他，她就能死裡逃生了。

他站在那裡，微微前傾，雙腳弓著重心往前，刀子左右揮動著。他全身赤裸，看起來本來應該很可笑的，只不過他顯然很清楚該怎麼使用那把刀，而且也顯然正打算要使用。

他的左臂有點不對勁。那根臂膀垂在身側，而且他受傷了，左肩有個洞，一開始我以為那是個舊傷，結了疤，然後才明白伊蓮朝他開過槍，雖然他好像沒流血。

這應該是我的優勢，不過我看不出該怎麼加以利用。刀子不像槍，沒有人需要兩手才能使得好。

他說著其他什麼，可是我沒留心聽。我不確定如果我專心的話能不能聽進去。我站在那兒盯著他，他朝我邁了一步，我想不出有什麼正確的辦法可以應付，但我不在乎了。我衝向他，撲過去，我感覺那把刀插入我腹中，我把他撲倒在地，壓在他身上，他轉動刀子，那種痛又尖又厲又持續不去，像一聲尖叫。

我一隻手握住他喉嚨使勁往下壓，他收緊下巴，我抽出手來，雙手猛捶他的臉。他不能還手，他一隻手廢掉了，另一手釘在我們兩人的身體之間，如果要抽出手他就得放開刀子，但他不願意，因為他可以扭動刀子翻攪我的肚腸，讓痛苦傳遍我全身，像一把電動地鑽在拆人行道似的。

我想抽開身子，我想喊出來，我想放棄，讓布幕落下，但我不能，我不能，因為我得完成這件事，我必須永遠結束這一切，而唯一的方法就是殺了他，而殺他的唯一方法就是打他打他打他直到把他打死為止。

我的雙手都是血且他的嘴巴和鼻子也都是血我又繼續打得他門牙脫落接著我用拳頭不斷捶他的頭讓他的腦袋猛撞地板然後我兩手大拇指摳進他的雙眼硬挖又抓起他的頭猛撞地板然後他的血濺在地毯上而我的血也流出來。血液漲滿我的雙眼，模糊我的視線，我感覺什麼都看不見，只看到紅色的血潮湧上來，將我淹沒。

然後我失去了意識，因為我唯一注意到的就是血色布幕升起，而我唯一能做的就是依稀看著血幕的邊緣。然後忽然有個聲音，像一記脆雷乍響，一開始我心想啊那是槍響接著我心想啊那是宇宙爆裂然後我又想不那是結束，一切的結束，然後血潮淹沒我，一切都變成紅色紅色紅色然後紅色暗去然後一切都變黑了。

我在漂浮。我在空蕩的天上，或在虛無的海上。我在漂浮。

有聲音，但我無法辨識在說什麼。其中有些聲音很熟悉，有些則否，但我無法認出其中任何一個。我聽到這個字時就已經忘了前一個字，聽到下一個字時又忘了這一個。

漂浮……

∞

我在一個房間，很大的房間。可能大得無止境，這個房間。可能沒有牆。只有人，四處散布在這個廣大的空間中。

而不知怎的我在這些人的上方，往下看著他們，但我唯一能看清的就是我正在注視的那個人，我的視線好像無法隨自己意願控制方向。就這樣漂過來漂過去，集中在這個人一會兒，然後又移到別處去。就好像我在看一部電影，而另一個人在控制攝影機。

而且感覺上沒有時間，攝影機移動得不快也不慢，一切不知怎的存在於時間之外。我們有全世界所有的時間，卻又一點時間也沒有。

這個房間的某一部分很熟悉。那是吉米．阿姆斯壯的酒吧，在第九大道舊址的那個。比利．奇根站在吧台後面，為曼尼．卡瑞許倒啤酒。吉米則坐在一張桌子旁，不像他晚年發福得那麼胖大，而是我初見時那個瘦小精悍的吉米，他桌上放著一盤蒸魚和豆芽。我想跟他說些話，但他卻漂出了我的視野，然後我看到一個傢伙穿著一套很帥的西裝，正在桌上旋轉一枚銀幣，然後等銀幣開始搖晃著要歇下，他就猛地把它抓起來。那是「陀螺」雅伯隆，他知道他即將被謀殺，事先雇用我去抓殺他的凶手。

「陀螺」抬頭看，我也看著他，那個女侍站在旁邊端了一盤飲料，那是寶拉．威特勞，她從高窗上跳樓了。我幾乎不認識她，她就死掉了，而她的妹妹不相信她是自殺的，所以雇用了我，結果她妹妹猜得沒錯。寶拉拿著一杯飲料轉向我，然後她變了，現在她是個名叫波提雅．卡爾的應召女郎，她旁邊是個名叫傑瑞．布羅菲爾的腐敗警察，他臉上咧嘴露出那個跩跩的笑容，然後我看到笑容褪去，轉為憂傷和悔恨。

現在影像來去得好快。一張張臉幾乎還等不及我認清就消失，換了下一張臉。史吉普．戴佛和波比．盧斯藍德，波比背叛了史吉普，於是史吉普把他出賣給摩里西兄弟，他們後來給他頭上戴了黑頭罩，雙手用電線綁在背後，腦後餵他吃了顆子彈。現在他們兩人又成為朋友了，彼此勾肩搭背著好像在擺姿勢拍照。然後他們消失了，接下來是湯米．狄樂瑞和凱若琳．曲珊，還有湯米的太太瑪格麗特，我雖沒見過她，但馬上認了出來。湯米殺了瑪格麗特卻脫了罪，然後凱若琳自殺，我栽贓給湯米，最後他被關進大牢，在裡頭被謀殺了。

這麼多人，他們全死了……

麥古利多．克魯茲和安吉爾．海利拉。馬丁．范得堡和他兒子理查，還有溫蒂．漢尼福。亨利．普拉格。約翰．朗杰。格藍．郝士蒙和麗莎．郝士蒙和珍．肯恩。

艾提塔．里維拉。六歲，好多年前我一顆亂彈跳的子彈射中了她。她的眼睛看著我的，會意的笑了，然後她走了。

吉姆．法柏身上穿著那件舊舊的陸軍夾克，我第一次參加戒酒無名會碰到他時，他就是穿著這件。吉姆看起來好像要告訴我什麼事，我竭力想聽，然後他走了。

羅傑．派爾薩克，穿著一套阻特西裝。艾卓恩．懷菲德和理查．佛莫和瑞吉斯．基朋。詹姆士．李歐．摩利。彼得．庫爾里和法蘭欣．庫爾里。雷蒙．卡藍得。安迪．巴克利。文森．馬哈菲。傑瑞．比林斯。月亮．葛弗特和派迪．道林。還有更多男人，在我還沒想起他們的名字前，他們就掠過我眼前。

然後還有一些女人。琴．達科能，手上戴了個祖母綠戒指。桑妮．韓德瑞。康妮．庫柏曼。東妮．柯萊爾。還有伊莉莎白．史卡德，她只因為跟我同姓就被殺害。我從沒見過她，但不知怎的卻認出她來，然後她也走了。

然後是伊蓮。你在這裡幹嘛，我想問，你跟這些死人在一起幹嘛？

我太遲了嗎？他也殺了你嗎？

她在其他人上方漂浮著，而且只有她的臉，她絕美的臉，而且她好年輕。她現在看起來像我在「丹尼男孩」的桌邊初次見到的那個年輕女孩。

我看著她，我唯一想做的就是看著她，永遠看著她，我想淹死在她的眼眸中。

現在我們的下方是一大片人海，我所認識每個死去的人都在。我的前妻安妮塔。我的母親、父親。阿姨姑姑和伯伯叔叔舅舅們。祖父祖母外公外婆，回溯到時間的初始。幾百幾千個人，他們緩緩淡出，直到一切都沒有，只剩下空間，空蕩的空間。

然後一切突然移轉起來，就像電影裡的快鏡頭。我從高處看下去，下頭有幾個男人和女人穿著手術衣、戴著口罩，圍在一張檯子上方。檯子上有個人，但我看不出他是誰。

可是我可以看到其他人。有早年電視影集《班．凱西醫生》裡的主角文斯．愛得華茲和山姆．傑菲、《基爾德醫生》裡面的李察．張伯倫和雷蒙．馬榭、《馬可斯．衛爾比醫生》裡的主角羅伯．楊。還有近些年的影集人物，《醫門英傑》中的曼迪．帕亭金和亞當．阿爾金、《波城杏話》裡的那個醫師，以及《急診室的春天》裡的喬治．克隆尼和安東尼．愛德華茲。另外我也看著其他女人，一開始每個人都是其他人，但後來不知怎的全都變成了伊蓮。於是我知道檯子上的人是我。我看不見自己，但我知道那是我。

有個人說：喔，幹！

要看清好難。要專心好難。

有個人說：他快要不行了。

放棄要容易得多了……
有個人說：不。不！
然後燈光一路漸暗，一切都結束了。

40

我可能有幾次曾恢復意識，或至少在意識的邊緣徘徊了一會兒。但在我看過滿屋子穿著手術衣的電視影集演員那個奇怪的景象之後，第一次真正甦醒過來是短暫而模糊難辨的。在不知什麼空間裡漂流了一段不確定的時間後，我忽然就回到現實。我躺在那裡，我想動，卻辦不到。

有人握著我手。我睜開一隻眼睛，確定自己已經知道的：那是伊蓮。

我心想，她還活著。我握緊了她的手，或至少嘗試著握緊，她的眼光轉向我。

「你會好起來的。」她說。

我好像已經知道了。我想說些什麼，但接著眼睛就又閉上，再度失去意識。

∞

我醒過來又昏過去好幾次，但還不太能動的時候，兩個護士就把我弄下床，讓我在醫院走廊走動。我被注射了足夠的止痛藥配西汀，因此還不會痛得難以忍受，但即使如此，走路仍不是一件樂事。可是他們堅持要你走，因為這樣你會復元得比較快，他們就可以讓你回家，好把你的病床給別人。

但現在我知道我在羅斯福醫院，他用那把刀把我傷得很重。醫生必須切除兩段小腸，把剩下的縫合在一起，期望這樣小腸仍能維持功能。我失血過多，他們替我輸血時我仍持續失血，有一陣子我的情況很危急。我似乎還記得那一刻——他快要不行了！——好像在真實生活裡也發生了。有幾度他們以為我要溜了，也許我真的要溜了，但每回總有個什麼把我叫回來。

「我當時對著你吼，」伊蓮說，「我說，『不准你離開我！』」

「顯然我不敢。」

「有你那些明星隊伍醫療團隊，你當然不會走。不過你說馬可斯・衛爾比醫生？我不認為他花了很多時間在開刀房耶。我以為他大半時候只是在傳達一些保健常識而已。」

「我從不曉得自己看了那麼多醫學影集，」我說。「我想這些影集一定給我的意識留下了很深的印象。」

「或是在潛意識裡，」她說。

醫院用靜脈注射給我打了一陣子的點滴，而我身體某些部分要恢復如昔，還不曉得要等到什麼時候。

有個醫生告訴伊蓮說，我以後可能不能吃辣了。「然後我告訴他，他顯然不曉得這個病人是何方神聖，」她說，「我的男人單憑赤手空拳就能摞倒殺手，我告訴他。最辣的燈籠辣椒都別想讓他低頭。」

「我會赤手空拳跟他拚的唯一原因，」我說，「是因為我手上什麼都沒有。」

「他手上有一把刀，你還是朝他撲了過去。」

「為了保護你不受他傷害，我冒什麼險都願意。而萬一你已經死了，噢，那我也不在乎自己會怎樣了。」

而同時，他已經死了。我正抓著他的頭撞地板的時候，伊蓮設法從我的床頭桌上拿了手槍。我曾聽到的那個聲音，也就是我在血紅潮水湧過來之前所曉得的最後一件事，其實是一記槍響，而且後來又有好幾聲槍響。她必須捉摸著把保險拉開，然後她得湊得夠近，才可以射中他又不至於傷到我。最後她把手槍戳進他的耳朵，扣下扳機，當我放手而逐漸失去意識時，還聽到了那記槍響。

「你告訴過我，一旦我用上那把槍，就要一直開槍，直到子彈射完為止，」她說，「於是我就照辦了。那把槍的後座力好像完全不遜於點三八手槍。也或許我已經有所預期，不曉得。等到扣扳機的聲音變成咔啦而不是砰，我就拿起電話打一一九，但警察已經上路了，還有救護車。」

我告訴她，她救了我的命，她又告訴我一遍，說她打電話時警察和救護車已經在趕來的路上了。「我指的救命不是打電話，」我說，「而是你殺了那個混蛋。」

「我不曉得自己是不是殺了他。」

「他死了，」我說，「而你朝他腦袋射了七八槍。我想憑這些來推斷因果關係，應該是沒問題的。」

「只不過他搞不好已經死了。他們認為你可能早已經把他給打死了。」

「啊，這個嘛，如果他雙手能用，我不認為自己能把他打死。你射中他肩膀那槍，減低了他很多戰鬥力。」

「如果我那槍射中他的心臟，我們兩個就可以少受很多傷害了。」

「他死了，」我說，「誰殺了他其實也不重要了。我們救了彼此的性命。」

「這也不是新鮮事了，」她說，「我們每天都這麼做的。」

∞

他們始終沒法查出那個狗娘養的的名字。他的指紋在哪裡都沒留下記錄，只除了西部有個未確定身分的謀殺嫌犯。不管他有沒有名字，溫渥斯和瑟斯曼都跟我保證，他的死可以澄清全國各地一大堆案子，包括某些栽贓在別人頭上的，比方普瑞斯登·艾坡懷特。

「天曉得他殺了多少人，」瑟斯曼說，「我們從他的筆記型電腦裡面查到一大堆，可是這台電腦他才用了一兩年。除掉他這種人，對刑事司法體系不算什麼大勝，但以大眾健康的角度衡量，就是有性命攸關的重要性了。你殺了他，就好像是發明了癌症的解藥。」

∞

伊蓮身上有些瘀傷，有的是因為被他打的，但更多是跌倒所造成的，而且她肩膀上被他割過的地方，留下了一道細細的傷疤。不過她在上面抹了維他命E，又去藥房買了些藥，可以讓傷疤消失。

我說那個疤並不明顯，她說這個不重要。「我不希望身上留著他的疤。」她說。

而且他強暴了她。

「除了你之外，」她說，「十幾年來我已經沒讓任何人的那話兒進去過了。或許我可以找個更文雅的措辭——」

「可是何必費事呢？」

「跟我的想法一模一樣。寶貝，我覺得好噁心。不是當時，不是他把刀架在我脖子上那時候。而是後來，我一想到他，就老想吐。我一直泡澡又沖洗，想把自己弄乾淨，然後我就自己宣布我已經乾淨了，然後說管他去死吧。因為根本沒有什麼要洗掉的，你懂嗎？」

8

有一大堆人來看我。當然有阿傑，另外還有丹尼男孩，還有米基，他自己來了兩三回，有回跟克莉絲汀．賀蘭德一起出現。（「我在想喔，」伊蓮等他們兩人離開後說，然後我告訴她別傻了。她橫了我一眼。）

很多警察來過，除了瑟斯曼和溫渥斯之外，還有退休警察比方喬・德肯和雷・蓋林戴斯。另外還有我在戒酒無名會和「三十一俱樂部」認識的會友們，雷・古魯留是以上兩者皆是。還有一些住同棟樓或住在我們那一帶的朋友和熟人。

露易絲也來過，一方面來探望，同時也告訴我，她繼續和大衛・湯普森交往了。「因為我明白自己真是個白癡，」她說，「這個男人這麼好，不論床上或床下都跟我相處得這麼愉快，而且他喜歡我。他還抽菸。而我只因為他現在走衰運得睡在車上，就要瞧不起他嗎？老天，幾年前我根本醉死了會吐在自己鞋子上，會帶陌生人回家，我哪有資格去貶低大衛這樣的好男人？」

他們的狀況現在改善多了，她說，現在每件事情都公開坦白，他不必老在提防被看穿，她也不必擔心他在隱瞞什麼。他沒搬去她家，因為兩人都覺得現在還不到時候，但至少兩人上床時，他可以在她家過夜。

「假如他找到個停車的好地方。」伊蓮說。

「還有足夠的香菸。」露易絲說。

然後我說，「噢，有件事也許我不該提的，不過這對你來說是個大事，所以或許你應該曉得。他正在計畫要設法存錢，好租一戶公寓。他打算做的事情裡頭也包括抽菸這檔子事，一方面為了存錢，也是為了長期的健康著想。」

她看著我。「他要戒菸？」

「他是這麼說的。」

「啊，」她說，然後想了想。「啊，管他去死，」她說，「沒有人是完美的。」

8

現在我回家了，雖然大部分時間都在床上看書或在椅子上看電視，不過仍保持夠多的活動，好讓我的血液保持循環，也好讓我的醫生保持高興。我常常會跟阿傑在晨星餐廳吃早餐，聽他談他在股市的冒險。我每星期會有兩次走兩個街區到第九大道的聖保羅教堂，參加教堂地下室的戒酒聚會。一開始我走路拄著一根手杖，那根黑刺李木所製的手杖很漂亮，有個大大的手杖頭握柄，底部尖端包著黃銅。這是幾年前米基從愛爾蘭帶回來送我的，之前我一直沒機會用到。現在我還是偶爾會用，不過常常忘記。

我的腸胃器官似乎恢復得相當好，雖然偶爾會有點事情提醒我，不久之前我才被一把刀子插在裡頭過。但前兩天晚上伊蓮替我做了一鍋辣肉醬，調味就像我喜歡的那麼辣，那頓飯對我來說真是個神聖的體驗，我吃了也完全沒事。

每星期有三個上午，我都得進行九十分鐘的物理治療，治療師是個堅定樂觀的金髮女郎，名叫瑪吉特，她會在約定的時間帶著一袋啞鈴和滑輪組和其他的酷刑裝備出現。她來的時候我總是很高興，但她離開時我更高興。我一直有進步，她說，這點聽了真讓人高興。而且以我這個年紀真的很厲害，她又說，這點我聽了可就沒法高興了。

再過幾個星期，伊蓮和我就要坐計程車到約翰．甘迺迪機場，搭飛機前往羅德岱堡，搭遊輪巡迴西印度群島，上溯亞馬遜河。伊蓮說我們什麼都不必做，只要裝卸行李一次，就可以在船上安心放鬆。我們可以一天吃六頓，她說，坐在甲板上曬太陽，可以觀察亞馬遜河裡面的粉紅色江豚，聆聽河岸上的猿啼。

「我們會很舒服的。」她說，我想她或許沒說錯。

同時，我們其中之一常會站在朝南的窗邊，凝視著遠方。我不確定伊蓮看到什麼，甚至也不確定我自己想看到什麼。或許我們是在眺望過往，或望向未來。或者，我有時想著，我們是在眺望著不確定的現在。